Victor Hugo

LES TABLES TOURNANTES DE JERSEY

維克多．雨果——著

李雪玲——譯

諸神上桌

澤西島上的奧祕桌談

諸神上桌

目錄

譯者前序

一．此書中文翻譯緣起

那是在二〇一七年四月的某個午後，無意中在我的能量催眠頌缽診療室聽到法國文化電台推荐《諸神上桌》一書。我閉著眼靜靜地聽，愈聽愈著迷，愈聽愈恍惚，突然好似進入一種催眠狀態，我的潛意識瞬間回溯滑向十九世紀中旬，離法國諾曼第外海只有十七古里的英屬澤西小島上。在這奇異陌生的時空裡，我旁觀一群超俗不凡的男男女女，在一間屋子裡，圍坐在一張會動、會轉、會翹腳、會拍打的三腳小圓桌，藉此與神靈談天、說地、評文、吟詩、作詞、論生死……一切一切，令人歎為觀止的人神溝通。

隨著廣播的消散無聲，我從催眠中悠悠回到當下，深深吸一口氣，再緩緩吐氣，意識清醒後決定去買書，再津津有味、細細品嘗起來。然後，我知道，我與此書的緣分不會僅只於閱讀，我還要將雨果遭拿破崙三世流放海外，這段少有人知的孤島生活，從一八五三至五五兩年流亡期間，雨果幾乎每天在澤西島上和家人、朋友透過桌子從事神靈活動的點點滴滴筆錄譯成中文，呈現給當今世人知道。然而那時我剛換人生跑道，成立能量催眠頌缽診療室才兩年，諸事待興，實在無暇亦無多餘精力去敲門尋求出版社，從事此書的推荐。於是這心願就祕密擱著，緊緊藏在心中，不敢透露給任何人知道，深怕有人獲取訊息，一個箭步率先翻譯出版！我更日日夜夜不斷祈禱，等我，等我，等等我，別讓此書被譯走！

生命中的緣分都是註定的，該屬於你的，自然會巧妙來到；不屬於你的，即使強求亦無所獲。這本祕藏在心中等待時機翻譯的雨果玄書，如果尋求出版者的話，我的首選會是二〇一三年及一四年曾合作翻譯出版左拉《婦女樂園》和《金錢》的簡先生，他真是輕鬆愉快的合作伙伴呀。不巧的是，他在二〇一六年也和我一樣離開了原本的職業跑道，記得當年，我還寫了一條訊息給他：「在職場中感到耗損、乏味、疲倦時，就是該抽離，換個風景的時候。有些事，趁著年輕，去走出一條屬於自己的路，而且路不止一條。張愛玲說：『等待雨水，是傘一生的宿命。』但我覺得等不到雨水，傘也可期待豔陽。祝福你！我此刻也在開闢一條瀰漫玄機的道路。共勉之。」

歲月在能量催眠頌缽神奇治療中，悄悄起了感應和變化，我從能量催眠師兼法院公證翻譯師，轉身化為靈魂擺渡人，我不再只為活人療癒，也幫亡靈超渡，我感覺自己不只活在有形物質世界，也與無形神靈世界起了微妙聯結，不要問我如何學會超自然靈療，我個人也深感莫名其妙，這些能力都在不知不覺中渾然天成。每當我對療法產生質疑時，宇宙就會以很神奇的方式指引我相信，這也奠定了我對這本玄書的堅決信任。我想我是被雨果及眾神靈選上來翻譯此奇書的人，一位只是眼見為憑，摒棄玄學奧祕，不信靈魂存在的譯者，相信宇宙絕不會將此書交到他手裡。奇怪的是從二〇一七年發掘此書至今，歷經漫長時間，日新月異的出版界竟無人對此書有所聽聞！然而與此書、與我振動頻率相契合的出版者何時出現？

我的祕密祈禱應該感動了神靈！

二〇一九年九月十九日（999好特殊的日期），離開出版界，賞玩它處美好風光的簡先生突然投入堡壘文化的懷抱，並招兵買馬徵求各方英譯推荐計畫，我禁不住欣喜前往恭賀他重回文字世界，同時冒昧對他推荐此書。通常一位譯者要說服出版者，必須做好完善提案，如：全書概要、作者簡介、精采段落翻譯、出版國書評市調……。但事出突然，當場我只是簡單扼要告知此書特色，未料簡先生竟樂於考慮，於是我們從此展開一連串的討論。之所以來回討論，因為簡先生不識法文，而此歷經世紀之奇書，在華文、日文、甚至英文世界竟然找不到任何蛛絲馬跡可供參考的資料。即使如此不確定，很快地，我們在二〇一九年十月八日敲定合作計畫。

依我敏銳的嗅覺，如果事情進行得超級順利的話，那表示這樣做就對了！放手一搏去做吧！我們將在對的時間，和對的人，對的書，帶領人們開啟一趟不可思議的奧祕之旅。

二・法國「奧祕桌談」之起源和盛行

一八五〇年代，歐洲有成千上萬的人讓桌子轉動並與神靈對話，成為美國唯靈主義最早風行歐洲的一種文化時尚現象。法國人將其命名為「舞動之桌（danse des tables）」，美國人則了無詩意地稱為「移動之桌（table moving）」。

「移動之桌」起源於一八四八年宗教實驗中心的紐約州西部，並於一八五〇年初與電報業並行廣泛傳播到美國各地。一八五三年三月「移動之桌」橫渡大西洋抵達德國不來梅港，經由奧地利，從此傳入歐洲，引起盛況空前、奇異非凡的「奧祕桌談」景觀。

當時報章雜誌以大標題報導：「歐洲忙於讓桌子轉動」。這股熱潮必須等到一八五四年三月克里米亞戰爭爆發才冷卻下來，「東方問題」取代了大眾輿論的「桌子問題」，但「奧祕桌談」已紮根固柢，不會輕易就此消失，尤其法國，在整個第二帝國期間仍風靡一時。

第二帝國上流社會的所有沙龍都在談論這主題，並嘗試實驗這超自然現象，因其新穎吸引力、簡易操作、言語和潛意識的解放、及在半幽半明中男女交替而坐容易滋生愛意情況下，成為當時最受喜愛的領先潮流之一，雨果就在流放澤西島時成為「舞動之桌」的摯熱追隨者。

當代科學家從一開始就研究此特異現象，一個委員會授予化學家謝弗勒爾（Michel-Eugène Chevreul）對此進行科學研究，但他在一八五四年呈給科學院的報告卻未被發表。當有趣的桌子轉動物理實驗演變為會說話的桌子時，科學家們放棄了對大眾通靈信仰的看法，任由此現象蓬勃發展。

雖然教會極力譴責「奧祕桌談」，但由於亞蘭・卡德克（Allan Kardec, 1804-1869）的唯靈論，法國的「奧祕桌談」風潮一直持續到十九世紀末才逐漸式微，成為軼事趣談。然而，卡德克早在一八五八年就認為此現象已過氣了。

三．原法文手稿寫成的背景

一八四八年，法國陷入經濟危機，洶湧而來的失業潮激起學生暴動，而政府對工人的嚴厲鎮壓，引發一場激烈革命，導致路易．菲利浦政府被推翻，第二共和宣告成立，雨果獲選為巴黎眾議員。

在眾議院的雨果，靠右贊成總統選舉，靠左支持死刑廢黜，並反對童工剝削。他也致力於爭取報刊雜誌的出版自由，反對私立天主教學校，全力支持普選制，並推廣和平，他預告此為「歐洲聯邦政府」。

他愈來愈反對路易．拿破崙．波拿巴王子總統，拿破崙一世的姪子。雨果的兩個兒子成立報社，政治關注是他們的頭版頭條，查爾勒．雨果因大聲疾呼反對死刑而被判六個月牢獄，弗朗索—維克多．雨果則因一篇關於政治庇護文章而在監獄服刑九個月，他們的報社也遭到沒收。

一八五一年十二月二日，軍隊入侵巴黎，啟動一場政變，雨果在街壘上極力對抗，遭受通緝和威脅。一八五一年十二月十一日，他化名為印刷工人傑克—弗明．朗范（Jacques-Firmin Lanvin），離開巴黎逃往布魯塞爾。這期間他寫了抨擊路易．拿破崙．波拿巴的小冊子《小拿破崙》，此書大賣，雨果被要求離開比利時王國。一八五二年七月三十一日前往安特衛普，繼而轉到倫敦、南安普敦，最後與眾多政治流亡者逃到英屬澤西島。

一八五二年十二月二日，第二帝國宣告成立，路易．拿破崙．波拿巴成為拿破崙三世。雨果針對拿破崙三世寫下一本慷慨激昂的報復詩集《懲罰集》，此書賣得很差，並且無法在法國銷售。

天涯海角的澤西島是個什麼樣的地方？雨果在寫給女兒亞黛勒的信上說：「澤西是個天堂，我們很快將在這兒重聚，我希望。澤西是個迷人的英屬小島，離法國海岸僅十七古里。這兒人們說法文，物價便宜，日子暇逸又美好，所有被放逐的人都說我們會愛慕這個地方。我將盡力在澤西島找到一間公寓，也許一棟小屋，面海，窗戶朝南，還有一個小花園，為何不？」

雨果如願以償，在島上面海的小城，找到一棟小屋，全家安頓下來。這房子外表很奇異，雨果描述它是：「海邊一座白色簡陋小茅屋」，「直角白色沉重立方塊」，「形如陵墓」，這房子因為靠海，屋頂有個陽臺，因而命名為：「濱海陽臺」。

也就是在這形如陵墓的古怪濱海小白屋裡，友人嘉丹夫人想透過一張三腳小圓桌，啟蒙新島民實驗當代美國流行的圍桌問靈活動，起初桌子毫無動靜，三番兩次失敗，有人開始嗤之以鼻，嘲弄起來，但吉拉丹夫人意志堅決，繼續遊說，終於在她離島的前夕，桌子竟然有所回應動了起來！

這破天荒降桌的第一位亡靈十分關鍵，似乎來自神的巧妙安排，因為祂正是雨果朝夕思念、溺水而死的心愛女兒蕾歐珀婷。起初他們對來者的身分半信半疑，經過雨果夫人質詢後，那些非常私密，除了母女外，他人不可能知曉的事情完全獲得滿意的證實，而開啟了這幾乎每天都從事神靈活動的興致，且約法三章，此後與神靈溝通的每一場次都必須標注時間，匯整記錄保存下來。

如此，從一八五三年九月十一日至一八五五年十月八日，整整兩年期間，雨果及其親友靠著三腳小圓桌的敲打，一個字母接一個字母，一個字接一個字，湊成了一句又一句，一頁又一頁，共四冊的與神靈對話記錄，我們因而見識到這迷人神靈的驚奇悖論。他們與最超然的高靈、耶穌基督、摩西、路德、但丁、莫里哀、莎士比亞、蘇格拉底、柏拉圖、伽利略；或與最抽象的意念如墳之影、死亡、理念、戲劇……；甚至出現外星人，及活人拿破崙三世的靈魂也會在噩夢中出竅前來懺悔，請求寬恕。

雨果是如此光亮偉大，眾神靈都想和雨果交談，雨果最後不得不請祂們預先訂約而來。這些與靈會談的四冊手稿記錄，成為此書之文稿內容，關於出版問題，雨果也與神靈有過精采討論。根據法國出版者 Patrice Boivin 在《*Le Livre des Tables*》書中前序解釋：這四冊手稿大部分由雨果親筆記錄，雨果遺囑交待死後將手稿捐贈給法國國家圖書館，然而雨果逝世後，這四冊書卻被神祕竊取。直到一九六二年出現第一冊，有人拍賣出售，接著一九七二年出現第二冊，由法國國家圖書館執行徵購，至於另外兩冊手稿——假設仍存在的話——卻遍尋不著。此中文譯本非完整版，只收錄六十七場精采筆記。

一八五六年，雨果因支持澤西島上一位叛亂份子而被驅逐到稍北邊的根西島（Guernsey），持久安頓下來。此時他的一位兒子和雨果夫人住在巴黎，因為拿破崙三世對放逐者宣告特赦，但雨果嚴厲拒絕，並說：「只有當自由回歸時，我才回去。」從此，結束澤西島的家庭生活，他獨自在根西島上專心致力於大量寫作。

一八七〇年，拿破崙三世對普魯士宣戰，有人鼓吹他將獲勝，結果法國軍隊卻節節退敗，拿破崙三世被俘為囚。第三共和成立，雨果結束了十九年的海外流放，回歸法國，受到廣大群眾的夾道歡迎。

四．桌子的奧祕啟示對雨果的影響

澤西島的兩年，看似流離放逐，撤退隱居，孤苦貧困，文化荒蕪。但這段與世隔絕的日子對雨果日後的文學創作是必要的，是豐盛的，是老天的特意安排，是給雨果一個休養生息，靜心淨氣，回歸內在，清空自己的機會，這是危機，也是轉機。唯有在這座介於海天之間的一方孤島上，人們才有空放下忙碌的意識，接受桌子的奧祕啟示。

從一八五三年九月十一日至一八五五年十月八日，這期間總共來了超過一百多位天外訪客來與雨果及其親友對談，神靈們充實了他們心靈寂苦的島上生活，轉移了他們的生活中心，更拓展了他們的視野。他們不再局限於二元對立世界，跟隨著神靈的啟示他們遨遊於無邊無際，無限廣大。而這對思索宇宙「一的法則」，求道已久的雨果而言，海外放逐終究成為其形而上學之途徑，而這些桌子的奧祕啟示因此構成雨果作品發展的一個重要階段。

桌子的啟示對雨果打開了新的信仰：不朽的靈魂，和其在地球上附著於不同身體的輪迴，和宇宙中被懲罰或被獎勵的星球，靈魂轉生說的理念由此形成。它確認了靈魂存在於創造的每一個階段，首先是人，但也有動物，植物，和礦石，這在澤西島上神靈啟示之前，雨果是不相信的。今世的人便是經歷一連串漫長前世輪迴，而神使他忘記以便給予自由的最終結果。從此，一個新宗教崛起，雨果自認是代理人，這宗教為世界的認知帶來兩個新見解：其一，萬物皆有個別和意識的靈魂，直到植物和礦石；其二，每個過錯都有贖回的可能性，不只是可能性，而是不可避免和確定性，這正如《左傳》所說的：人誰無過，過而能改，善莫大焉。

「愛」在神靈的對談啟示裡處處可見。在第一場次裡，雨果問他的女兒亡靈：「如何才能到妳那兒？」，她回答：「愛」。在第十五場次裡，即使上斷頭台被斬首示眾的法國大革命時期詩人安德烈．舍尼埃，被問及處決之時和之後的印象，本以為祂會說出血淋淋的恐怖事蹟，但出乎意料之外，祂平和描述：「斷頭台的靈魂戴著枷鎖飛去，被斬了首的人有這麼一秒鐘的剎那震驚，他睜開雙眼，看見滿是紅泥的籃子，這是下水道，這是斷頭台的深淵。他的頭告訴他：「我即將落在那兒。」，「不」，他的靈魂回答他。這場景突生異端變化，他看見海洋……，他看見光……。經由這下水道，他進入了天空。……哦，喜樂！哦，甦醒！哦，神奇親吻……靈魂跪著飛翔……哦，驚奇，靈魂感覺到被一個透明形體緩緩包圍起來，天空變成一面鏡子，靈魂看見自己，祂壯美……。身體不再包藏靈魂，身體映射靈魂，……靈魂拾回了被人們拖往公墓的這屍體的所有最珍貴之物：他的微笑、他的眼神、他的光芒、猶存在斷頭唇上的凱蜜兒之吻……一句：「我愛你」……。

「憐憫寬恕」在神靈對談啟示裡是一個重點元素。在第六場次裡，來了法國大革命時刺殺馬拉的凶手亡靈夏洛特．科黛，雨果問祂：

「……妳如何評斷妳的行為？……這是罪過嗎？」

—不，錯誤。

「妳怎麼看馬拉？」

—自以為是劊子手的犧牲者。

「你們在另一個世界相見嗎？」

—不。

「為什麼？」

—我是他的內疚，他是我的悔恨。

「你們互相喜愛嗎？」

—兩個流血的創傷，其唇不會吻合。

「妳的生命中有愛嗎？」

—有。

「對誰？」

——憐憫。

來自澤西島眾神靈的介入和交流鼓勵滋養了雨果的文學創作，祂們給予的啟示尤其可在一八五六年出版的《靜觀集》找到映證，雨果自己也稱這本詩集是一個靈魂的記憶。在《靜觀集》裡，他沉浸在大自然的沉思冥想中，大自然更像是一個靈魂，只要求被聆聽的靈魂，而發展出形而上學的輪迴理論。這本書在法國出版時贏得很大的成功。

雨果在一八五九年完成了另一本重要詩集《歷代傳說》，被視為一部不朽的作品，旨在描繪歷史和人類的演變。這本書斷斷續續寫於一八五五至七六年之間，由於流放根西島這些年裡他的寫作計畫眾多，這些詩集分三個系列在一八五九年，一八七七年和一八八三年出版。《歷代傳說》概括了所有內容，詩文並茂，才華洋溢的詩人被認為無與倫比，雨果藝術的成就，繼《懲罰集》與《靜觀集》之後，為他開拓了新的視野。

一八六二年雨果完成了一本鉅作《悲慘世界》，這部小說他早在多年前就開始執筆寫作，遇到澤西島神靈時，這本手稿藏在雨果的抽屜裡多年。無所不知，無所不曉的神靈知道這本擱置已久，尚未問世的小說，會談中特別叮囑雨果必須完成這部小說，更幫小說取

名為 “*les Misérables*”，當時這部小說分好幾集連載刊出，廣受大眾喜愛，人們引領期盼。

對於澤西島上神靈的啟示，雨果起初半信半疑，經過他不斷的質疑、神靈不斷地釋疑，雨果終於心服口服，完完全全臣服。他在一八五四年十二月十九日場次加註寫說：「我堅持不做任何反對，這一切太龐大，然而我不會將龐大和廣大混為一談，唯有神是廣大無邊。在我看來，針對我個人的啟示確認了我先前的筆記，這些是，在另一種形式下，偉大的聖經譴責；我的良心沒告訴我這是我應得的。此外，在我的思想裡，相信一切沒有錯，我認為對我們說話的神祕世界這美好語言也沒有錯，祂對我們行其職責；祂必須給我們留下懷疑，為此祂做祂該做的事。十一月十日桌子告訴我：『徹底研究人類天文學』，而十二月十八日說：『天堂或多或少碎屑你在乎什麼？』祂幾乎拿祂建議我的事來嘲笑我，我沒堅持，同時在我的意識裡保持正直，我靜默地在昨天和我說話，且以如此高度和如此溫柔話語結束交談的崇高存在體之前，稽首敬禮。」

——維克多．雨果

五．如何操作「奧祕桌談」？

身為譯者、亦是能量催眠師的我也相當好奇，很想知道如何讓神靈上桌轉動起來。為此我特地詢問我的靈擺風水老師是否了解此事，他說何止了解，且親身體驗過。那回老師一桌人招來了很強的靈，桌子猛力異動，他說若非門窄，那桌子將跳躍而出，在場所有人都大受驚嚇，從此再也無人敢嘗試。

這也是當編輯先生希望我描述「奧祕桌談」操作方法時，我很猶豫，擔心讀者會照做，而招來不幸。繼而一想，總有一天有人會從某處獲得資訊而邀夥實驗，與其人們從不正當的地方獲取錯誤消息，不如好好告知，叮嚀小心行事。因此，決定在此列出「奧祕桌談」操作法：

一、在無經驗豐富的通靈者陪伴下，千萬別私自進行。若出現意外，通靈者懂得如何妥善處理。

二、上桌問靈時，參與者指定一人主持，交由此人提問，其他人不發言，當然最佳人選非經驗豐富的通靈者莫屬。

三、可拿一塊布遮住鏡子，將燈光調暗，或點燃蠟燭。也可不遵循此儀式，甚至大白天拉開窗簾，讓陽光透入，一切聽憑感覺去做。當然，大多數人偏愛夜間進行。

四、所有參與者的態度很重要，不可嘻嘻哈哈。招魂並非遊戲一場，須靜心、虔誠、不害怕，若心生畏懼，請改日再做，如此情緒可能導致場次進行不順利。做好心理準備，預先和通靈者準備好問題，通靈者深悉遣詞用字，必要時他懂得換個方式提問。若通靈者決定讓亡靈離去，不可違背，他若做此決擇，定是別無他法。

五、手握安息香，不可將之放在桌上，此乃大不敬。安息香在這兒是用來送走亡靈，若將安息香放在桌上迎接亡靈，就如同邀請友人來家裡晚餐，卻要他遵從你的意願，否則驅逐出境一樣。自我保護並非挑釁，必須謹言慎行，良善對待亡靈就像對待活人一樣。

六、準備好粗海鹽，若有必要強迫亡靈離開的話，此鹽可防止祂再回來。

七、若有特定的亡靈要召喚，可將亡靈的相片擺在桌上，也可不要相片，一切聽從你的心意決定。

八、肅靜，專注於你想溝通的亡靈。不管任何招魂通靈，都需要肅靜及專注。

九、所有參與者圍桌而坐，最好一男一女交替而坐，以便陰陽能量均衡流暢，雙手輕輕放在桌上。當眾人準備好時，保持肅靜，專注於選定的亡靈，若沒特別選定，就讓任何一個亡靈自行前來。

十、經過或長或短時間後，桌子開始動了起來，可能很輕微。此時可問來靈是否在此，是的話請祂敲一下桌子，以確認。

回答問題時，可與祂約定，敲一下表示「是」，敲兩下表示「否」。

接著再要求祂，依字母次序，敲一下代表「A」，敲兩下代表「B」，以此類推。

你也可以要求祂讓桌子旋轉。例如：順時針方向旋轉代表「是」，逆時針方向旋轉代表「否」。

關於字母，你還可與祂約定，順時針方向旋轉一圈代表「A」，旋轉兩圈代表「B」，…等等。

十一、結束時，記得向祂道謝、說再會，並將你的手從桌上撤離。

十二、「奧祕桌談」前後，你必須淨化、保護你自己和你的生活居所。

以上事項若能好好遵守，應能保障安全。請只在正當理由下才召喚靈魂，如果我們不喜歡被打擾，他們也是。無誠勿擾！

六．注釋來源及貼心提醒

偉人來了，偉人走了，因腦溢血造成體弱的雨果於一八八五年五月去世。他的遺囑交代將所有的手稿捐給法國國家圖書館，而該館有一天將成為歐洲聯邦圖書館。政府下令舉行國葬，凱旋門裝飾黑紗，並依照雨果的要求將其靈體安置在窮人的柩車，眾人夾道緩緩前往先賢祠安息。「有一天，」雨果說：「你們，歐洲大陸上的每個國家，將不失去各自獨特的身分和光榮的個體，你們將緊密融合為更高等的一體，並將組成歐洲同盟博愛。」

「我要去哪兒？我不知道。但我感覺到自己被蠻橫的氣息，荒謬的命運，推著走。[1]」

——維克多．雨果。

這本中譯版終於在我、簡先生和廖先生的手中完成了，我的心中感到彷彿達成一個重要的使命。我不知道這本書的命運將走向何方？是否會如也是通靈記錄的《賽斯資料》[2]一樣掀起千濤萬浪，影響巨大？或是像現存法文三版本一樣[3]，不怎麼被談論，即使在法國也不是家喻戶曉？而未廣為流傳的原因是什麼？這問題一直困擾著我，令我感到相當訝異，雨果的奧祕桌談究竟受到什麼魔法阻力，干擾它傳承天下？

這是通往潛意識，話語來源的旅程。《諸神上桌：雨果親友與神的對話錄》註定不在雨果活著時出版，他擔心這本其自視為未來聖經的作品受到譏諷。聲音是神秘莫測眾靈透過謎語的說話，但允許我們接近黑暗。這可能就此結束，在天才的兩年裡，瘋狂和死亡掠過，狂熱，危險的挑戰，有點太靠近我們的深淵、我們的恐懼、和我們的慾望。透過中譯文，雨果的桌子可能再以另一種形式在敲擊、在悸動……？

結束譯者前序之前，必須再貼心叮嚀一番，雨果是個天才，充滿正氣光亮，自然召來同頻率的神靈；一般人從事此活動，稍有差錯，可能招來可怕噩夢。因此鄭重呼籲，為了自身安全，千萬別輕易嘗試。

最後，我要聲明的是，此書所有人、事、物的注釋皆摘自網上維基百科全書的分享，感恩。

譯者李雪玲

1 "Où vais-je ? Je ne sais。Mais je me sens poussé d'un souffle impétueux，d'un destin insensé。" – Victor HUGO

2 《賽斯資料》（*Seth Material*）：是一系列的通靈記錄與著作，由美國靈媒珍．羅伯茲從一九六三年開始口述給其丈夫，直至她於一九八四年逝世為止。《賽斯資料》據稱是來自於一個叫做賽斯的靈體，祂已不再輪迴。羅伯茲表示，賽斯借用她的身體，然後藉由她的身體說話。《賽斯資料》被認為是新時代哲學的基石，是第二次世界大戰之後除了《奇蹟課程》之外最具影響力的通靈作品。芝加哥大學美國宗教史教授凱薩琳．阿勒本尼斯（Catherine L. Albanese）在一九七〇年代指出，《賽斯資料》開啟了全美國關注通靈趨勢的紀元，而且也是崛起的新時代運動自我認同的來源。約翰．紐波特（John P. Newport）研究新時代思想對社會的衝擊，指出《賽斯資料》的中心思想是每個人都能創造自己的實相。根據布拉德利大學研究宗教的歷史學者羅伯特．富勒（Robert C. Fuller），賽斯人格填補了心靈引導的角色，他稱之為「非教會的美國靈性」，其主題涵蓋了輪迴、業報、自由意志、古代形上學的智慧、「基督意念」。

3 《諸神上桌》的三種法文版本：第一次是一九二三年由瑞士 Gustave Simon 出版；第二次是一九六九年由 Club Français du Livre 出版的雨果全部作品集；第三次是二〇一四年由 Patrice Boivin 出版。

I

第一場
筆錄一

第一場由對「奧祕桌談」抱持懷疑態度的奧古斯特·華格立（Auguste Vacquerie）[1]記錄，在吉拉丹夫人（Madame Girardin）[2]鍥而不舍地嘗試下，終於等到了首位降駕的神靈——蕾歐珀婷（Léopoldine）[3]——維克多·雨果過世的女兒。

奧古斯特．華格立記錄

當有人和我們提起桌子會因神靈降駕而自行旋轉時，我們感到十分懷疑，也曾試著讓桌子轉動，但從沒成功過。在各方關注這現象時，我們尤其觀察到法國警察意想分散群眾造成政府恥辱的衝動意識。當吉拉丹夫人來澤西島[4]拜訪維克多．雨果時，我們也在場，她是在一八五三年九月六日星期二抵達。

她告訴我們有關旋轉之桌的事，她說那桌子不僅僅會旋轉，還會說話。我們與桌子約定：敲幾下就是哪個字母，然後在它停頓處，我們寫下那個字母。如此，一個字母接一個字母，一個字接一個字，我們湊成了一句又一句，一頁又一頁，我們因而見識到這迷人神靈的悖論。然而星期三，當她試著和維克多．雨果在餐廳裡讓桌子說話時，我們待在客廳，那桌子卻一語不發。吉拉丹夫人解釋說因為桌子是方的，必須是圓桌才行。我們沒有圓桌，星期四她帶來一張在聖．誒立耶[5]兒童玩具店買下的三腳小圓桌。隔天，她再試，仍不成功。我對傳說中會說話的桌子嗤之以鼻，以致眾人在桌前坐定後，我上床就寢。星期六，維克多．雨果和吉拉丹夫人前往澤西島人高福雷先生府上晚宴時，吉拉丹夫人又徒勞無功地試了一次。然而，星期天晚上卻意外發生了這麼一件事：

I

第一場[6]
筆錄二

澤西島，一八五三年九月十一日

列席者：吉拉丹夫人、維克多·雨果夫人、維克多·雨果、查爾勒·雨果（Charles Hugo）[7]、弗朗索一維克多·雨果（François-Victor Hugo）[8]、雨果小姐、勒·弗洛將軍（Général Le Flo）、特雷維訥伯爵（De Tréveneuc）、奧古斯特·華格立。

扶桌者：吉拉丹夫人和奧古斯特·華格立。

小圓桌擺在大方桌上，幾分鐘後，桌子抖動起來。

吉拉丹夫人：來者是誰？

桌子翹起一隻腳，且遲遲不落下。

吉拉丹夫人：有東西礙著你嗎？是的話，敲一下；否則敲兩下。

桌子敲了一下。

吉拉丹夫人：是什麼礙著你？

——菱形。

的確，我們圍成菱形，分坐在大桌子一角的兩側。我完全沒被說服，雖然我沒精確告訴自己，這是吉拉丹夫人故意敲桌來戲弄我們；但我告訴自己，透過意志力和精神貫注力，她大可讓她的手形成一股不自覺的力量。我們去找來另一張桌子，上頭擺著小圓桌，吉拉丹夫人和查爾勒．雨果分別坐在桌子斜對角。桌子竟然真的動了起來。

勒．弗洛將軍：說，我在想什麼？

——忠誠。

勒．弗洛將軍想著他的妻子。我不太相信，我覺得對一個思念妻子的丈夫而言，這回答實在太風趣、太機靈，我感覺這回答仍來自吉拉丹夫人的推使。維克多．雨果在紙上寫下一個字，將紙張合起後放在桌上。

勒．弗洛將軍：可以告訴我紙上寫的名字嗎？

——不。

維克多．雨果：為什麼？

——紙。

所有這些回答讓我開始感到有點驚訝。為了確定這不是吉拉丹夫人在搖動，我要求由我和查爾勒．雨果一起來扶桌。桌子搖動起來，我想著一個姓氏。

奧古斯特．華格立：我在想哪個姓氏？

——雨果。

我的確在想這個姓氏，此時此刻，我開始相信了。

吉拉丹夫人瞬間受到感動，並告訴我們別將時間浪費在幼稚的問題上，她預感將有大顯靈，而我們卻一味頑固質疑，及藐視桌子能回應文字書寫或思想的事實。桌子開始顛三倒四，書寫起缺乏條理的字母來。

吉拉丹夫人：你在取笑我們？

—是。

吉拉丹夫人：為什麼？

—荒謬。

吉拉丹夫人：那麼，說說你自己。

—不便說。

吉拉丹夫人：有何讓你感到不便？

—質疑者。

吉拉丹夫人：一位或多位？

—只有一位。

吉拉丹夫人：指出名來。

—金髮。

的確，特雷維訥伯爵，滿頭金髮，是我們當中最持疑者。

吉拉丹夫人：你要他離開嗎？

—不。

桌子來回晃動，拒絕回答。我下桌，勒．弗洛將軍代替我。扶桌的是查爾勒．雨果和勒．弗洛將軍。

勒．弗洛將軍：說，我在想哪個姓氏？

吉拉丹夫人：你是誰？

—女兒。

勒．弗洛將軍並沒想他的女兒，而我正想著我的姪女艾內斯，我問：

奧古斯特．華格立：我在想誰？

—亡者。

非常動感的**吉拉丹夫人**：過世的女兒？

吉拉丹夫人：請允許我重新提問——我在想誰？

—亡者。

每個人都在想維克多．雨果失去的女兒。

吉拉丹夫人：你是誰？

—Ame soror（姐妹靈魂）。

吉拉丹夫人失去一個姐妹，桌子以拉丁文說 soror 意指祂是某人的姐妹嗎？

勒．弗洛將軍：查爾勒．雨果和我扶桌，我倆各失去一名姐妹，妳是哪位的姐妹？

—懷疑。

勒．弗洛將軍：妳的國家？

——法國。

勒・弗洛將軍：妳的城市？

沒有回答。我們都感覺到亡靈在場，每個人都哭了。

維克多・雨果：妳幸福嗎？

——幸福。

維克多・雨果：妳在何處？

——光明。

維克多・雨果：如何才能抵達妳所在之處？

——愛。

從我們受到感動的這一刻起，桌子彷彿感覺到被了解而不再猶豫，只要一發問，它就立刻回答，當我們延遲發問時，它還會左右搖晃起來。

吉拉丹夫人：誰派妳來？

——好上帝。

吉拉丹夫人十分感動：談談妳自己，有什麼事想對我們說嗎？

—有。

吉拉丹夫人：什麼事？

—為另一世界受苦。

維克多．雨果：妳看得見那些愛妳的人的痛苦嗎？

—看得見。

吉拉丹夫人：他們還會再痛苦很久嗎？

—不會。

吉拉丹夫人：他們不久將回法國嗎？

沒有回答。

維克多．雨果：當他們將妳的名字加入他們的祈禱時，妳感到高興嗎？

—高興。

維克多．雨果：妳一直都在他們身邊，守護著他們嗎？

——是。

維克多．雨果：妳的到來取決於他們嗎？

——不。

維克多．雨果：但，妳還會再回來嗎？

——會。

維克多．雨果：在不久的將來嗎？

——是。

結束於子夜一點半。

〔**註解**〕上述場次一結束後立即由奧古斯特．華格立執筆寫下來。當天我們決定：只要桌子一作答就立即記錄，而且日後的所有記錄都會當場彙集、整理。

1 奧古斯特·華格立（Auguste Vacquerie, 1819-1895）：法國詩人，劇作家，攝影師和新聞記者。華格立的父親將其在維勒奎爾的房產提供給雨果使用；他的兄弟查爾斯（Charles Vacquerie）在那遇見雨果的女兒蕾歐珀婷，一八四三年春天兩人結為連理。華格立因此與雨果有進一步的往來，當雨果流放時，一同前往澤西島，為雨果一家人留下珍貴的影像記錄。當雨果去世後，與摩利斯同為遺產執行人。

2 吉拉丹夫人（Madame Girardin, 1804-1855）：本名德爾芬·蓋伊（Delphine Gay）。法國作家、詩人、劇作家。主持沙龍，雨果、巴爾札克等人常是座上嘉賓，在法國文壇發揮極大的影響力。

3 蕾歐珀婷·雨果（Léopoldine Hugo, 1824-1843）：維克多·雨果和亞黛勒·傅薛（Adèle Foucher）的女兒。一八四三年九月四日和丈夫查爾斯·華格立在塞納河上溺水，雙雙罹難，時年十九歲。

4 澤西島（Jersey）：位於法國西北英吉利海峽，是海峽群島中最大的島嶼。

5 聖·誒立耶（Saint-Hélier）：澤西島首府。

6 第一場次具有極特殊的意義。第一位降駕神靈會是誰？此乃維克多·雨果最思念的人：他逝去的女兒，蕾歐珀婷。

7 查爾勒·雨果（Charles Hugo, 1826-1871）：雨果夫婦的次子，曾與弗朗索合辦報紙。喜愛攝影的他，在流放澤西島期間，為父親和家人留下許多珍貴影像，死於腦溢血。

8 弗朗索—維克多·雨果（François-Victor Hugo, 1828-1873）：雨果夫婦的第四個孩子，以法語翻譯威廉·莎士比亞的作品而著稱。死於結核病，享年四十五歲。

II

第二場

首先降臨的是位陌生來靈艾梅利雅，緊接著來到的靈體是讓眾人倍感驚訝，難以置信的第二帝國皇帝路易・拿破崙（Louis-Napoléon Bonaparte）[1]。

一八五三年九月十二至十三日，從星期一至星期二，夜。

列席者：吉拉丹夫人、奧古斯特・華格立。

記錄：維克多・雨果。

艾梅利雅的話透過桌子傳達一個溫柔且富有節奏的敲擊。

維克多．雨果：妳愛我嗎？

桌子敲一下。要記得，依據我們先前的約定，回答「是」的話，桌子翹起一隻腳，並敲擊一下；「否」則敲兩下。

維克多．雨果：在這世間上，我認識妳嗎？

敲兩下，不認識。此時桌子強烈顫抖，幾乎是粗暴地震動。

維克多．雨果：在另一個生命裡與我再相見，妳將感到喜悅嗎？

桌子幾乎向後翻仰，盛怒似地敲兩下；這是「不」，一個能量充沛的「不」。我很驚訝，周遭的人大笑起來。我的夫人說：

—稍縱即逝的愛呀。

吉拉丹夫人：瞧祂如此跺腳，這小小卡美利亞啊！

的確，繼輕柔、幾乎是愛撫的敲打後，這兩下生硬嚴峻的敲擊，實在叫人摸不著頭腦。隔天，回想起這一幕，我說：「猶如繼鳥兒的翅膀之後，接一記老虎的利爪。」

我和其他人大笑，我又問：對那些今生行善的人而言，死亡令人嚮往嗎？

敲一下，「是」。

維克多．雨果：對那些做惡的人而言，死亡恐怖嗎？

敲兩下，「不」。

我們所有人都激動起來，我說：你搞錯了。我再重覆一遍這問題。

又敲兩下，還是「不」。

華格立大叫：噢，注意！這事攸關重大。靈魂否認了獎懲報應的理論。

維克多．雨果以嚴厲的聲音再說：聽好，在那的妳，別和我們的靈魂開玩笑。小心，這裡可是有位遲疑相信的思想家，妳的回答將對他產生影響，所以請清楚回答。往生後，好人和壞人不可能有同樣的下場。

華格立又說：假如，祂是分兩次這麼說呢？

維克多．雨果再三說：那麼，最後一次，請回答，謹言慎行，別撒謊，我禁止妳。聽著：「死亡對那些作惡多端的人而言恐怖嗎？」

桌腳從我這邊抬起到另一邊，我感覺到動作有變異，我左邊這隻腳轉向華格立，高高抬起，並重重敲擊一下，然後嘎然而止。

這一次答覆「是」。

眾人紛紛揚揚為此爆發爭議。

奧古斯特：「這不算。」

我抗議：「當然算。」

奧古斯特辯駁：「祂反悔，祂顛三倒四。」

桌子劇烈搖晃，幾乎讓查爾勒和我的手痙攣跳起。

吉拉丹夫人大叫：「這一切古怪至極，我打賭附在這桌子上的靈替換了，這不再是艾梅利雅。」

我對桌子說：「艾梅利雅，回答，妳一直在那嗎？」

我這邊的桌腳翹起，猛烈敲兩下，「不」。

——「你們看，」吉拉丹夫人大叫：「我猜對了！我擔保這是魔鬼。」

我提高嗓門大聲說：「何方神聖，報上名來。」

同樣那隻腳翹起，敲一下，再敲第二下，然後停止。

——「B嗎？」我問。

桌腳敲說「是」。

「繼續。」我說。

桌子接連敲出O，N，A，P……

我們相當震驚，顫抖起來。桌子結束於：A，R，T，E。

大夥禁不住發出尖叫！Bonaparte（波拿巴）！我的妻子雙手合十，驚惶失措，到處亂竄。

——「你是波拿巴？」我問。

桌腳以某種狂怒敲「是」。

「哪一位？大拿破崙？」

——不。

「小拿破崙？」

——是。

我們全都驚嚇地起了雞皮疙瘩。

我堅持再問：「什麼！是你，人稱拿破崙三世在此？」

桌腳更憤怒的一擊。

——是。

「是你，路易？」我問，

——是！

小桌子在我們的手下跳動，並溜向支撐的桌上，好似尋求逃脫一般。周遭所有人都驚愕地目瞪口呆。

「啊！惡徒，」我說：「我逮到你了！」

桌子像一隻勃然大怒的野獸歪扭亂動。我接著說：誰派你來？

我面前的桌腳翹起，連敲好幾下以回答，並在每個被指定的字母上敲一下停頓下來：

——我的伯父。

於是這般展開我們為時三個鐘頭的對話。

（朱麗葉．杜魯耶［Juliette Drouet］[2]抄錄）

維克多．雨果：為什麼？

——為了受懲罰。

維克多．雨果：所以他不高興你的所作所為？

——是。

維克多．雨果：你伯父抱怨我嗎？

——不。

維克多．雨果：他很清楚我為他伸張正義嗎？

——是。

維克多．雨果：你為你的罪行受苦嗎？

——是。

維克多．雨果：你知道你的死期嗎？

——知道。

維克多．雨果：幾年後？

——兩年。

維克多．雨果：你可以說怎麼死的嗎？

——種種一切。

維克多．雨果：你知道誰將取代你嗎？

——知道。

維克多．雨果：你可以說嗎？

——世界共和。

維克多．雨果：寫——我崇拜神。

——我崇拜神。

維克多．雨果：所以，活人的靈魂可以回答我們的問題？

——是。

維克多．雨果：此時此刻，你的活人在哪？

——陰影。

維克多．雨果：你是說，他在沉睡中？

——是。

維克多．雨果：你的活人夢見你在這裡嗎？

——是。

維克多．雨果：他因此而受苦嗎？

——是。

維克多．雨果：有人對你訴說你的罪行嗎？

——沒有。

維克多．雨果：你後悔嗎？

——後悔。

維克多．雨果：你想為你的罪行贖罪嗎？

——不。

維克多．雨果：假如人們原諒你，條件是遜位，你願意這麼做嗎？

——不。

維克多．雨果：我所做的一切都有理嗎？

——是。

維克多．雨果：你願意換做是我嗎？

——是。

維克多．雨果：你肯定我嗎？

——是。

吉拉丹夫人：你認識我嗎？

——認識。

維克多．雨果：我想和你談談你伯父，此時你看得見他嗎？

——不。

維克多．雨果：然而，是他派你來的？

——是。

維克多．雨果：你同意我對你的懲罰嗎？

——是。

維克多．雨果：他視你為其最大的禍害嗎？

——是。

維克多．雨果：你還在嗎？

——是。

維克多．雨果：說說你自己。

——窮奢極侈。

維克多．雨果：你認識吉拉丹夫人嗎？

——認識。

維克多．雨果：你對她有恨嗎？

——沒。

維克多．雨果：在你絕望的日子裡，你不想召喚她嗎？

——不。

吉拉丹夫人：好極了。

維克多．雨果：你對我說「窮奢極侈」，你可知道這是我書裡的最後一篇嗎？

—知道。

維克多．雨果：寫這本書，我做得對嗎？

—對。

維克多．雨果：那麼，《小拿破崙》這本書呢？

—好。

維克多．雨果：你對我有何情感，恨或尊敬？

—兩者。

維克多．雨果：說。

—我在你的《懲罰集》裡讀到我的義務。

維克多．雨果：再說。

—是你的英雄主義使我放下懦弱。我將前去土倫[3]，永往直前。我害怕，我的家族完了。

維克多．雨果：這裡發生的一切，對你的活人而言是噩夢嗎？

—是。

維克多．雨果：我能喚醒他嗎？

—不能。

維克多．雨果：說。

—足夠的正義，我讀到寬恕。

維克多．雨果：你認為我將寬恕你嗎？

—是。

維克多．雨果：為什麼？

—從天性。

維克多．雨果：你認為天性應該寬恕你的罪行嗎？

—是。

維克多．雨果：但當罪行觸及整個人類呢？

—不。

維克多．雨果：那麼，我就無法原諒你？你會在我願意原諒你之前先走嗎？

—不。

維克多．雨果：你的噩夢將持續一整夜嗎？

—一輩子。

維克多．雨果：你希望我離去，留下你嗎？

—不。

維克多．雨果：為什麼？

—我的意識需要你的眼神。

維克多．雨果：你也是，你應該可以讀到我的思想裡。你可以看出我對你沒有恨意，只是反對你的罪行嗎？

—是。

維克多．雨果：此刻，你對你的罪行感到後悔嗎？

—是。

維克多．雨果：此時，假如你能自主不犯罪，你願意不犯罪嗎？

—願意。

維克多．雨果：不當皇帝呢？

—不。

維克多．雨果：所以，你寧願當皇帝，也不願當個正直的人？

—是。

維克多．雨果：而此時，你羨慕我嗎？

—羨慕。

維克多．雨果：我倆的命運，你比較喜歡哪一個？

—你的。

維克多．雨果：你對東方事件感到羞恥嗎？

—是。

維克多．雨果：說。

—我害怕夜晚。

維克多．雨果：你在夜晚看見你的受害者嗎？

—我在你的光裡看見他們。

維克多．雨果：說。

—幫我，我害怕，判官在哪？判官在哪裡？

維克多．雨果：誰是判官？

—死亡。

維克多．雨果：透過死亡，你聽見神嗎？

——是。

維克多·雨果：你為什麼沒說神？

——我看不見神。

維克多·雨果：因為你惡毒？

——是。

維克多·雨果：你認為神有一天會原諒你嗎？

——不。

維克多·雨果：所以你相信永恆的懲罰？

——是。

維克多·雨果：你確定永恆懲罰的存在？

——不確定。

維克多·雨果：當你抵消罪行時，神將原諒你，明白嗎？你滿意我對你所說的話嗎？

——是。

維克多·雨果：一旦你還在皇位上，我不能原諒你。但你死後，當你受到懲罰時，我將原諒你。你滿意我對你所說的話嗎？

——不。

維克多．雨果：你希望我離開你嗎？

——不。

維克多．雨果：對你而言，我的在場不會太可憎嗎？

——不。

維克多．雨果：為什麼？

——精神。

維克多．雨果：因為我是個精神？

——是。

維克多．雨果：而你知道精神一向總是良善，即便當它懲罰時嗎？

——是。

維克多．雨果：你覺得我可憐你嗎？

——是。

維克多．雨果：我能為你做什麼公平的事呢？

——已經做了。

維克多．雨果：你聽到你周遭的詛咒嗎？

——是。

吉拉丹夫人離開。

維克多．雨果：你感覺到這裡有兩位女士可憐你嗎？

——是。

維克多．雨果：你感激她們嗎？

——不。

維克多．雨果：因此你是個無情的人？

——是。

維克多．雨果：你有時候會想到被流放的人嗎？

——會。

維克多．雨果：想到我嗎？

——是。

維克多．雨果：誰是你最常想起的人？

——奧林匹祐[4]。

維克多．雨果：你覺得《小拿破崙》是本好書嗎？

——我害怕。

維克多．雨果：你希望我離開你嗎？

——不。

維克多．雨果：所以，你高興和我在一起？

——不。

維克多．雨果：那你為什麼要留下來和我在一起？

——被判和你在一起。

維克多．雨果：被誰判？

——被我。

維克多．雨果：被你的罪行？

——是。

維克多．雨果：你怕我嗎？

——怕。

維克多．雨果：我是這世上你最怕的人嗎？

——是。

維克多．雨果：你還會再來嗎？

——會。

維克多．雨果：每一次我召喚你時，你會來嗎？

——不。

維克多．雨果：你較不難受嗎？

——不。

維克多．雨果：你怕勒兌．羅藍（Ledru-Rollin）[5]嗎？

——不怕。

維克多．雨果：卡維雅克（Cavaignac）[6]呢？

——不怕。

維克多．雨果：維克多．雨果呢？

——怕。

維克多．雨果：你的活人一直夢著和我在一起嗎？

——是。

維克多．雨果：說。

——歐洲等待你，我很怕，你將令人害怕，你將是個大腦，我在我的皇冠裡感覺到它。

維克多．雨果：這是什麼意思？你是說在你的皇冠之下沒有足夠的大腦？

——不。

維克多．雨果：或是說人民想要被大腦而非皇冠治理的時刻來到？

——是。

維克多．雨果：你怕拉馬丁（Lamartine）[7]嗎？

——不怕。

維克多．雨果：全歐洲有多少人讓你害怕？

桌子敲了好幾下。

維克多．雨果：你怕所有人？

——是。

維克多．雨果：你的活人明天還會記得這場對話嗎？

——不。

維克多．雨果：這樣的夢，他已做過多次了嗎？

——是。

維克多．雨果：夜裡我經常出現在他的夢裡嗎？

——是。

維克多．雨果：你還會在位多久？

——兩年。

維克多．雨果：繼此之後將是共和國嗎？

——是。

維克多．雨果：這將可怕嗎？

——不。

維克多．雨果：偉大嗎？

——是。

維克多．雨果：整個歐洲的解放嗎？

——是。

維克多．雨果：歐洲聯邦嗎？

——是。

維克多．雨果：我將是對此有貢獻的人之一嗎？

——是。

維克多．雨果：當你說兩年後，這是針對你的思想而回答的嗎？

——是。

維克多．雨果：或是針對我的思想？

——不。

維克多．雨果：你確定兩年後你將結束？

——是。

維克多．雨果：你知道我會盡力挽救你的命？

——是。

維克多．雨果：你會感激我嗎？

——不。

維克多．雨果：所以，你寧願死亡？

——不。

維克多．雨果：你畏懼死亡？

——是。

維克多．雨果：你將發動東方戰爭嗎？

——不。

維克多．雨果：為什麼？

——我怕。

維克多．雨果：你怕大革命？

——是。

維克多．雨果：這是讓你按兵不動的原因嗎？

——是。

維克多．雨果：我的流放將持續多久？

——兩年。

維克多．雨果：你還記得是我想召回你的家人嗎？

——是。

維克多．雨果：你為什麼放逐我？

—你來，我走。

維克多．雨果：這不清不楚，你說：「我來，你走。」加以清楚解釋。

—公雞之歌。

維克多．雨果：「公雞之歌」是什麼意思？這是大革命嗎？

—窮奢極侈。

維克多．雨果：你是指共和國嗎？

—是。

維克多．雨果：這不是物資的日子？

—不。

維克多．雨果：你沒回答我的問題。你為何放逐我？

—肅靜，法官。

維克多．雨果：如果我有你的權力，你會讓我死去嗎？

—不。

維克多．雨果：你會怎麼處治我？

沉默。

維克多．雨果：你不想回答？

—不。

維克多．雨果：我命令你回答。

—決定。

維克多．雨果：你會把我關起來？

—不。

維克多．雨果：驅逐出境？

—不。

維克多．雨果：讓我死掉？

—不。

維克多．雨果：再次放逐我？

—是。

維克多．雨果：無條件？

——不。

維克多・雨果：若我拒絕你的條件，你將監禁我？驅逐出境嗎？

——不可能。

維克多・雨果：為什麼不可能？

——精神。

維克多・雨果：我將離開你，你樂意嗎？

——是。

維克多・雨果：你還會再來嗎？

——會。

維克多・雨果：何時？你可以告知嗎？

——不。

維克多・雨果：當你再來時，誰將推翻你？你知否？

——知。

維克多・雨果：說。

——我的罪行。

維克多．雨果：你讀過《懲罰集》[8]嗎？

——是。

維克多．雨果：人們是否已將證明文件傳達給你？

——沒。

維克多．雨果：那麼這是你的精神？

——是。

結束於清晨兩點四十五分。

1 路易—拿破崙・波拿巴（Louis-Napoléon Bonaparte, 1808-1873）：或稱拿破崙三世，法蘭西第二共和國唯一總統及法蘭西第二帝國唯一皇帝，法國第一位民選總統和最後一任君主，亦是拿破崙一世的侄子和繼承人。路易—拿破崙的父親是拿破崙一世的幼弟路德維克（Lodewijk I），而他的母親則是拿破崙的繼女奧坦絲・博阿爾內（Hortense de Beauharnais）。因此，他是拿破崙的侄子，也是拿破崙的繼孫。

2 朱麗葉・杜魯耶（Juliette Drouet, 1806-1883）：法國女演員，與雨果結識後充當他的祕書及旅行伴侶，在雨果被流放至澤西島時，亦前往陪同。她一生中寫了上萬封情書給雨果。

3 土倫（Toulon）：法國東南部一個城市，因海洋軍事工業與設施而聞名，土倫軍港始建於十七世紀，是法國規模最大的海軍基地。法國大革命時期的重要戰役「土倫港之役」發生地點，該戰役讓拿破崙展露頭角，二十四歲的他榮升炮兵准將。

4 奧林匹祐（Olympio）：〈奧林匹祐的悲傷〉（*La tristesse d'Olympio*），一八三七年雨果之詩。描述一名男子回到艾嵩（Essonne），重溫一段舊情。這首詩和雨果與杜魯耶的戀情有關。

5 勒兌・羅藍（Alexandre-Auguste Ledru-Rollin, 1807-1874）：巴黎人，法國律師和政治家。他是進步共和黨領導人之一，導致一八四八年革命和法蘭西第二共和。出任臨時政府內政部長，通過法令實行男性普選制。一八四八年法國總統大選中，他只贏得5%的選票。

6 卡維雅克（Louis-Eugène Cavaignac, 1802-1857）：法國將軍，生於巴黎。卡維雅克在一八四八年革命中，被選入立法議會。法蘭西第二共和國臨時政府成立後，任命他為陸軍部長。同年六月，巴黎工人起義，卡維雅克下令殘酷鎮壓，被制憲議會批准為「法蘭西共和國政府首腦」（最高行政官）。十一月二十一日法蘭西第二共和國憲法頒佈，十二月十日舉行總統選舉，路易－拿破崙．波拿巴以七成五得票率擊敗卡維雅克，當選總統。

7 拉馬丁（Alphonse de Lamartine, 1790-1869）：法國作家、政治家。出身貴族，原支持帝制，後轉為支持共和。曾當選國會議員，並於一八四八年出任外交部長。支持廢除死刑以及爭取勞動者的權益，並於第二共和時，發表演說，使紅藍白三色旗繼續成為法國國旗。拉馬丁從政之外，致力於文學創作，受夏多布里昂的作品影響，詩風浪漫，為法國十九世紀浪漫主義文學的先行者，有長詩《喬斯楠》等作品傳世。

8 《懲罰集》（*Les Châtiments*）：雨果的諷刺詩集，於一八五二年九月出版。一八五一年十二月二日政變，路易－拿破崙．波拿巴上台，雨果流亡。對雨果而言，這些詩句是用來推翻拿破崙三世政權的武器，對政權表現出復仇的憤怒和無限的蔑視。

III

第三場

自稱為「墳之影」的神靈與眾人展開對談，開拓眾人對神靈的理解與認識。

夏多布里昂（Chateaubriand）[1] 來到桌前稱許了雨果的著作《小拿破崙》；但丁（Dante）[2] 來臨述說了對雨果《但丁觀點》的看法；拉辛（Racine）[3] 發表了如何看待《亞泰利》（Athalie）[4]。

一八五三年九月十三日，星期二，夜，九點半

列席者：維克多．雨果、雨果夫人、亞黛勒．雨果小姐[5]、查爾勒．雨果、吉拉丹夫人、奧古斯特．華格立、特雷紀（Téléki）、勒．弗洛先生和夫人。

扶桌人：查爾勒、特雷紀。

維克多．雨果：你是誰？

—影子。

維克多．雨果：你是某人的影子？

—墳。

維克多．雨果：可否告知你的姓名？

—不可。

維克多．雨果：你想和我溝通什麼嗎？

—相信。

維克多．雨果：相信什麼？

—未知。

維克多．雨果：未知是什麼？

—虛實。

維克多．雨果：說說你自己。

—死亡是靈魂揚昇的氣球。

維克多．雨果：你所屬的世界是此生的延續嗎？

——不是。

維克多．雨果：然而你活過嗎？

——沒。

維克多．雨果：你到底是什麼？

——影子。

維克多．雨果：你是曾活過的某人的影子嗎？

——不是。

維克多．雨果：你必須活著？

——不。

維克多．雨果：你是天使嗎？

——是。

維克多．雨果：死亡天使？

——是。

維克多．雨果：你為何來此？

——來和生命交談。

維克多．雨果：談什麼？

——神靈，來此，這裡有通靈人。

維克多．雨果：你呼喚的神靈，是我們嗎？

——不是。

維克多．雨果：那麼，通靈人是我們？

——是。

維克多．雨果：你，你看得見我們嗎？

——不。

維克多．雨果：你在此呼喚的神靈曾在人世間活過嗎？

沒有回答。

維克多．雨果：你可以回答嗎？

——不可以。

桌子晃動起來。

維克多・雨果：我能讓你平靜下來嗎？

—不能。

維克多・雨果：你是個幸福的神靈嗎？

—幸福只屬於人類，它意味著不幸。

維克多・雨果：你這麼說，那是因為你存在於絕對裡？

—是。

維克多・雨果：談談你自己。

—無限，這是虛實。

維克多・雨果：你的意思是說，神靈世界充實了我們所謂的虛？

—那是自然！

維克多・雨果：墳之影，因此你可以是喜悅的嗎？

—不。

維克多・雨果：願聞其詳。

—用你的身體去尋找你的靈魂。

維克多・雨果：你是這唯一的神靈嗎？

——我是一切，無所不在。

維克多．雨果：你希望我繼續對你提問嗎？

——是。你持有一把關門的鑰匙。

維克多．雨果：你可知道我昨天的觀點？

——我不認識昨天。

維克多．雨果：我們死後確定可看到你嗎？

——你只有眼鏡。

特雷紀睏了，由勒．弗洛將軍代替他扶桌。

維克多．雨果：若今生好好做人，即可期待更好的來世嗎？

——是。

維克多．雨果：若今生為非作歹，我們將有更痛苦的來世嗎？

——是。

維克多．雨果：死者的靈魂和你一起嗎？

——在我之下。

維克多．雨果：你說你是一切且無所不在，你是神嗎？

——在我之上。

維克多．雨果：靈魂和神，你比較接近靈魂嗎？

——對我而言沒有遠近之分。

維克多．雨果：告訴我，地球以外的其他世界有被居住嗎？

——有。

維克多．雨果：其他世界住有像我們這樣，擁有靈魂和身體的人嗎？

——有些是，有些不是。

維克多．雨果：人死後，那些做好事的靈魂會去光的空間，或住到其他星球上？

——點亮。

維克多．雨果：墳之影還在嗎？

——不在。

特雷紀代替查爾勒。

維克多．雨果：你是誰？

——夏多布里昂。

維克多．雨果：你知道我們都愛你，也崇拜你嗎？

——知道。

維克多．雨果：你現在與我為伍。請回答。

——大海對我談起你。

維克多．雨果：可以跟我們談談你現在的世界嗎？

——不。

維克多．雨果：你幸福嗎？

——我想想。

維克多．雨果：有什麼事想和我們溝通嗎？

——有。

維克多．雨果：說。

——我看過你的書。

維克多．雨果：《小拿破崙》？

——是。

維克多．雨果：告訴我們你對此書的想法。

—我全身骨頭搖晃起來。

維克多．雨果：說，你知道我將為自由奮戰至死。

—共和。

維克多．雨果：共和是未來，不是嗎？

—我只看到永恆。

維克多．雨果：夏多布里昂，你還在嗎？

—不在。

維克多．雨果：你是誰？

—但丁。

維克多．雨果：但丁，你知道我愛你、崇拜你，很高興你來這裡。請說。

—流放來到墳邊。

維克多．雨果：你這麼說是因為我靠近夏多布里昂的墳嗎？

—了解。

維克多．雨果：說。

——是愛，不是恨。

維克多．雨果：什麼風把你吹來？

——祖國。

維克多．雨果：說。

——我讀了我的觀點。

維克多．雨果最近寫了一首詩，詩名為〈但丁觀點〉[6]。

維克多．雨果：你滿意嗎？

——貝雅翠思[7]唱歌，我聽她唱。

維克多．雨果：你一直在聽我們說話嗎？

桌子毫無動靜。

維克多．雨果：但丁還在嗎？

——不在。

維克多．雨果：誰在那？

—拉辛。

維克多．雨果：你知道我尊崇大名鼎鼎者。你是來看我的嗎？

—不。

維克多．雨果：來看奧古斯特．華格立嗎？

—是。

奧古斯特．華格立：你有話要對我說？

—是。

奧古斯特．華格立：說。

—榮耀在撒謊。

奧古斯特．華格立：這是說給你自己聽的嗎？

—是。

奧古斯特．華格立：所以你覺得我質疑你是對的嗎？

—是。

奧古斯特．華格立：你承認你寫了狹隘的劇作？

—我慚愧。

奧古斯特．華格立：現在對你的作品留下高評價是否感到後悔？

—我的假髮紅了。

奧古斯特．華格立：什麼讓它紅了？

—是火。

奧古斯特．華格立：什麼火？

—戲劇。

奧古斯特．華格立：你怎麼看《亞泰利》？

—大詩句。

奧古斯特．華格立：你是說它們有十二音節嗎？

—是。

奧古斯特．華格立：你所處的世界，文學還具有某種重要性嗎？

—它是迴聲。

桌子的動作漸趨柔弱。

結束於清晨三點半。

1 夏多布里昂（François-René de Chateaubriand, 1768-1848）：法國作家、政治家、外交家、法蘭西學院院士。拿破崙時期曾任駐羅馬使館祕書，波旁王朝復辟後成為貴族院議員，先後擔任駐瑞典和德國的外交官，及駐英國大使，並於一八二三年出任外交大臣。著有小說《阿拉達》、《勒內》、《基督教真諦》，長篇自傳《墓畔回憶錄》等，是法國早期浪漫主義的代表作家。

2 但丁（Dante Alighieri, 1265-1321）：義大利中世紀著名詩人，以《神曲》留名後世，他是現代義大利語的奠基者，也是歐洲文藝復興時代的開拓人物，義大利人尊他為至高詩人，及義大利語之父。

3 拉辛（Jean Racine, 1639-1699, 1265-1321）：法國劇作家，與高乃依和莫里哀合稱十七世紀最偉大的三位法國劇作家。拉辛的戲劇創作以悲劇為主，作品被稱為古典主義戲劇代表作。

4 《亞泰利》（*Athalie*）：出版於一六九一年，亞歷山大體十二音節詩，共五幕，是拉辛最後一齣悲劇作品。創作期間遭受道德主義者的抨擊，他們一般與劇院作對，對如此崇高主題戲劇由法蘭西喜劇院內領固定薪資之演員擔任演出而感到憤慨。自曼特農夫人（Madame de Maintenon）去世後，亞泰利從不是拉辛在公眾舞台上最受歡迎的戲劇之一，但伏爾泰卻認為它「可能是人類精神的傑作」。

5 亞黛勒・雨果（Adèle Hugo, 1830-1915）：雨果夫婦的第二個女兒。

6 〈但丁觀點〉手稿，一八五三年二月於澤西島完成。一八八三年出版，收錄在《歷代傳說》最後一卷。

7 貝雅翠思（Béatrix, 1265-1295）：生於佛羅倫斯，是但丁詩中的主要創作靈感，同時在《神曲》的最後作為他的嚮導出現。她是幸福和愛的化身。

IV

第四場

自稱為「評論」的靈體來到桌前，糾正了稍早午餐時雨果和朋友們針對伊索（Aesop）[1]、塞凡提斯（Cervantès）[2]和拉伯雷（Rabelais）[3]的作品討論所犯下的錯誤。眾人轉而向「評論」請益對於拉辛等近代作家的見解，引來了奧古斯特·華格立和「評論」的爭辯。另一位自稱為「理念」的靈體介入討論；「評論」再發表對於莎士比亞（ Shakespeare）和莫里哀（Molière）的看法。

一八五三年九月十九日，星期一，白天一點半

列席者：弗朗索—維克多·雨果、奧古斯特·華格立。

扶桌者：查爾勒和維克多、雨果。

奧古斯特．華格立：是誰？

——評論。

奧古斯特．華格立：你為誰而來？

——為錯誤。

奧古斯特．華格立：這裡有錯誤嗎？

——是。

奧古斯特．華格立：是誰犯了錯呢？

——每一個人。

奧古斯特．華格立：什麼錯誤？

——對偉大戲劇詩人的讚賞。

奧古斯特．華格立：錯在哪？哪位詩人的讚賞出錯？

——伊索、塞凡提斯、拉伯雷。

午餐時，我們正聊了拉伯雷、伊索和塞凡提斯。

奧古斯特．華格立：關於伊索，我們犯了什麼錯？

—伊索，畸形，創造美好道德；奴隸，知識自由；不幸，希望；現實殉道者，寓言。

奧古斯特．華格立：關於塞凡提斯呢？

—雨果視唐吉訶德為滑稽演員，但這是位殉道者。他有一匹劣馬，卻冀望是隻長有翅膀的獅身鷹頭怪獸；作為信徒，傻瓜一個，他想要世界當他的聽眾；情婦是位客棧女僕，他卻在尋找維納斯女神。他有良知；但他卻狂躁。哪裡有人哭泣，他就東奔西跑衝去，一到，人們就嘲笑他。他令人想起所有的高貴理念，所有的崇高憧憬，所有的美好、光明和理想。他想替馬匹卸套，好駕馭萬丈光芒的太陽馬車，卻突然發現，跟隨他的只是頭驢子。

奧古斯特．華格立：我支持塞凡提斯在《唐吉訶德》裡看到我們所看到的，正確嗎？

—愚蠢，誰要太陽給酒貼上標籤！先品嘗，再判斷。

奧古斯特．華格立：因此，塞凡提斯對他的作品有完全的意識？

—塞凡提斯知道他在做什麼，上帝知道祂在做什麼。人們並非偶然成為創造者，天才不是法國僱傭的德國步兵。

奧古斯特．華格立：現在談談拉伯雷。

—對一個自由思想者而言，拉伯雷來到一個可怕的時代；他攻擊信仰，但宗教裁判所在那兒；他笑，卻也顫抖。《巨人傳》裡的卡岡都亞（Gargantua）和龐大古埃（Pantagruel）只是表面上的小丑而已；在滑稽服飾下，他們全副武裝；他們是宗教裁判所的木偶傀儡，但他們卻是反對信仰的巨人。

奧古斯特·華格立：你願意為我們列出偉大文學評論家的名單嗎？

—只有偉大的詩人，才有偉大的評論家。

奧古斯特·華格立：你同意《悲劇》裡提出的詩人名單嗎？

—同意。

奧古斯特·華格立：用一句話概括拉辛的特徵？

—牟尼哆狗[4]飼養人。

奧古斯特·華格立：今日還有牟尼哆狗嗎？

—有。

奧古斯特·華格立：說出他們的名字。

—奧日埃（Augier），龐薩德（Ponsard），維恩內（Viennet），安瑟洛（Ancelot），弗盧朗斯（Flourens），聖馬克·吉拉丹（Saint-Marc Girardin），尼薩（

Nisard），羅勒（Rolle），普朗序（Planche），古贊（Cousin），法蘭西學院（l'Académie française），省略競技場上的思想鬥獸者。

奧古斯特·華格立：誰是這些鬥獸者？

—雨果，拉馬丁。

奧古斯特·華格立：你怎麼看阿爾弗雷·德·繆塞（Alfred de Musset）？

—牟尼哆瘋狗。

奧古斯特·華格立：阿爾弗雷·德·維尼（Alfred de Vigny）呢？

—沙龍貴賓狗。

奧古斯特·華格立：你怎麼看梅里美（Mérimée）[5]？

—老太太們的查理士王小獵犬。

奧古斯特·華格立：你怎麼看薩爾萬迪伯爵，納爾西斯·阿希爾（Narcisse de Salvandy）呢？

—長毛遮眼狗。

奧古斯特·華格立：聖馬克·吉拉丹呢？

—把他送給弗盧朗斯。

奧古斯特．華格立：用一個特別字來概括龐薩德？

——旋轉烤肉叉上的狗。

奧古斯特．華格立：為何是旋轉烤肉叉上的狗呢？

——他總是如此畏畏冷冷地。

奧古斯特．華格立：願聞其詳。

——感冒隱喻。

奧古斯特．華格立：那麼埃米爾．奧日埃呢？

——被理髮師剃光頭的牟尼哆禿狗。

這些回答的每一句話都引來爆笑和一片喝彩。

奧古斯特．華格立：趁你正對所有人發表如此靈性感言時，請也評評我。

——已說過。

奧古斯特．華格立：你並沒有說，瞧，我很值得你這位曾做過這麼多批判的評論者說我一句。你不是對我心存一點感激嗎？

——是。

奧古斯特．華格立：那麼，評評我吧。
—先生，我感到很榮幸，等等。
奧古斯特．華格立：你在嘲弄我？
—是的。
奧古斯特．華格立：嘲弄某個總是嚴肅對待你的人是不對的。
—你幫我忙，我也會幫你。
奧古斯特．華格立：正經點，我渴望知道你對我的評論的感想。我崇拜我所榮耀，及抨擊我所反對的事物是否有理？說，我是否獲得你如此珍貴的贊同？
—阿諛，半奉承。
奧古斯特．華格立：假如你執意用開玩笑方式回答我的嚴肅問題的話，我相信你不是評論者。
—提問，你就知道。
奧古斯特．華格立：那麼？莎士比亞是什麼？
—靈魂潛水者。
奧古斯特．華格立：繼續。

—不。

奧古斯特．華格立：你離開了嗎？

—沒。

奧古斯特．華格立：現在，愛說什麼就說什麼吧，既然你不想回答我對你提出的問題，我不想再多問了。

—華格立，小心眼，因為我對你的評論保持沉默，你就生氣。你的著作就是你真正的評論。

奧古斯特．華格立：這話有理。與著作相較之下，評論毫無任何價值。我以對神祕的恭敬態度和你談話，但既然你故做傲然，我聲明我對你只有一絲絲尊敬，我可以說，在報章連載上著墨深鑿的我，對全世界的評論不值莎士比亞的一句詩。

—我如此認為。

奧古斯特．華格立：如果你有此謙遜，又怎會有此自傲？

—我是評論，而非評論家。

奧古斯特．華格立：詩存在於詩人，評論存在於評論家，假如所有評論家什麼都不是，那麼你也一文不值。

—美，是某種事物，缺了鏡子會是什麼？

奧古斯特．華格立：一切，即使世界上不存在任何一面鏡子，美依然存在。

—愚蠢，你聽到鏡子就當做是一塊玻璃。鏡子是注視的眼睛，愛慕的心，啟發靈感的雕像。評論是藝術，鏡子是美。

奧古斯特．華格立：不對吧！光線不需要反射，沒有迴音聲音依然存在，太陽不熄滅的話，所有人將瞎眼。莎士比亞沒有一千個讀者，他是普眾的。你說我小心眼，我覺得你才小氣。既然你希望咱們重演一遍《女學究》中花彫斯（Vadius）和特里索當（Trissotin）那一幕，我奉陪。在你面前我既不低頭也不忍氣吞聲。不！對詩人而言你無關痛癢！你在他們周遭大放厥詞，你對著人群叫囂他們的名字，吹喇叭號召路人，讓人們買他們的詩句，你讓他們賺錢，你餵食他們，你是他們肚腹的僕人，但是他們的天才超越你，你與他們的夢想毫無共同點，他們擁有天馬行空、高瞻遠矚的思想；而你頂多只是把他們載到市場的羅西南多（Rossinante）[6]。

桌子猛烈敲打起來。

奧古斯特．華格立：喂，老兄！想想你出身的茅坑，和你將前往的墳墓。

桌子開始瘋狂旋轉起來。

奧古斯特・華格立：評論還在嗎？

—不在。

奧古斯特・華格立：你是誰？

—理念。

奧古斯特・華格立：說。

—我是來制止精神和理念之間的爭端。

奧古斯特・華格立：你，我尊敬你。你知道我一直是理念的僕人。

—知道，但我覺得你捲起了僕人的袖子。

奧古斯特・華格立：我沒有反抗你的意思，只是反對一個嘲笑我、低下辱罵且惱怒的意念。你說誰錯了？

—你錯了。

奧古斯特・華格立：什麼？我錯了！

—是你率先動氣，我從你腦子裡接收到粗暴、出其不意的攻擊。

奧古斯特．華格立：不是我先開罵，就算是我，誰的怒罵最可被原諒？一個血脈賁張的人？或來自碧藍天空，安祥泰然的理念者？

—停止這一切爭吵。

奧古斯特．華格立：很樂意，但我不服氣。

—當心我。

奧古斯特．華格立：我無限尊敬你，但只有當你認為我有理時，我才覺得你有理。

—謙卑為懷呀。

奧古斯特．華格立：未被信服，我不習慣謙卑。

—好吧！我接受挑戰。

奧古斯特．華格立：這不是挑戰，只是我有自己的理念和意識。說服我，我就服從你。但未被說服前，絕不。

暴躁桌子緩和下來。

—人啊，聽著，你錯了。再重讀一遍筆錄，你將看到「評論」曾對你致謝。

他們重唸一遍筆錄。

奧古斯特．華格立：我承認評論對我說了一個謝字。祂可能認為這發自於祂的讚許已足夠，我錯在我的不滿足，可否請祂再回來，好讓我和祂言歸於好？

桌子轉動起來。

奧古斯特．華格立：是誰？

—評論。

奧古斯特．華格立：感謝你再回來。我承認你讚許過我，我該為此感到心滿意足，請忘記我一時的氣話。原諒我嗎？

—原諒。

奧古斯特．華格立：那麼，請多指教。

—好。

奧古斯特．華格立：當我請你描述莎士比亞的特徵時，你曾說：「靈魂潛水者」，可以為我們就這句話多加解釋嗎？

—莎士比亞之前，人類的靈魂是深不可測的大海。艾斯奇勒斯（Eschyle）[7]曾擁有整個大海、暴風雨、風、雷電、泡沫、岩石、天空，所有的一切，除了珍珠。莎士比亞潛入深海，把愛帶了回來。

奧古斯特．華格立：「傳奇小說」跟我們約好五點鐘來，我們不想請祂走，也不想咱們剛和解卻這麼快就離開，我們感到很為難，你可以解決嗎？

—當然，請「傳奇小說」明天再來。

奧古斯特．華格立：幾點？

—六點。

奧古斯特．華格立：我母親明天來澤西島，「傳奇小說」可以早點來嗎？這對我比較方便。祂是否可以明天早上來？

—不行。

奧古斯特．華格立：下午？行嗎？

—行。

奧古斯特．華格立：幾點？

—六點。

奧古斯特．華格立：和我們談談莫里哀。

—莫里哀揭露人心，祂將靈魂裡裡外外整個全面透視，祂發現到笑中有苦。亞爾諾夫

（Arnolphe）[8]、亞勒歐斯特（Alceste）[9]、司加那瑞勒（Sganarelle）[10]、貴人迷（*le Bourgeois Gentilhomme*）[11]，都是手指按在唇上，比噓叫安靜的強顏歡笑者！然而我們卻哭了。

奧古斯特·華格立：你指的是哪位司加那瑞勒？

—《唐璜》的司加那瑞勒。

奧古斯特·華格立：你沒提到《偽君子》（*Le Tartuffe*）和《吝嗇鬼》（*l'Arare*）。對你而言，難道它們不是傑作？

—是。

奧古斯特·華格立：為什麼沒提它們？

—把它們加進來。

奧古斯特·華格立：你希望我們繼續已開講的悲劇名單，還是再接著談戲劇呢？

—米開朗基羅，魯本斯（Rubens）[12]，林布蘭（Rembrandt）[13]，拉斐爾（Raphaël）[14]，普介（Puget）[15]，大衛（David）[16]，羅曼塞羅（le Romancero）。

奧古斯特·華格立：羅曼塞羅是人物嗎？

—不是。

奧古斯特・華格立：那你為何將它列入戲劇詩人？

—伊利亞德（Iliade）[17]不是詩人，人們卻叫他是荷馬。

奧古斯特・華格立：所以你覺得大衛是天才，他有何偉大之處？

—在他之前，共和國的人民只有街道上的砌石，是他給了人民大理石三角楣。

奧古斯特・華格立：這如同那些賦予荷馬兩首史詩的吟遊詩人嗎？

—不，世界誕生，喚醒了大混亂。它的第一聲哭泣是首歌，此時還沒有詩人，必須經歷好幾世紀的飛鳥，荷馬史詩吟遊者是飛鳥，荷馬是詩人。

---

1 伊索（Aesop）：據傳，伊索約生活於公元前七世紀至六世紀。伊索的名字最早出現在希臘歷史學家希羅多德的史學名著《歷史》中，而希羅多德的生卒年在公元前四八五至四二〇年之間。傳說中，伊索是一名奴隸，他在哲學家克桑特斯之下打工，後來以博學多聞獲得雅德蒙家釋放，成為自由人，可以參與公共事務，曾經遊歷希臘善講以動物為主角的寓言故事。

2 塞凡提斯（Miguel de Cervantès, 1547-1616）：西班牙小說家、劇作家、詩人。評論家們稱他的小說《唐吉訶德》是文學史上的第一部現代小說，也是世界文學的瑰寶之一。

3 拉伯雷（François Rabelais, 1493-1553）：法國文藝復興時代的偉大作家，也是人文主義的代表人物之一，代表作為《巨人傳》，另有《拉伯雷全集》傳世。雖以散文和小說聞名，拉伯雷重視音韻協調，善用修辭，開拓中古法語，獲得詩人的雅稱。

4 牟尼哆（Munito）：十九世紀時一條多才多藝的狗，牠的主人是義大利人卡斯德利（Castelli），意識到牟尼哆的才華，在米蘭附近訓練牠十三個月。據說牠能拼寫、算術、玩紙牌和多米諾骨牌等，並到各個國家收費表演。

5 梅里美（Prosper Mérimée, 1803-1870）：十九世紀法國現實主義作家，以《卡門》廣為後人所知，音樂家比才將其改編為音樂劇。梅里美著作不多，卻以深厚的文字和情節、角色的成功刻畫，留名於文學史。

6 羅西南多（Rossinante）：唐・吉訶德座下瘦得只剩下皮包骨的老馬，唐・吉訶德花了整整四天要幫牠取個響亮的名字，最終定名為羅西南多。

7 艾斯奇勒斯（Eschyle, 525 BC-456 BC）：古希臘劇作家，與與索福克勒斯和歐里庇得斯並稱為古希臘三大劇作家，素有「悲劇之父」的敬稱。

8 亞爾諾夫（Arnolphe）：莫里哀劇作《太太學堂》中的主要角色，認為妻子只要能服事丈夫以及敬拜上帝即可，將領養的少女阿涅絲送往修道院接受教養，培育純潔的心靈，準備日後娶她為妻。

9 亞勒歐斯特（Alceste）：莫里哀劇作《憤世者》中的主要角色，他痛恨男人，並不惜與全人類決裂，卻深受一名女子吸引。儘管她的舉止無法獲得他的稱許；儘管有其他擁有美德的女子向他訴諸情意。

10 司加那瑞勒（Sganarelle）：莫里哀劇作中的角色名字，曾用於《唐璜》（Dom Juan）以及一部單幕劇《想像中的綠帽》（*Le Cocu imaginaire*），兩者為不同人物。

11 《貴人迷》（*le Bourgeois Gentilhomme*）：莫里哀一六七〇年劇作，諷刺了法國的布爾喬亞階級，和自命不凡的庸俗貴族。

12 魯本斯（Sir Peter Paul Rubens, 1577-1640）：法蘭德斯畫家，巴洛克畫派早期代表人物。

13 林布蘭（Rembrandt Harmenszoon van Rijn, 1606-1669）：歐洲巴洛克繪畫藝術的代表畫家之一，十七世紀荷蘭黃金時代繪畫的主要人物，被稱為荷蘭歷史上最偉大的畫家。

14 拉斐爾（Raphaël Santi, 1483-1520）：義大利畫家、建築師。與李奧納多．達文西和米開朗基羅合稱「文藝復興藝術三傑」。

15 普介（Pierre Puget, 1620-1694）：法國雕塑、繪畫和建築家。

16 大衛（Jacques-Louis David, 1748-1825）：法國畫家，新古典主義畫派的莫基人和傑出代表，他在一七八〇年代繪成的一系列歷史畫，標誌著當代藝術由洛可可風格向古典主義的轉變。

17 伊利亞德（Iliade）：古希臘詩人荷馬的強弱弱格六音步史詩，背景為希臘城邦時期的特洛伊戰爭，故事講述了國王阿加曼農與英雄阿喀琉斯之間的爭執。與《奧德賽》同為古希臘時期的重要文學作品，後世咸認的西洋文學經典。

V

第五場

「評論」繼續與眾人分享關於文學家們的獨到見解，華格立再次交換相異的觀點，他們深刻討論了巴爾札克（Honoré de Balzac）；喬治．桑（George Sand）[1]的作品和作家本人對於女性的影響。另簡短點評了伏爾泰（Voltaire）、泰奧菲爾．戈提耶（Théophile Gautier）[2]、大仲馬（Alexandre Dumas）[3]、歐仁．蘇（Eugène Sue）[4]和阿爾弗雷德．德．繆塞。

一八五三年九月二十四日，星期六，白天三點

扶桌人：查爾勒、雨果夫人。

奧古斯特．華格立：誰在那裡？

—評論。

奧古斯特．華格立：有話要對我們說嗎？

—是。

奧古斯特．華格立：說。

—發問。

奧古斯特．華格立：你怎麼看巴爾札克？

—他是人心鑰匙的掌管者。在他之前，人心深鎖，女人的靈魂之門半開，愛雖然被莎士比亞、被歌德、雨果大為開放，但藏在這巨大痛苦裡的小痛楚仍被忽略。巴爾札克是盤點絕望的崇高看門人，他在遭背叛女人慘遭蹂躪的靈魂，投下深邃且溫柔的一眼，他探查所有的衣櫥；拾取沾滿淚水的手帕；收集褪色的緞帶。他呼吸舞會上花束凋落的花朵；親吻被愛拋棄而非被其香味遺棄的留香手套；他在無形中看到一切，在未知裡找到一切，在不解中命名一切。對偉大的描繪者如莎士比亞而言，女人的心是無止境的巨大；對巴爾札克而言，則是無止境的嬌美；對雨果而言，這是深淵；對巴爾札克而言，則是花冠。某些人在伸向整個心門的黑色床單裡猜測死亡；另一些人則在心靈路上找到的枯萎玫瑰葉上預感到墳墓。第一種人是護衛神父，第二種人是護衛犬。

奧古斯特·華格立：我覺得你只說到巴爾札克的一小角。確實如此，他經常拿放大鏡在看心；但有時候他會丟下放大鏡，在生命裡潛入一個混亂的眼神和對事情引起昏眩的遠見。這就是他的偉大之處。

—明亮作品的陰暗面不比被照亮部分有價值。你要我說有關太陽的事，而你卻責怪我遺忘雲朵。

奧古斯特·華格立：巴爾札克的偉大不只限於混亂和黑夜裡，白日陽光普照下的《朗杰公爵夫人》（*La Duchesse de Langeais*）和《高老頭》（*Père Goriot*）也一樣偉大。而且，你當巴爾札克只是女人的創造者，他也創造了男人。

—朗杰公爵夫人是個敢愛卻受苦的女人：我說的是愛。高老頭是個敢愛和奉獻的母親：我說的是愛。

奧古斯特·華格立：說說喬治·桑吧。

—一個贖回女性的墮落女人。

奧古斯特·華格立：墮落？從何意義上而說。

—對她贖回的女性。

奧古斯特·華格立：請更明確地說。

—女性們蔑視喬治·桑，卻是喬治·桑將她們扶起。—喬治·桑大半作品都在杜德鳳夫人（Madame Dudevant）[5]的生活裡。

奧古斯特·華格立：描繪她的作品特徵。

—自古以來，男人享有特權，女人負擔重重。男人坐上王位，他曾是國王、主人、創造者、詩人，他總是偏愛歌頌男人。在古代，女人是奴隸；在中古世紀，女人是僕侍；在舊政權，她是妓女；就革命而言，她是公民；就帝國而言，她是女人；就未來而言，她是女性。喬治·桑是女性未來的使徒；塞維尼夫人（Madame Sévigné）是把扇子；斯戴爾夫人（Madame Staël）是根羽毛，喬治·桑是個工具。在女人裡，巴爾札克只看到人性的一面，喬治·桑還看到社會的層面，巴爾札克是護衛犬，喬治·桑是慈善醫院的修女。

奧古斯特·華格立：既然偉大的戲劇詩人是透過思想和愛的創造者，你為何沒將喬治·桑納入名單內？

—如同巴爾札克，她缺乏風格。喬治·桑的風格只是個砌石工，巴爾札克充其量只是個礦工；要當偉人，必須是找到黃金的礦工，必須是鑲嵌珠寶的雕鑲工，必須是建築長城的瓦石工，必須是意義超凡的紀念碑。

奧古斯特．華格立：你為何沒列入伏爾泰？

—伏爾泰不完整，哲學作品是巨大的，文學作品卻是渺小的。百科全書（Encyclopédie）給他加冕皇冠，唐塞德（Tancrède）卻廢黜他。

雨果夫人：說，我在想什麼。

—派人去找羅伯—胡丹（Robert-Houdin）。

雨果夫人：你回答的有點生硬。

—為了說服你們，理念做了一番努力，現在祂想要啟發你們。為了說服你們，祂在緊繃的繩索上跳舞給你們看。為了啟發你們，祂在天空中飛翔給你們看。

雨果夫人：你知道我有信仰，我想嘗試這經驗，為了說服我那心存懷疑的丈夫；如何讓他再度成為信徒？

—服從他。

雨果夫人：這是說查爾勒必須準備好迎合他父親的所有期望經驗嗎？

—是。

雨果夫人：首先？我兒子維克多，最不信神，如今他相信嗎？

—他將會相信。

雨果夫人：為了和你談我的丈夫和兒子，我打斷你的評論，你不詫異嗎？

—女人的聲音，尤其是母親的聲音，是地球上可聽到最美好的音樂。母性是窩巢，我們是鳥兒。

奧古斯特·華格立：當我跟你說巴爾札克並非只創造女人時，你回敬我說：「高老頭是位母親。」那麼沃特林（Vautrin）[6]呢？

—沃特林是愛的大不幸者，偉大的詛咒奉獻，沃特林是最無情事件中的最溫柔，藏在廚房長袍下的一顆父親的心。他遭法律拒絕，則以大自然來取代報復，他受眾男人抹煞，則加入更多父親以自我安慰。他被剝奪繼承，他則領養。沃特林因被放逐而成為父親；這幾乎與上帝創造人一樣。

奧古斯特·華格立：你讓巴爾札克在嬌小中化為永恆，如今卻讓沃特林在宏偉中幾乎化為永恆？

—沃特林的確偉大，但他只是橫渡巴爾札克的作品，而不是完成它。《人間喜劇》的一般特徵是親密人們的揭露。巴爾札克是米開朗基羅的縮影。

奧古斯特．華格立：你可再多停留一會兒嗎？

——半小時。

奧古斯特．華格立：何時再來？

——星期四。

奧古斯特．華格立：幾點？

——兩點。

奧古斯特．華格立：和我們談談泰奧菲爾．戈提耶。

——話語珠寶匠。

奧古斯特．華格立：和我們說說歐仁．蘇。

——理念鑿石匠。

奧古斯特．華格立：關於阿爾弗雷德．德．繆塞，你曾以非常靈性且非常公正的觀點來概括他，但請對我們量化他的整體才能。

——有靈感的放蕩者，狂熱的殉道者，狂歡詩人，瘋狂智者，香檳酒的蘇格拉底。

奧古斯特．華格立：一句話概括大仲馬。

—文學華爾茲。

奧古斯特．華格立：和我們談談他的戲劇。

—《安東尼》是大仲馬視為金條的曙光。這的確是曙光，大仲馬犯下將他的太陽送給鑄幣廠的嚴重錯誤。

雨果夫人：你怎麼看通靈者？

—思考、相信、感應、吸引意念。

雨果夫人：吸引意念是什麼意思？

—吸引它。

雨果夫人：告訴我們何謂吸引意念。

—只能意會，不能言傳。

雨果夫人：有很多通靈者嗎？

—一世紀只出一個。

奧古斯特．華格立：你曾對我們提及小說家；剛剛也和我們談到評論家，而上回你曾對我們說真正的評論家是詩人，誰是你口中的評論家？

—藝術評論者，那些擁有空白書眉，而非擁有書的人，太陽評注家。

結束於七點半。

1 喬治・桑（George Sand, 1804-1876）：十九世紀法國女小說家、劇作家、文學評論家、政治評論者。使用男性化筆名，以男性裝扮爭取享有更多日常權益的喬治・桑，其傑出的作品走紅於當時，並影響後世深遠。文學之外，也為社會政治喉舌，為窮人與婦女爭取權益。

2 泰奧菲爾・戈提耶（Théophile Gautier, 1811-1872）：法國十九世紀重要的詩人、小說家、戲劇家和文藝批評家。

3 大仲馬（Alexandre Dumas, 1802-1870）：十九世紀法國浪漫主義文豪，著有世界名著《基度山恩仇記》與《達太安浪漫三部曲》（《三劍客》、《二十年後》和《布拉熱洛納子爵》）。

4 歐仁・蘇（Eugène Sue, 1804-1857）：法國作家，其代表作《巴黎的祕密》首創連載小說體裁。

5 杜德鳳夫人（Madame Dudevant）：喬治・桑的配偶為杜德鳳男爵，兩人的婚姻維持了十五年，在這段期間杜德鳳夫人以筆名喬治・桑發表了兩部優秀的小說作品，後世公認為其創作高峰的代表作品。

6 沃特林（Vautrin）：巴爾札克《人間喜劇》系列小說中的角色，本名雅克・柯林，是名高大的男子。也曾出現在巴爾札克的其他作品，如《高老頭》。

VI

第六場

來自木星的靈體與眾人展開短暫對話；自稱為杜里爾的母親短暫來臨。

馬拉（Marat）[1] 向眾人分享了法國大革命時期擁護共和的見解，評斷羅伯斯比（Robespierre）[2] 等人；夏洛特．科黛（Charlotte Corday）[3] 的自剖。緊接著羅伯斯比的靈體降臨，提出見解和回應了丹敦（Danton）[4]、米拉波（Mirabeau）[5]、馬拉、羅蘭夫人（Madame Roland）[6] 等大革命時期的重要人物 。

介於九月二十九日至十二月八日之間

繼雨果家之後的幾場請神上桌，與靈對話被省略未記錄，而在艾德蒙．勒桂維（Edmond Leguevel）[7] 家的對話也被摒棄，因為執筆記錄者缺少經驗，前幾場即遺漏標注日期和時間。

列席者：勒桂維、勒桂維夫人、杜里爾（Xavier Durrieu）[8]、戴歐菲爾．葛翰（Théophile Guérin）[9]。

扶桌者：查爾勒．雨果、維克立（Vickery） 。

問：來者是誰？

—Tyatafia

問：你剛說的字是我們認識的語言嗎？

—不。

問：是這地球上某民族的語言嗎？

—不。

問：因此，你住在與我們不同的另一個行星？

—是。

問：哪個？

—木星。

問：住在木星上的存在體有靈魂和身體嗎？是否與我們一樣由物質和精神所構成？

沒有回答。

問：就玄學層面而言，木星上的居民是否也和我們一樣先進？

—不。

問：和我們地球相比，木星是否較不幸福？
——是。
問：根據行為之善或惡，人們死後是否會到不幸的行星，或前往極樂之地？
——是。
問：木星和此地是否一樣，有物質上的貧困和道德上的不良？
——是。
問：我們之中是否有人將前往比這兒更不幸福的行星？
——X．X。
問：所以你不曉得我們將如何填補我們的餘生？
——是。
桌子躁動旋轉起來。澤維爾．杜里爾和查爾勒扶住桌子。
問：你是誰？
——死亡。
問：尊姓大名？

——母親。

問：誰的母親？

——他知道，因為他在發抖。

問：妳願意說妳是誰的母親嗎？

——願意。

問：誰的母親？

——杜里爾。

杜里爾：是我嗎？

——是。

杜里爾：妳愛我嗎？因為，我，我愛妳，我一直都思念著妳。

——我愛你。你的愛使我墳墓的空氣芳香，這是一朵喝了你以淚水澆灑的喜悅花朵。哦，我兒，鬥爭且受苦呀。流亡包括墳墓在內，天空對墳墓說：「我是祖國。」墳墓對流亡說：「我是天空。」

桌子又躁動旋轉起來。

問：是誰？

—馬拉。

問：說吧。

—拉馬丁是個孩子，第治爾（Thiers）[10]是個傻子，拉克泰勒（Lacretelle）是個蠢蛋，路易．布朗（Louis Blanc）[11]是個沉思者，嘉貝（Cabet）[12]是個夢想家，唯有人民是歷史家。槍支在工具之下，革命是幹活兒，成果是全體共和國。捲起你們的袖子，咱郊區的工人老夥伴們！巴士底的靈魂戰勝杜伊勒利宮，幽靈再現，並取代自由圓柱上的雕像！

問：你滿意一八四八年擁護共和政體者嗎？

—不。

問：描述他們的特性。

—吸奶瓶的擁戴共和政體者。

問：你相信還有下次的共和政體嗎？

—相信。

問：幾年後？

—兩年。

問：你對權力委派的看法如何？

—必要的過渡轉變。人道只是緩慢步行，革命卻是七里長靴，不時跨越白朗峰。一七八九年，它越過君主政體的老城堡圍牆，在被拆毀的權力上插下人民主權的旗幟。一八四八年，它拔起旗幟在人間揮舞。塵埃掉落在斬獲成果的旗幟皺褶間，但時間是必要的。下次革命將立下信條教義，第二次將實踐它。

問：你怎麼看羅伯斯比？

—羅伯斯比是革命先鋒，他的頭顱雖褪色，卻在斷頭台下的籃底閃閃發光，事實上是理念的苦難。

問：你還會再回來嗎？

—明晚。

問：幾點？

—九點。

問：查爾勒必須在場嗎？

—是。

問：你可知道羅伯斯比是否能來？

——能。

問：我們可以會見夏洛特·科黛嗎？

——可以。

問：何時？

——明天。

問：你怎麼看她？

——Vyshig

問：有人犯錯嗎？

沒回答，桌子躁動。

問：是誰？

——夏洛特·科黛。

問：依妳所處的社會地位，妳如何評斷妳的行為？在詞彙的絕對意義裡，這是罪過嗎？

——不，錯誤。

問：描述妳的行為特性。

——在罪過祭司前的無辜狂熱盲從。來到焚屍柴堆上撲滅火焰的百姓大祭志願者，卻看不見這照亮世人的餤火。

問：妳怎麼看馬拉？

——自以為是劊子手的犧牲者。

問：你們在另一個世界相見嗎？

——不。

問：為什麼？

——我是他的內疚，他是我的悔恨。

問：你們互相喜愛嗎？

——兩個流血的創傷，其唇不會吻合。

問：妳的生命中有愛嗎？

——有。

問：對誰？

——憐憫。

問：人間的愛？

—不。

問：如今妳認識革命的男人，妳仍會這麼做嗎？

—不。

問：妳曾是共和黨人嗎？

—是。

問：儘管拋頭顱灑熱血，妳仍覺得革命偉大嗎？

—是。

問：對妳而言，是哪種情感在支配革命？

—憐憫。

問：死刑將是下次革命使用的手段之一嗎？

—不。

問：阻止想箝制革命言論的人再現是件恐怖的事？

—是。

問：妳對布朗基（Louis Auguste Blanqui）[13]有何看法？

—馬拉浴缸的血水為劊子手洗禮。

問：他將扮演某個角色？
—是的，他嘗試，但他將失敗。
問：在誰或什麼事之前？
—情理。
問：妳對勒兌．羅藍的看法如何？
—丹敦工具的搖柄。
桌子躁動。

問：誰在那裡？
—羅伯斯比。
問：你怎麼看丹敦？
—完整的米拉波。
問：丹敦以什麼來填補米拉波？
—從斷頭台。
問：願聞其詳。

—米拉波是自我出賣的丹敦，丹敦是自我獻身的米拉波。

問：願聞其詳。

—為革命而死是獻身，為革命而殺人是自我犧牲。

問：所以，丹敦的愛國主義乃大公無私？

—是。

問：他沒像我們所懷疑的那樣自我出賣而失敗嗎？

—是。

問：願聞其詳。

—丹敦是暴風雨，暴風雨不會因為一道金光掉落烏雲裡而退卻。他衰弱，因為他只是對無形氣息盲從的一股力量。

問：妳怎麼看馬拉？

—獅子嘴，丹敦是獅子鬃鬣。

問：妳怎麼看聖·茸（Saint-Just）[14]？

—下令處死且服從指令的嚴厲意志。

問：妳怎麼看艾伯特（Hébert）[15]？

—獅趾甲，亨利歐特（Henriot）是爪子。

問：韋尼佑（Pierre Victurnien Vergniaud）[16]呢？

—詩般的散文，由拉馬丁押韻成詩。

問：羅蘭夫人呢？

—茫茫大血海的迷誘美人魚。

結束場次。

1 馬拉（Jean-Paul Marat, 1743-1793）：法國大革命時期著名的政治理論家與科學家。馬拉原本是一名醫生，一七七四年發表《奴隸制枷鎖》一書，抨擊英國的君主制。法國大革命爆發後，他積極投身革命，創辦《人民之友》報，批評《人權宣言》只是富人安慰窮人的誘惑物。

馬拉經常攻擊在巴黎國民制憲議會中最具影響力的當權派，為躲避追捕，長期躲在巴黎的下水道，加劇了他的慢性皮膚疾病。為了減輕病痛而不影響工作，他每天泡在帶有藥液的浴缸中工作。一七九三年七月十三日馬拉被吉倫特派的女刺客夏洛特．科黛刺殺身亡。

馬拉死後被國民公會授以烈士葬禮，遺體被送進先賢祠。一七九四年七月二十七日熱月政變結束了羅伯斯比的恐怖統治，一七九五年年初民粹熱情消退，馬拉漸被人們淡忘，一七九五年二月由先賢祠遷出。

2 羅伯斯比（Maximilien Robespierre, 1758-1794）：法國大革命時期政治家，雅各賓專政時期的實際最高領導人。他曾是一七八九年法國三級會議、國民議會代表和雅各賓俱樂部的成員，主張男性普選權，並於一七九四年成功的在法國殖民地廢除奴隸制。

受到十八世紀啟蒙時代知識份子盧梭和孟德斯鳩等人的影響，羅伯斯比走左派資產階級路線。他堅定地遵守和捍衛他的主張，在當時一度贏得了「不可腐蝕者」的綽號。

實際上羅伯斯比是一個毀譽參半的人物。在他被政治盟友喬治·丹敦提名為握有重權的公共安全委員會委員後，他在一七九三年三月鎮壓了左翼的埃貝爾派。主張處決國王路易十六的也是他。連走溫和路線的喬治·丹敦也被他指控腐敗，導致丹敦在一七九四年四月五日遭處決。同年七月二十七日熱月政變發生，次日羅伯斯比被逮捕處決，反雅各賓派政客掌權，視羅伯斯比為恐怖統治的元凶。

3 夏洛特·科黛（Charlotte Corday, 1768-1793）：法國大革命恐怖統治時期的重要人物。出身自沒落貴族家庭，她是溫和共和派支持者，反對羅伯斯比的激進派獨裁專政，策劃並刺殺激進派領導人馬拉特，被逮捕並遭處決。這個刺殺事件之後被雅克—路易·大衛畫成了名畫〈馬拉之死〉。

一八四七年，詩人阿爾方斯·德·拉馬丁在他的作品中將夏洛特·科黛稱呼為「暗殺的天使」，成為科黛最著名的稱號。

4 丹敦（Georges Jacques Danton, 1759-1794）：法國大革命初期的領導人物和第一任公共安全委員會主席。革命爆發時丹敦的角色一直有爭議，很多歷史學家形容他在「推翻君主制和建立法蘭西第一共和國過程中是主導的力量。」他對雅各賓派有調節作用，因主張恐怖統治的羅伯斯比指控他受賄並且憐憫革命敵人，而被送上斷頭台。

5 米拉波伯爵（Comte de Mirabeau, 1749-1791）：法國革命家、作家、政治記者暨外交官，共濟會會員，法國大革命時期著名的政治家和演說家。在法國大革命初期統治國家的國民議會中，他是溫和派人士中最重要的人物之一，主張建立君主立憲制以融合到革命中。

6 羅蘭夫人（Madame Roland, 1754-1793）：法國大革命時期，吉倫特派領導人之一，因被誤判為保皇黨被送上斷頭台，臨終前留下了名言——「自由自由，天下古今多少罪惡，假汝之名以行。」

7 艾德蒙・勒桂維（Edmond Le Guevel, 1822-1881）：《革命》雜誌記者，於一八五三年九月到十二月間，參與了澤西島上雨果家的「諸神上桌」。後轉往西班牙時，持續進行。

8 澤維爾・杜里爾（Xavier Durrieu, 1814-1868）：法國記者，曾辦雜誌《革命》（*La Révolution*），爆發第二帝國政變後，雜誌社遭查封。一八五三年九月時，杜里爾抵達澤西島，參與了雨果的「諸神上桌」。

9 戴歐菲爾・葛翰（Théophile Guérin, 1819-1895）：法國化學家，一八五一年十二月政變後被捕，之後流亡到澤西島定居，參與了雨果的「諸神上桌」，之後跟隨雨果前往根西島。

10 阿道夫・第治爾（Adolphe Thiers, 1797-1877）：法國政治家，歷史學者。法蘭西第二帝國七月王朝時出任首相，第二帝國滅亡後，再度掌權，鎮壓巴黎公社。第三共和建立後出任首位總統。

11 路易・布朗（Louis Blanc, 1811-1882）：法國政治家，第二共和時期的社會主義者，二月革命後進入政府，提倡工廠縮短工時。

12 嘉貝（Étienne Cabet, 1788-1856）：法國哲學家、空想社會主義學者，廣獲當時勞動者擁護，著有《伊卡利亞旅行》，提倡以勞動者合作社取代資本主義的供需系統。

13 路易・奧古斯特・布朗基（Louis Auguste Blanqui, 1805-1881）：法國政治家，社會主義者，以領導人身分參與了巴黎公社，出任巴黎公社議會主席。其強調以政變方式進行社會主義改革的思想被稱為「布朗基主義」。

14 聖・莒（Louis Antoine Léon de Saint-Just, 1767-1794）：法國大革命雅各賓專政時期重要的政治和軍事領袖之一，他以最年輕之姿當選國會議員，快速崛起後發揮強大影響力。在他的計畫下，將法王路易十六送上斷頭臺，起草一七九三年的憲法草案。曾多次策劃參與革命人士的逮捕，被稱為「恐怖大天使」，最後在熱月政變中失勢，被送上斷頭臺。

15 艾伯特（Jacques-René Hébert, 1757-1794）：記者，雜誌創辦人，法國大革命時期的群眾領袖之一，以擅長鼓舞群眾的反抗意識而聞名。曾辦雜誌"*Le Père Duchesne*"，以符合庶民形象的第一人稱抒發對於時政的不滿，獲得廣大讀者的支持。曾與馬拉等人聯手攻擊韋尼佑等的「吉倫特派」，後又持續攻擊多數溫和派，最終被捕送上斷頭臺。

16

韋尼佑（Pierre Victurnien Vergniaud, 1753-1793）：法國政治家和律師，活躍於法國大革命時期，是吉倫特派的支持者。韋尼佑以雄辯渲染的演講馳名，從早年的法庭辯論到當選議員後的公開演講，時常引發熱議。最終跟隨著吉倫特黨人一個一個被送上斷頭臺。

VII

第七場

偉大的軍事家漢尼拔（Annibal）[1] 降臨與雨果討論拿破崙的作戰和評價，雨果並向漢尼拔請教關於迦太基的歷史。摩西降臨，向眾人開導關於奧祕桌談的啟示與意義。

一八五三年十二月八日，晚上十點半，在維克多·雨果家

列席者：維克多·雨果夫人、雨果小姐、維克多·雨果、查爾勒、和弗朗索—維克多·雨果、華格立、巴比爾（Barbieux）和澤維爾·杜里爾先生們。

扶桌者：葛翰、特雷紀。

問：誰在那裡？

——漢尼拔。

維克多．雨果：真的是漢尼拔嗎？

沒有回答。

維克多．雨果：你受到拘束，難以做答嗎？

——是。

維克多．雨果：由於某人？

——是。

維克多．雨果：誰？

——Bsilacde。

維克多．雨果：告訴我們究竟受誰的拘束。

——特雷紀。

維克多．雨果：你希望由誰來取代他？

——查爾勒．雨果。

查爾勒上桌。

維克多．雨果：你是大漢尼拔嗎？

—R、r。

查爾勒．雨果：你是先前說話的那個人嗎？

—是。

查爾勒．雨果：你是大漢尼拔嗎？

—R。

查爾勒．雨果：有什麼東西礙著你嗎？

—是。

查爾勒．雨果：什麼？

—地毯。

桌子在地毯上。

查爾勒．雨果：為什麼？

——卡普阿（Capoue）[2]。

查爾勒．雨果：這讓你聯想起卡普阿？

——是。

查爾勒．雨果：你同意在這個房間談話嗎？

——不。

查爾勒．雨果：你想離去嗎？

——不。

維克多．雨果：這簡陋地毯如何會讓祂想起卡普阿？簡直開玩笑。儘管這地毯，你仍願意和我們聊嗎？

——不。

我們搬到沒地毯的工作室。

維克多．雨果：漢尼拔，你還在嗎？

——在。

維克多．雨果：拿破崙說你是古代最偉大的統帥，他將你擺在亞歷山大和凱撒之上，因為你曾犧牲大半軍隊為了征服你的戰場，而且儘管羅馬和迦太基軍團，你保住戰場十五年。你個人怎麼看拿破崙？

—Dux maximus post victorias, minimus post claden.（拉丁文：勝利時最偉大的領導者；失敗時最渺小的領導者）

維克多．雨果：允許我發表個人對你在軍事方面的意見，我想告訴你我不覺得拿破崙戰敗後變得渺小。莫斯科之後，與其說他被敵軍打敗，不如說他是敗於冬天。他完全保持冷靜，他想重新集結其全部精神力量以修復這大潰敗，為此目的，他臨時組軍。

—Dixi ducem, non virum. Victus a hyeme, dux magnus non fugit, moritur. Mors suprema victoria.（拉丁文：我指的是領袖，不是那人，嚴冬來時，他固守而亡，死亡，是至高的勝利）

維克多．雨果：在偉人和大將帥之間，你點出了差異。偉人生存是為了修復潰敗。你是否願意以法文回答，好讓在此的所有人都能懂？

—好。

維克多．雨果：請說。

—戰敗的拿破崙是自私的拿破崙。勝利，想到法國；失敗，想到自己。莫斯科使他思索到杜樂麗宮；奧斯特里茲（Austerlitz）[3]使他想到法國。失敗的拿破崙是一個躲在皇冠下而非光環下讓位的逃亡天才。這讓位，是死亡。

維克多·雨果：這是你可澄清的一個歷史觀點。在坎城戰鬥的古羅馬軍團留下一座紀念碑，碑上人們可隱約讀到：leg……fulminat……一則敘述羅馬軍團的老鷹被閃電擊倒的傳說。銘文須以傳統來解釋嗎？我們應該讀為 fulminata 或 fulminatrix 呢？

如此提問，被拒絕回答。

維克多·雨果：那麼，說說你自己。

—石頭撒謊，青銅撒謊，大理石褻瀆，泥土有理。凱撒、亞歷山大、查理曼大帝、漢尼拔，謊言！波拿巴王朝，真相！

維克多·雨果：拿破崙在聖·愛倫島記得他大半旅的軍號，人們對此超強記憶力感到驚訝，他回說：「有人會忘記老情婦的名字嗎？」拿破崙記得他施放命令的那些人，而你，你該記得你曾打敗的那些人，在坎城戰敗的軍團中，有一團名為 Fulminatrix 或 Fulminata。

—Trix。

維克多·雨果：告訴我們參加坎城戰役的羅馬軍團名字。

—第一軍團復仇（Vindicatrix）；第二軍團勝利（victrix）；第三軍團雷擊（fulminatrix）；第四軍團閃電（fulgurans）；第五軍團貪婪（vorax）；第六軍團禿鷹（vultur）；最大（maxima）和終極（ultima），難以辨識之字。

維克多．雨果：你可否為我們列舉軍團，或參與這戰役的迦太基軍隊？

—可以。

維克多．雨果：如何稱呼它們？

—叉槍（Fasces）。

維克多．雨果：有多少叉槍團？

—三。

維克多．雨果：它們之中每一團都組有步兵和騎兵嗎？

—是。

維克多．雨果：它們有特屬名字嗎？

—有。

維克多．雨果：告訴我們這些名字。

—信念（Fides），復仇（ultio），祖國（patria）。

維克多．雨果：你是宣誓義務的化身，你願意告訴我們你對今日那些面對世界違法者代表的看法嗎？

——願意。

查爾勒．雨果：說法文。

——我使盡我的仇恨以遵守我的宣誓；他卻打破宣誓以服務其仇恨。我是復仇的祖國大天使；而他是虔誠人民的撒旦。我是帶領世界的長翅誓言；而他是偷竊人民的蒙面宣誓。我是誓言之飛鳥；他卻是誓言之雜耍。

維克多．雨果：迦太基今日不再有歷史，羅馬將它從世界表層抹除。唯有你可告訴我們迦太基的真相，你可願意？

——這是一座巨大城邦，擁有六十個塔樓聖地，六千座寺廟，其中三千座以大理石建造，兩千座以斑岩築成，六百座雪花石膏廟，三百座碧玉寺，五十座灰泥廟，四十五座象牙廟，四座銀廟，一座金廟。街道有三百法尺寬[4]，以大理石鋪路，且覆蓋銀色帆布。沿著房屋，燃燒整排芳香燈，大白象與歌舞者遊行在大街小巷。空氣如此瀰漫芳香，如此和諧，以致於花和鳥兒們從不死去。迦太基擁有三萬船隻，六百座堡壘，十萬匹馬，一萬兩千隻大象，每年有上億人才，和漢尼拔。

維克多．雨果：可否告訴我們四座以黃金和白銀打造的寺廟的名字？

—是。

維克多．雨果：先以迦太基語告訴我們這些名字，再譯成拉丁文。首先，銀廟的名字？

—第一座寺廟，迦太基話是 Bocamar，拉丁語是 Sol（太陽）—第二座 Derimas，拉丁語 Luna（月亮）—第三座，Jarimis，拉丁文 Dies（天），第四座，Mossomba，拉丁文 Nox（夜）。

維克多．雨果：現在告訴我們金廟的名字。

—迦太基話：Illisaga，拉丁文：Lux（光）。

維克多．雨果：我們在普勞圖斯（Plaute）[5]的作品裡發現布匿詩句[6]，埃利薩加雷神父[7]聲稱這些詩句和巴斯克語有很深的淵源，布匿語和巴斯克語基本上是同一語系嗎？

—是。

維克多．雨果：因此，可以確定巴斯克語衍生自迦太基語嗎？

—是。

雨果夫人：你是否願意回答一個我將寫下來的問題？

—是。

雨果夫人寫下她的問題，沒給任何人看。

維克多．雨果：說。

—相信這，妳將看到妳心之所欲，而且所有人將相信，靈魂因應靈魂的呼喚而來到。

維克多．雨果：關於我的問題：難道因為你對一位詩人描述迦太基的談話，就一點也不回答我的問題？

—我沒描述迦太基，這得問漢尼拔。

維克多．雨果：所以，你不是漢尼拔？你是誰？

—摩西。

維克多．雨果：查爾勒是否該聽從我的話，當我要求他問桌時？

—是。

查爾勒．雨果：我們和你約九點，而我們錯過了約會，請原諒，你接受我們的道歉嗎？

—接受。

維克多．雨果、弗朗索—維克多和華格立離席。雨果夫人、雨果小姐和杜里爾上桌。

問：摩西還在嗎？

—在。

杜里爾：某晚我曾問你有關桌子的啟示、奇蹟、古老奇人奇事和德爾菲（Delphes）、庫邁（Cumes）、埃皮達魯斯（Epidaure）……等等神諭有無共同點，你可願意回答問題？

—願意。

杜里爾：說。

此時，查爾勒代替雨果夫人和小姐。

—你觸及古董三腳桌。上帝透過啟示的聲音，永恆地與人說話。第一個啟示是大自然，其次是意識，第三是奇蹟。當意識和大自然被充耳不聞時，奇蹟說：「當理智不再服從時，三腳桌、魔法、煉金術、困惑啟示支配想像力。當人們將上帝從家中驅逐出門時，祂引發意識的顫抖，和反對叛逆靈魂的憤怒理由挺立，下命令，靈魂服從。」

杜里爾：我們從你的回答中推斷出：困惑啟示的聲音可在古老寺廟裡聽到。

—是。

杜里爾：但是否得相信神諭已遭教士、暴君、及其犯罪同夥給扭曲了？

—是。

杜里爾：而，基本上，在這些神諭裡，有一部分真相被著名的奧義傳授儀式奉獻保留下歷史的記憶？

—是。

杜里爾：你願意談談這問題嗎？

—願意。

杜里爾：說。

—絕對的真相只出現在人死後。人性總需要真相，當陰影籠罩它時，些許微光就足夠，因此真相摻雜錯誤，而隨著人類眼光的擴展，光亮放大，此刻它正處於黎明時分。大白天裡：你們注視；真相裡：你們相信！

杜里爾：你告訴我們的這些啟示是永恆聲音、大自然法則和人性嗎？

—不。

杜里爾：所以這些聲音只能在某些年代才聽得到？

—是。

杜里爾：未來它們還能一直被聽見嗎？

—不。

杜里爾：我們今日的這個啟示見證由來已久了嗎？

—藉奇蹟引發真相；天主教教義讓處女的眼睛流轉；猶大讓耶穌哭泣；真相曾想打謊言耳光，它將死亡擺在古猶太律法家的頭上；桌子緩緩抬起，罪惡之墨水瓶墜入深淵。

杜里爾：這桌子的啟示還會持續多久？

拒絕回答。

杜里爾：我們完全理解耶穌、摩西、蘇格拉底、盧梭來對我們談神、道德和意識，但為何也允許讓薩德侯爵[8]及其他神靈來和我們溝通，告訴我們一些毫無意義的事情呢？

—靈魂的世界是無限的，如同身體的世界，當愛和思想做禱告時，笑和犬儒主義在扮鬼臉。弄臣（Triboulet）[9]在陰影裡暗笑；蘇格拉底在光亮中做夢；該隱[10]咬牙切齒咯咯響；聖．奧古斯丁下跪；薩德侯爵在夜裡褻瀆；耶穌在蔚藍裡祈禱；墳墓是靈魂的挪亞方舟。

杜里爾：但祂為何允許薩德侯爵和其祂先前對你提起的神靈和我們溝通呢？

——為了對你們顯示，受懲罰的靈魂與獲獎賞的靈魂並列一起。

杜里爾：人性在此場景能獲取什麼利益？

——懲罰比獎賞是更強的教誨。

杜里爾：但為何這些在地球上犯罪的靈魂，死後似乎還保存其過往的精神狀態？

——弄臣因大笑犯了罪，而被判大笑。薩德侯爵因言語褻瀆神明犯了罪，而被束縛在其褻瀆的話裡。猶大因背叛犯了罪，則為其背叛坐監。該隱因殺了他的兄弟犯了罪，而在其謀殺裡戴上枷鎖。

杜里爾：這懲罰將是永恆的嗎？

——所有這些罪惡將緩慢改變，終將轉換成正義。上帝遙遠的光輝將融化這些冰冷的心，使其罪行如雪崩般塌陷，跌入神聖贖罪的深淵。

杜里爾：但從此之後，祂們懺悔了嗎？

——是。

雨果夫人：查爾勒不在時，我們問桌，桌子雖敲擊，卻只是一些毫無關聯的字母胡亂湊成一些字，為什麼？究竟是誰在桌子裡？這是幻覺或是愛戲弄人的精靈？

—這不是幻覺，這是緘默的靈魂。

雨果夫人：緘默？為什麼？

—祂們不能說話。

雨果夫人：為什麼？

—祂們只是出生和死亡。

杜里爾：這新啟示意指一個人的輪迴，如第一次以摩西之名，第二次以耶穌之名？

—是。

查爾勒．雨果：你願意告訴我們此人的名字嗎？

—不。

查爾勒．雨果：他活在屬於我們的世代嗎？

—不。

查爾勒．雨果：我們有生之年可看到他嗎？

——不。

桌子躁動起來，它的三隻腳有節奏地輪流交替擺動，看似在跳獨步舞。

查爾勒．雨果：誰在那裡？

——維斯特立（Vestris）[11]。

查爾勒．雨果：當今舞者之中，你最喜歡哪位女舞者？

——夏洛特．葛利吉（Carlotta Grisi）。

桌子一直以一隻腳接另一隻腳翹立回答。

查爾勒．雨果：給我們一個舞蹈的定義。

——美妙音樂。

查爾勒．雨果：在另一個生命裡，你仍跳舞嗎？

——我有雙腳，我拒絕翅膀。

桌子躁動。

問：是誰？

—亞里斯多德。

杜里爾：賞個臉，你可否等明天蘇格拉底之後再來？

—不。

杜里爾：你想哪天來？

—下星期六，晚上八點。

桌子再次躁動起來。

問：是誰？

—卡里奧斯特羅（Cagliostro）[12]。

問：時已晚也，今晚無法和你談。

此時，桌子搖晃力道強大，以至於它立起時，無法再落下。

結束於清晨六點半。

1 漢尼拔·巴卡（Annibal，拉丁語：Hannibal Barca, 247 BC-183 BC），北非古國迦太基著名軍事家。其生長的時代正逢羅馬共和國勢力的崛起。少時隨父哈米爾卡進軍西班牙，並向父親立下終身與羅馬為敵的誓言。他自小接受嚴格和艱苦的軍事鍛鍊，在軍事及外交活動上有卓越表現，現今仍為許多軍事學家所研究之重要軍事戰略家之一。

2 卡普阿（Capoue）：義大利城市，位於那不勒斯北方，開展於西元前六世紀，發展為工商業大城，成為迦太基和羅馬的必爭之地。第二次布匿戰爭時，卡普阿與迦太基的漢尼拔結盟，公元前二一一年淪陷，居民被羅馬賣為奴隸。

3 奧斯特里茲（Austerlitz）：一八〇五年拿破崙戰爭中的奧斯特里茲戰役（三皇會戰）戰場，拿破崙軍隊擊敗了俄奧聯軍，瓦解了第三次反法同盟的勢力。奧地利皇帝法蘭茲一世被迫放棄神聖羅馬帝國皇帝稱號，拿破崙成為歐洲霸主。

4 法國古長度單位，一法尺相當於三百二十五毫米。

5 普勞圖斯（Plaute, 約 254 BC-184 BC），古羅馬劇作家，他的劇作為現今保存完整的最早拉丁文喜劇作品，普勞圖斯也為音樂劇創作者的先驅。後世不乏偉大的劇作家受其影響，包含莎士比亞和莫里哀，莫里哀的《吝嗇鬼》即有模仿其作的痕跡。

6 布匿詩句（vers punique）：古羅馬人稱腓尼基人，特別是迦太基人為布匿。

7 埃利薩加雷神父（L'abbé Dominique Eliçagaray, 1758-1822）：法國大革命期間流亡到西班牙，自第一次法國王朝復闢時期即堅定主張君主制。他在一八一六年五月被任命為皇家公共教育委員會的五名成員之一。

8 薩德侯爵（Marquis de Sade, 1740-1814）：法國貴族出身的哲學家、作家和政治人物，是一系列色情和哲學書籍的作者，以色情描寫及由此引發的社會醜聞而出名。

9 弄臣（Triboulet/ Nicolas Ferrial）：特里卜雷是法國路易十二和法蘭索瓦一世的小丑，雨果劇作《國王的弄臣》原型人物。

10 該隱（Caïn）：《聖經》人物，亞當和夏娃的長子，亞伯和塞特的哥哥，《創世紀》中描述該隱是名農夫，因耶和華未看上他的供物，因而暴怒。是世界上第一位殺人犯。

11 維斯特立（Augustin Vestris, 1760-1842）：法國舞蹈家，出生於巴黎，父母均為巴黎歌劇院的舞者。維斯特立十五歲即成為巴黎歌劇院正式舞者，十八歲時成為舞者首席。贏得了領先當代舞者的「舞蹈之神」稱號。退休後，持續培育、訓練新秀。

12 卡里奧斯特羅（Alessandro Cagliostro, 1743-1795）：義大利冒險家，神祕主義者，擅長心理治療、鍊金術與占卜。卡里奧斯特羅為朱塞佩·巴爾薩莫（Giuseppe Balsamo）的別名，遊走於歐洲宮廷以及各國名流之間，曾因瑪麗安東尼「鑽石項鍊事件」被捕，羈押在巴士底監獄九個月後無罪開釋。為共濟會勢力擴張，最終被羅馬教廷判刑監禁於聖天使堡。卡里奧斯特羅的軼事和人物典型出現於大仲馬、喬治·桑等人的多部文學作品之中；小約翰·史特勞斯也曾為其譜寫輕歌劇。

VIII

第八場

蘇格拉底回應了希臘詩人亞里斯托芬[1]對他的指責。詩人安德烈．舍尼埃（André Chénier）[2]降臨，答應眾人繼續擴寫已發表的作品，並為熱月[3]七日政變後前往受刑的詩歌做結。

星期五晚，一八五三年十二月九日，七點，在勒格維家

列席者：勒格維先生和夫人、查爾勒．雨果、葛翰、昆內克（Quennec）、貝剛（Béguin）、澤維爾．杜里爾。

問：誰在那裡？

—蘇格拉底。

問：你因攻擊神而被判罪，亞里斯托芬在喜劇《雲》裡對你做出這控訴，但亞里斯托芬自己卻在他的其他喜劇裡對神傾注蔑視。你願意為我們解釋這荒謬矛盾嗎？

—亞里斯托芬，是爆笑的，他明天會壓倒今天所誇耀的事，這是天殺的，被小丑木星把持的馬洛特（Marotte）。

問：你的意思是人們對亞里斯托芬開的玩笑不及對你論點的重視，然而，從亞里斯托芬的政治戲劇甚至《雲》裡，人們看到諷刺最大的影響力。當亞里斯托芬依然安全無虞時，難道此話不真，而你，你被逼迫，是因為你攻擊法律和你所屬年代的文明社會嗎？在《雲》場景裡，史翠普夏德（Strepsiade）嘲諷且否認金錢的利益，讓我相信，我對嗎？

—對。黃金女神是最多香火的女神，然而，在黏土眼中，黃金女神才是真正的女神。觸摸到祂就是觸及信徒的口袋。人們不再是破壞聖像者，人們是小偷。蘇格拉底褻瀆且同時攻擊木星，若他奉承水星，他將可獲得赦免。

問：因此，你曾受到的世代資產階級者的迫害和誹謗，猶如今日的社會主義者受到資產階級的迫害一般？

——從太陽自天空掉落的那一天起，地球即以塔蘭同[4]來代替它。人類的口袋是神聖意識之底，意識來自於上方，道德來自於下方。意識生而為皇冠，卻變成背上籮筐。現代、古代和未來人是終端財產的拾荒者。

桌子躁動起來。

問：是誰？

——安德烈．舍尼埃。

杜里爾：你知道我們有多愛、多尊崇你，你可以從我們的內心讀到我們的情感，你的言語也被我們以宗教般的敬拜給記錄下來，你願意為我們補充你的田園詩篇第十二篇片段，起頭是：快來呀，年青的克羅密斯（Chromis），我愛你，而且我美麗……？

——願意。

杜里爾：說。

——奈嘩荷（Néère）腳步輕快，克羅密斯更是敏捷。

樹林中的孤挺花是維吉爾[5]詩裡的鳥兒，

你瞧見奈曄荷在奔跑，克羅密斯躲藏起來，
她呼喊：「牧羊人，我們的吻被允許了；
兩張二十歲的嘴溼潤著露水，
這甚於兩朵花，此乃兩個未婚妻。」
她在樹林裡奔跑，克羅密斯一直在逃，
於是夜半時分，她再次呼喊：
快來呀，年青的克羅密斯。

葛翰：你願意告訴我們，哀歌37裡，下列詩句的接續嗎？

於是，我看到兩張不忠實的嘴結合在一起……

—願意。

葛翰：說。

—溫柔的吻，你們溼潤的苦杯。

杜里爾：你願意為你所寫的一七九四年熱月七，赴刑前一刻的詩做結尾嗎？

—願意。

杜里爾：說。

—　　提爾泰奧斯（Tyrtée）和雷昂尼達斯（Léonidas）

　　將成雙成對登上他們的紅馬車，

　　　　這是歌劇院的佈景，

　　但我的靈魂，從他們的頭顱籃底深處，

　　　　隨著鳥兒的歌唱，飛昇！

杜里爾：你願意為你的哀歌編號10的片段做結尾嗎？詩是這麼寫著：他們對山谷的迴聲說話，終了，你對他說，去找凱蜜兒吧。

　　去吧！在這岩洞下，在這芳香青草味中，

　　甚至當日的眼神，不懂得靠近，

　　水，在奔流，岩石女孩，在歡呼。

這些未完成的詩，你可願意接續、完成它們？

—願意。

杜里爾：說。

——告訴她，我等待她，告訴她，我的思念，
如被俘的鳥兒，朝她飛奔而去；
告訴她，她是晨曦，我是夜晚；
告訴她，她是豎琴，我是琴音；
來吧！我愛她，正深愛著她，我哀求她；
我愛她如陰影，我相信她是晨曦！
我要她，但願星辰來到地平線，
而心愛的孩子，在我獄中展現！
親吻的行列，微笑的管絃樂，
還有玩具，我給妳我的豎琴，
愛在歌唱，心醉魂迷的樹林經常沉默不語，
岩石發亮，凱蜜兒出現，
這時貝剛和昆內克離開。

查爾勒·雨果：你願意如此這般完成你書中的所有片段嗎？

—願意。

查爾勒·雨果：你願意我們出版這些補充片段嗎？

—願意。

杜里爾：為我們完成哀歌11號的片段，版本裡從四句詩開始，其中以刪節號停頓兩次。

妳家，在這夜晚帶我來的庇護所裡，
獨自，我痴痴等至將死，而妳沒來

……

這些鏡子，如此多次映照妳的美麗身影；

……

這些睡枕，瀰漫著植物的芳香。

這四句之後，此詩不再停頓，你願意告知詩的起頭，並填補詩中空缺嗎？

—是。

杜里爾：說。

—哦，愛的回憶，群飛的斑鳩，

我的心是窩巢，展開你們的白翅膀！
飛來！我抓住你們！你們再也逃不掉！
朝三暮四的人兒，我讓妳被逮到！－不必要的尖叫！
妳再也飛不了天，和綠樹成蔭的林，
從我的心，妳的巢，我為妳製造一個鳥籠，
夜晚降臨，我往清晨該去的地方。
閨房，凹室，睡著她美麗如綢緞的柔滑身軀。
燈，在我非人冰冷的身邊，燃燒著！
妳家，在這命運帶我來的庇護所裡，
獨自，我痴痴等至將死，而妳沒來。
任性！我徒然跟隨妳的所有腳步，
這些鏡子，如此多次映照妳的美麗身影，
這些瓶子，讓妳的呼吸散發香氣，
這些睡枕，瀰漫著植物的芳香，
等等……等等。

杜里爾：你想指派誰繼續這工作？

—查爾勒．雨果。

查爾勒．雨果：你那被我們遺失的筆記本，還能再找回來嗎？

—不能。

葛翰：每一次查爾勒呼喚你，你會再回來嗎？

—會。

葛翰：你願意結束哀歌13片段嗎？在這些詩句之後：

當炎熱季節讓你愛上溪流時，等等……，你來到第十一句詩時，只剩四個字她的眼睛……，接著在第十四句，你又停頓在一個字後：而！……填補這些空缺。

—好。

葛翰：說。

—但願她的眼睛為詩人的靈魂閃亮，

在白日裡瞇著眼的長眼皮之下，

慵懶、柔軟、泛濫著愛，
而，我來，悄悄地，瞞過
守護其不安夜晚憩息的貼身侍女，
我靠近，無聲無息，偷了一個吻，
在她的玉頸，我的靈魂將停落的花朵上。
我對她說：「愛是火焰，哦，貞節女子。
愛，哦，迷人的百合，花瓣在妳懷中睡去，
妳神迷，他心醉，他變模糊，妳發亮。
為你倆，你們將香膏傾倒在我的煩憂上，
他使我……

這會兒，舍尼埃停住，他先前對我們敘述詩句時已停頓過三次：第一次為了放「悄悄地」這詞以取代「凝思」二字；第二次是為了更改詩的末句「不安的衛星」；最後，第三次則是為了取代他曾聽寫的第九句：「愛，哦，迷人的百合，花瓣在妳懷中睡去。」最後恢復它的原狀。

葛翰：你需要五分鐘完成這首詩嗎？

—是。

五分鐘過去。

葛翰：你想刪除半詩句開頭：「他使我」嗎？

—是。

葛翰：繼續。

—妳使我脫胎換骨，他，愛，使我完整，
透過妳，我是男人，透過他，我是詩人。
我說著說著，將妳牽引入香閨，
那兒，黎明時分，我處於夜晚所在，
我將深入床底尋找蜂蜜，
而玫瑰嫉妒地以嘴呼吸。

葛翰：這是全部？

—是。

上述最後詩句組成時發生一新事件，起先舍尼埃說：

黎明進入，深夜降臨，晚間重生，

但觀察到這句詩只賦予些微效果，他立即以下列詩句代替。

黎明時分，我處於夜晚所在。

弗朗索—維克多·雨果：你對一八三〇年的文學運動有何意見？

這問題似乎太重要，而夜已深了，我們決定等下次舍尼埃來時再問他。

1 安德烈·舍尼埃（André Chénier, 1762-1794）：法國詩人，主張君主立憲。大革命期間，舍尼埃遭囚禁一四〇天，期間寫下著名的《青年女囚》詩篇。法國大革命時在羅伯斯比的恐怖統治下，一七九四年七月二十五日，舍尼埃被送上斷頭台。

2 熱月（Thermidor）：法蘭西共和曆的十一月，相當於公曆七月十九－二十日至八月十七－十八日。

3 亞里斯托芬（Aristophane, 446 BC-386 BC）：古希臘戲劇作家，擁有「喜劇之父」的稱號，劇作《雲》諷刺了同時代的蘇格拉底及其所代表的不切實際的哲學。劇中，蘇格拉底最終被燒死。

4 塔蘭同（talentum）：古希臘的重量和貨幣單位。

5 維吉爾（Vergile, 70 BC-19 BC）：奧古斯都時代的古羅馬詩人。其作品有《牧歌集》、《農事詩》、史詩《艾尼亞斯紀》三部傑作。維吉爾被奉為羅馬的國民詩人，被當代及後世廣泛認為是古羅馬最偉大的詩人之一，也因在《牧歌集》中預言耶穌誕生被基督教奉為聖人。其《艾尼亞斯紀》影響了包括賀拉斯、但丁和莎士比亞等許多當代與後世的詩人與作家。《艾尼亞斯紀》在中世紀被當作占卜的聖書，由此衍生出「維吉爾卦」。在但丁的《神曲》中，維吉爾也曾作為但丁的保護者和老師出現。

IX

第九場

安德烈・舍尼埃繼續完成他的幾首詩作。

一八五三年十二月十日，晚上九點半，在維克多・雨果家

列席者：維克多・雨果、雨果夫人和小姐、雨果的兩個兒子、澤維爾、泰利上校（Colonel Taly）。

問：你是誰？

—安德烈．舍尼埃。

維克多．雨果：昨天你做了一件讓圍繞著你的人充滿欽佩和喜悅的事。今天你還願意繼續嗎？我們將感激你。

—願意。

維克多．雨果：你願意完成〈鴿子〉這首詩嗎？

—不。

維克多．雨果：你願意完成〈克萊緹的亡靈們〉這首詩嗎？

—願意。

維克多．雨果：這是最後的詩句，你的靈魂在墳裡對克萊緹說話，並對他說最後這些詩句：

這是我的靈魂從它的神聖住處逃離，
而它的嘴上還戀棧著休息。
哭吧，為它張開妳的雙臂，並回它一吻。

現在，你想加哪些詩句？

——哦！我想和妳再活一次，溫柔的女孩！
一個我們衷愛的女人是一整個家。
她，我愛她如火，她卻離我如此遙遠！
我受苦，但唉，我感到絲微安慰
當我抬起眼睛仰望蔚藍蒼穹時。
我看見，在雲紋薄霧下的前額，
蒼白且傾倒給人間一道痛苦的光，
與恩迪米昂（Endymion）[1]相隔遙遠，菲比（Phoebe）[2]感到痛楚如死。

維克多．雨果：告訴我們版本上置於這句詩之前，如此詩最後一句：克萊緹的亡靈們。想到他妻子，害怕死去。

——其他詩句。

維克多．雨果：你說此句屬於另一首詩；

——是。

維克多．雨果：請為我們完成哀歌第22片段。

開頭兩句如下：

海上的翠鳥（alcyon），飛近燕巢之頂，

湖邊的天鵝，在菲樂美（Philomèle）[3]林下；

停頓，來到這一句：

祕密親吻，偷情的床。

維克多．雨果：你願意告訴我們這些詩中缺失的句子嗎？

─願意。

維克多．雨果：說。

─遺憾和回憶交織而成的願望。

維克多．雨果：但，假如這句來到半句詩尾的話，會產生連續三個陰韻。

─在菲樂美林下。

維克多．雨果：你願意我們換首詩，並補充下列詩句為首的詩嗎？

他嘴上的兩支笛，農牧神（faunes），水神（naïades）。

─不。

維克多．雨果：那麼，讓我們再回到先前的句子，你願意完成它嗎？

—願意。

維克多．雨果：好！這兩句之後，還有什麼？

海上的翠鳥，飛近燕巢之頂，
湖邊的天鵝，在菲樂美林下；

請說。

—哦！這是我所衷愛！哦！溫柔的幽會！
妳們的歎息，妳們的親吻，我是說妳的，
嘴總是浸淫在翅膀裡的蜜蜂，
遺憾和回憶交織而成的願望，
最醇厚的親吻是最淘氣的精靈。

維克多．雨果：你做這些詩是為了口述它們？

—不。

維克多．雨果：這些詩句，你都記得嗎？

—是。

—你剛口述的最後一句，是不是來到：

祕密親吻，偷情的床。

—是。

維克多．雨果：你未以配得上你才華的轉折技巧，來銜接這些新詩句和其他兩句詩的開頭。它們對我們顯示每一隻在其元素裡的鳥兒，為了將它們的意念傳達給你心愛的女人，這必須要有一個操作良好的轉折。你是否覺得銜接薄弱和不足？

—是。

維克多．雨果：而「親吻」這個詞在某些詩句已出現三次，你不想更改嗎？

—想。

維克多．雨果：那麼，請完成和更改下列詩句：

海上的翠鳥，飛近燕巢之頂，

湖邊的天鵝，在菲樂美林下；

怎麼了？

—哦！這是我所衷愛！鳥兒們，歌頌它！

因天鵝和夜鶯乃其另一半，

它為我開啟一方與你同樣蔚藍的天空，

擁有其中之一的歌唱，和另一個的純白，

我們曾是如此幸福！哦！溫柔的幽會！

妳們的歎息，妳們的親吻，我是說妳的，

維克多．雨果：你想在哪句詩裡更改「親吻」這詞？

—最後一句。

維克多．雨果：你想改成什麼？重新造句。

—祕密搖籃和偷情的床。

維克多．雨果：再為我們改一次「親吻」。

—是。

維克多．雨果：哪句詩裡改？

—妳們的歎息，妳們的誓言。

維克多．雨果：所以，這段落由你如此修復？

海上的翠鳥，飛近燕巢之頂，
湖邊的天鵝，在菲樂美林下，
哦！這是我所衷愛！鳥兒們，歌頌它！
因天鵝和夜鶯乃其另一半，
它為我開啟一方與你同樣蔚藍的天空，
擁有其中之一的歌唱，和另一個的純白。

我們曾是如此幸福！哦！溫柔的幽會！
妳們的歎息，妳們的誓言，我是說妳的，
嘴總是浸淫在翅膀裡的蜜蜂，
遺憾和回憶交織而成的願望，
最醇厚的親吻是最淘氣的精靈，
那祕密搖籃和偷情的床。

這些詩句該如此被讀嗎？

——是。

維克多．雨果：我再回到〈克萊緹的亡靈們〉這首詩，你願意告訴我們這之前有哪些詩句嗎？

想到他的妻子，害怕死去。

——不。

維克多．雨果：為什麼？

——太長。

維克多．雨果：你可以只告訴我們這句詩的前五句嗎？

——是。

維克多．雨果：說。

——他再上馬，淚眼盈眶，好似清晨澆花，

他靈魂中的痛楚從墓穴進入，

這是一扇，唉！所有一切終落於此的通門。

他夢想其幸福，他害怕受苦，

想到他的妻子，害怕死去。

維克多．雨果：這首詩還缺幾句？

—四十。

維克多．雨果：你會再回來看我們嗎？

—會。

維克多．雨果：哪天？可否告知？

—不。

維克多．雨果：然而，我想和你聊。當你的詩出版時，你知道我是發出第一聲讚歎的其中一人。

沒答覆。桌子躁動。

維克多．雨果：是誰？

—馬基維利[4]。

維克多．雨果：你是個天才？我想和你長談，可以與我約會嗎？

—可以。

維克多．雨果：何時？

—星期四。

維克多．雨果：晚上嗎？

—是。

維克多．雨果：幾點？

—十點。

結束於夜晚十二點半。

1 恩迪米昂（Endymion）：愛上月神塞勒涅而受到宙斯懲罰，永遠長眠的凡人。

2 菲比（Phoebe）：希臘神話中泰坦女神，名字為光明之意。衍生出諸多月亮之神。

3 菲樂美（Philomèle）：希臘神話中的雅典公主，被姐夫色雷斯國王強姦。復仇後為逃避追殺，請求眾神將她變為夜鶯。

4 馬基維利（Machiavel, 1469-1527）：佛羅倫斯文藝復興時期的人文主義思想家，政治、歷史和戰爭理論家，也是詩人和劇作家。著有《君王論》、《李維論》、《戰爭的藝術》等書，被稱為現代政治學之父，提倡現實主義去除道德的統治思維，後世稱為「馬基維利主義」。

X

第十場

安德烈 · 舍尼埃繼續補充詩作。「墳之影」再度降臨，就奧祕桌談與眾人約法三章，以尊重和開放的態度參與，並且不要忘記愛。

一八五三年十二月十一日，星期日，十點，在勒格維家

列席者：查爾勒和弗朗索—維克多 · 雨果、葛翰、勒格維夫人。

扶桌者：杜里爾、勒格維。

問：誰在那裡？

—舍尼埃。

查爾勒．雨果：你同意今晚由我們來補充著作的片段嗎？

—同意。

杜里爾：你願意為題為奈曄荷的田園詩篇補充嗎？

—願意。

杜里爾：你將告訴我們的詩句是否該置於開頭？

—是。

杜里爾：請述說。

—就這樣，她要去哪？看著她行走，
她哭泣。莎芙（Sapho）[1]，站立在岩石上，
比起奈曄荷，她的眼睛發出較微弱的光，
當死亡的黎明淹沒她的眼皮時，

她的額頭上有哀悼的容貌。
這額頭，生而為百合花，卻學習當柏樹。
永別，喜悅！永別，流浪的奔波！
她的周圍散落其金黃色的長辮子，
辮子上的和風是如此經常離開草莓樹，
來尋找玫瑰樹的芳香[2]。
奈暐荷想死。林中的小精靈
沉默不語：迴音想聽到它的聲音。
大自然中斷百合發出的聲音。
鳥兒們，不再歌唱，和諧消逝！
但，如她死時一般，為了最後一次

舍尼埃在第十句後停頓下來，為了更改第六句的百合為玫瑰，第九句的草莓樹為玫瑰樹，和第十句的玫瑰樹為草莓樹。

十一點結束，半夜十二點再開始。勒格維和查爾勒扶桌。

問：是誰？

—墳之影。

查爾勒．雨果：你是已經出現過的人物？

—是。

查爾勒．雨果：你有事想和我們溝通嗎？

—是。

查爾勒．雨果：和我們剛剛的對話有關嗎？

我們自問是否該徵詢桌子將這些筆錄付梓出版之可行性。

—是。

查爾勒．雨果：說。

—我給你們帶來指令。

查爾勒·雨果：這些指令是關於我們所擁有的筆錄嗎？

——是。

查爾勒·雨果：說。

——神靈對你們說話，神靈對你們揭示大祕密的一部分。現在，肅靜，世俗之嘴，不得將這些散發光芒的篇章顯示給任何人！時機未到，當時間敲響時，我見到自然就會告知。

葛翰：我們可以使用筆錄內含的真理嗎？

——可以。

勒格維：如何？

——說，但別揭示。

查爾勒·雨果：你的意思是說我們不得說出這些真理的來源？

——是。

查爾勒·雨果：我們可以招募其他人參與奧祕桌談嗎？

—可以。

查爾勒．雨果：你剛告訴我們的這件事與昨晚我們所談的出版有關嗎？

—是。

查爾勒．雨果：你話中的含義是否該被理解為：我們必須讓對我們揭示的真理深入我們的意識裡，同時啟發我們的言語，並向我們周遭的人介紹奧祕桌談的實際應用，但不得從事任何可能妥協或扭曲真相之事。在那些我們交談的人眼中，你想看到與我們受到喝彩的真理；因此，未見你親自下指令前，我們不得思考任何這些篇章的出版？

—是。

查爾勒．雨果：我們曾出示筆錄的人能遵守祕密嗎？

—能。

葛翰：總結你的話——莫非是說，無論如何，我們不得將這些筆錄與非信徒溝通？

—是。

葛翰：若是信徒，我們可與其交流？

—是。

查爾勒．雨果：可否告知你所謂的通靈者？

—可以。

查爾勒．雨果：說。

—你我之間最易於當中介人，而你，我感覺就是。

杜里爾：查爾勒．雨果嗎？

—是。

查爾勒．雨果：你是說我就是能量最流暢的一位。

—是。

查爾勒．雨果：但今天所有見證相信此揭示的人，是否能同樣成為通靈入門者呢？

—能。

查爾勒．雨果：依我之見，你想說的是——所有從桌子獲得的結論必須交給一個人，這個人就是我，由我統一整合，等待出版之日的到來？

—是。

查爾勒·雨果：為某公益用途，我們是否可以轉移這些筆錄內涵的某些真理，依其構思措辭，融入個人著作，但不引述來源呢？

——不可以。

澤維爾·杜里爾：因此，我理解到：你只允許我們和相信的人談論，而你禁止我們在寫作中逐字引用任何內容？

——是。

查爾勒·雨果：你是否能指出我們之中還有誰和我一樣可達成我辦到的事？

——可以。

查爾勒·雨果：說出名來。

——每一個人。

勒格維夫人：我也是？

——是。

查爾勒・雨果：但他們必須在彼此之間養成一個長久的習慣？且無見證者？

——是。

澤維爾・杜里爾：而假如我們之中有人被隔離，他是否可以教導一些他信得過的人來實施桌子奧祕之事呢？

——可以。

查爾勒・雨果：你還有事要告訴我們嗎？

——有。

查爾勒・雨果：說。

——愛！

1 莎芙（Sapho, 約 630 BC-530 BC）：古希臘抒情詩人，當時以「女詩人」作為莎芙的代稱。流傳的詩歌約有六五〇行，現存〈阿芙蘿黛蒂頌〉。

2 筆錄裡缺兩句押陰韻的詩。

XI

第十一場

提爾泰奧斯將他於世間亡佚的詩歌片段翻譯為法文，順帶回覆了對《馬賽進行曲》的看法，以及如何看待馬基維利。

一八五三年十二月十四日，晚上十點，在維克多．雨果家

列席者：雨果夫人和小姐、維克多．雨果、查爾勒和弗朗索—維克多．雨果先生們。

桌子強烈晃動。

問：你受到拘束嗎？

—是。

問：為什麼？

—假鋼琴。

問：我們必須遠離鋼琴嗎？

—不。

問：你的名字？

—提爾泰奥斯。

問：你願意回答受何拘束嗎？

—不。

我們遠離鋼琴。

問：有好點嗎？

—沒有。

維克多．雨果：你來看某人或你是偶然來到？

強烈躁動，拒絕回答。

維克多．雨果：我們該怎麼做才能讓你舒適？

—猜。

維克多．雨果：你要我們去隔壁間嗎？

—是。

我們移到工作坊。

維克多．雨果：提爾泰奧斯還在嗎？

—在。

維克多．雨果：你滿意我們換來這裡嗎？

—滿意。

維克多．雨果：你為某人而來，或偶然來到？

躁動。

維克多．雨果：你來看某人嗎？

強烈晃動。

維克多．雨果：你希望由我的女兒取代我的妻子來扶桌嗎？

—不。

維克多．雨果：你來看誰？

小桌子異常地僵直站立起來，且強烈晃動，卻不回答。

維克多．雨果：你可以告訴我們為何你無法解釋？

—不。

維克多．雨果：你受拘束？

——是。

維克多．雨果：誰礙著你？因為桌子擺成菱形嗎？

我們將桌子調整成他想要的方位。

維克多．雨果：你受到干擾嗎？

——不。

維克多．雨果：你願意說話嗎？

——願意。

維克多．雨果：你來看誰？

——詩才[2]。

維克多．雨果：這裡有好幾位詩人，你指的是哪位？

——六弦琴。

維克多．雨果：提爾泰奧斯，你的歌曲遺失了，你可以為我們將你的幾首曲子翻譯為法文詩嗎？好嗎？

——可以。

維克多．雨果：那麼，就，告訴我們你遺失的幾個詩節。

—起來，人民！戰鬥，孩子，老人，起來！
人民是一座火山，當他的詩人沸騰起來。
他神祕的詩句，是黑色妄想的印記，
驚人雷響令他的七弦琴羨慕不已。
走吧！人民，向前行！走出你的城市！
走出廟堂，家，皇宮！還有你，亡者，
來自你的帝國，那兒，我們的希望屈服，
教導這些活人鄙視墳墓！
我，我帶著我的靈魂上戰場。來吧，我的心，
臨死歌唱！來吧，歌唱，當個勝利者。
繆斯的號角是一張巨大的七弦琴，
生命吹起死亡再度開始的歌曲。
我們的胸甲對膽小虛榮的心說：
「心啊，讓我們威武不屈！我們處於戰亂時代。」

劍在那兒，箭在我們的軍隊前方。
站起來，國家和名譽，姐妹大民族！
神與我們同在，我們是神的唯一子民，
野蠻人，我們能接受你們的挑戰。
我們蔑視的頭髮，豎起它們的鬃毛，
我們是所有的權力，和所有的憤怒。
噢，戰神瑪斯！噢，主神朱庇特！奧林匹斯之王發火了，
將上帝的神力灌注在士兵上，
讓矛發亮，讓靈魂閃耀，
給男人一顆心和手臂，甚至女人，
若您不願意的話，哦，至高無上的神啊，
我的聲音，不再歌詠上蒼，以茲回報。

維克多·雨果：你的詩裡有兩個同韻音不太合諧。你想更改嗎？你想改「火山，當」以及「驚人雷響」嗎？

——想。

維克多．雨果：更正，你想保留「人民是一座火山」嗎？

——是。

維克多．雨果：請更正。

——而詩人沸騰起來。

維克多．雨果：現在更改：驚人雷響，你要保留雷響嗎？

——是。

維克多．雨果：走吧！

——算了。

維克多．雨果：提爾泰奧斯，你怎麼看馬賽進行曲？

——這是沉船水手聽到天空中雷雨吹襲革命的風暴之歌；這是人民的號角，這是法國靈魂的音樂，這是革命海洋上的大海鷗，這是當理念登上太陽戰車，和它靠近通過人類時的強烈聲響；這是未來四陣颶風歌頌的光亮國歌詩節。

維克多．雨果：你對魯日．德．李爾（Rouget de Lisle）[3]做何感想？

——死氣沉沉和活生生的詩人，巨大且無能，由渺小和偉大兩元素構成，開始於雅克．德立勒（Jacques Delille）[4]，結束於復仇女神涅墨西斯（Némésis）[5]，天才胎兒。

維克多．雨果夫人：今天為什麼是你來，而不是說好要來的馬基維利？

—妳錯了，馬基維利未被預先通知，這位苦澀和被誤解的偉人，孤獨生活在默默無聞的天才及被遺忘靈魂的幽暗世界裡。他在那兒沉思，而他是如此沉浸在其遐想裡，以致沒有一絲聲音可喚醒他。這隻被當成貓頭鷹的老鷹逃離了受庇佑靈魂的上天，他只聽見詛咒，他在禱告聲中醒來，祈禱是永恆夜晚的夜鶯。

維克多．雨果夫人：今晚禱告中，我將祈求他回應一個謙卑如我的女人的聲音？

—是。

維克多．雨果夫人：這是心的召喚，他是否會來？

—會。

維克多．雨果夫人：那個晚上他已經來過了嗎？

—不。

維克多．雨果夫人：所以，那是有人冒充他的名字？

—是。

維克多·雨果夫人：因此，你們在天庭也會說謊？

—謊言並非筆名，偷竊並非借貸。神靈的名字是洗禮之名，家庭姓氏，這是：理念。

維克多·雨果：你會再回來嗎？

—不會。

維克多·雨果：你不滿意我？

—不。

維克多·雨果：那，你還會再回來嗎？

—不。

維克多·雨果：為什麼？你不能來或不想來？

—我不想來。

維克多·雨果：我們，凡人，可以為靈魂的幸或不幸做些什麼嗎？

—可以。

維克多·雨果：我們可以為靈魂做什麼讓祂們感到最愉悅的事？

—愛。

維克多．雨果：什麼事會令祂們感到最痛苦？

——遺忘。

1 提爾泰奧斯（Tyrtée）：約活動於公元前七世紀前後。來自斯巴達的古希臘輓歌體詩人相傳在第二次美塞尼亞戰爭期間，他用戰爭歌曲鼓勵斯巴達人，用哀歌體詩句激勵邁塞內。他，是斯巴達戰爭詩歌的建立者，現僅存少數片段作品。

2 原文 la lyre 有「七弦琴」（古希臘一種豎琴）；也有「詩才」的意思。

3 魯日．德．李爾（Claude Joseph Rouget de Lisle, 1760- 1836）：法國作曲家，一七九二年四月法國大革命期間，進駐史特拉斯堡時，創作了流傳後世的《馬賽進行曲》。

4 雅克．德立勒（Jacques Delille, 1738- 1813）：法國詩人兼翻譯家，通常被稱為雅克．德立勒教士。曾翻譯《維吉爾的農事詩》享譽法國。

5 涅墨西斯（Némésis）：希臘神話中的復仇女神，代表「公義憤怒」（眾神之怒）和「神聖懲罰」的概念。

XII

第十二場

安德烈 · 舍尼埃繼續創作尚未完成的作品

一八五三年十二月二十三日，星期天，晚上八點半

列席者：維克多 · 雨果、雨果小姐、奧古斯特 · 華格立。

扶桌者：查爾勒 · 雨果、雨果夫人。

問：誰在那？

—安德烈．舍尼埃。

維克多．雨果：告訴我們你為什麼來？

—已說過。

維克多．雨果：你知道今天應該是「戲劇理念」來嗎？

—不知道。

維克多．雨果：你可知道葛翰先生為什麼沒來？

—不知道。

雨果夫人：你和羅蘭夫人聊了你所在的生活？

—是。

維克多．雨果：如下詩句起頭為：

所以，希望不再，我的控訴失敗，

接下去是什麼：

我該奉承、呻吟、哭泣、祈求、壓迫嗎？

—我該詛咒我曾如此多次擁抱的祭壇，

維克多．雨果：你願意補充第十八篇片段：

哦，愛的喜悅，而妳，慵懶的柔軟，

下一句：

誰的眼睛沒甜蜜的毒，

尚缺兩句。

—不迷失其心，不燃燒其魂者

輕撫過女人的絲緞衣衫。

維克多．雨果：上述片段是單數：幸福者，等等。

而你告訴我們的是複數，我們可以做如此調整：

誰，不迷失其心且不燃燒其魂，

輕撫過女人的絲緞衣衫。

你可同意？

——不。

維克多．雨果：那麼，請說。

——誰，不迷失其心且不燃燒其魂，
　輕撫過妳的絲緞頭紗，噢，女人。

維克多．雨果：我相當喜愛我的說法？你同意嗎？

——不。

維克多．雨果：你比較喜歡你的句子？

——是。

維克多．雨果：下一行詩裡你還加了一個斥責「噢，女人！」你願意採用我的詩句嗎？

——不。

維克多．雨果：之後：
　我屬於妳，愛，勢不可當的愛！
你如何接續？

——帶領我，親愛的凱蜜兒，告訴她我是她夜裡被征服的白晝奴隸；

告訴她從其口中發出的一呼一吸，全納入我體內，
她於我如一朵和風之花。
哦！我們為愛受苦！哦！多麼殘忍的折磨！
為了一時的歡愉，有多少其他時刻
靈魂在哭泣和墜落，及，可憐的落葉，
順從於拔除和吹走它的風，
流浪、顫抖、悸動、回憶起
凱蜜兒將他安插進花束的溫柔宴饗。
貞潔衰老，來吧，我懇求妳，我召喚妳；
你對愛微笑，猶如屋頂展開翅膀，
在妳的貞節冠下，我們緩步慢行，
白羽毛總是愛戀著白頭髮，
對老人而言，愛發出它最溫柔的聲音；
年齡是清空箭袋的無辜者，
而顫抖的手拉起天真的手，

愛，這些金線條，願我們哀怨的靈魂
一生保存且永遠持續。
刺留在心頭，愛的荊棘，
而當白日陌盡，夜晚降臨時，
刺在心頭，玫瑰褪色，
妳，暮年，在屋前門檻上綻開笑顏，
回憶和一個季節將她染成金黃，
愛的帝國縮小為妳的草屋，
海洋是源頭，
而劃分奧林匹斯山的致命蘋果
判給巴黎，
在妳的蘋果樹上成熟，我們嚐它，妳且歡笑。

奧古斯特．華格立：最後第十二和十五句很含糊，你同意我的看法嗎？

—同意。

維克多．雨果：可以告訴我們你含糊表達的原因嗎？

——可以。

——被遺忘的詩句。

奧古斯特．華格立：也就是說你跳過了詩句？

——是。

奧古斯特．華格立：你何時再來重組這些詩句？

——星期四。

奧古斯特．華格立：除了我們之外，你已將這些詩句告知他人了嗎？

——沒有。

XIII

第十三場

穆罕默德（Mahomet）[1]降臨立即發表預言，分析了東方三大宗教間的紛爭，為雨果說明了在死後的世界人如何分辨彼此。

一八五三年十二月二十九日，星期一，下午五點

扶桌者：查爾勒、雨果夫人。

奧古斯特．華格立提問。

問：誰在那裡？

—穆罕默德。

問：請說。

—陰影還在世上，殉道真相的血流在所有錯誤的釘子上。夜深沉，獨裁暴君說：「我們是權力。」；祭司說：「我們是法律。」；絞刑場回答：「是。」；斷頭台回答：「是。」；堆屍處回答：「是。」；墓穴回答：「不。」邪惡的死亡歡呼響起了星空下貓頭鷹的歌唱；烏鴉叼啄耶穌臨死前眼裡的最後一瞥愛；絞架和斷頭台的雙雙黑影豎立在黝暗的地平線上，人們隱約見到，站立在黑暗中，以十字架上耶穌受難像之名，行宗教之儀式。日將近，清晨至，憤怒的天空將張開它的口，朝暗黑世界發射萬丈光芒的火紅太陽。祭司—絞刑場，教皇—斷頭台將被推翻，陰暗的城堡將墜落，大地將在站立的人之下動盪，而天空將為下跪的人展開。

奧古斯特．華格立：在我們和你說話這當下，有三個宗教正在東方互鬥；跟我們談談這些宗教及其未來。

—天主教是夜晚的堡壘，希臘正教是大雪的要塞；穆罕默德的宗教是肉體的圍牆。沒有一個宗教該持續，教皇對人宣稱：「你將不會看到」；沙皇說：「你將受苦」；蘇丹說：「你將歡喜」。三者都錯了，我告訴你們，我，祭司的敗落開始：鞭刑祭司，十字架祭司和新月祭司，是即將離開戰場的三具屍體。在神前，聖女徒比天堂仙女更不理智，而神不再想透過禁慾主義愚弄凡人，透過縱慾享樂而使人痲木入睡的宗教。走吧，我的孩子們，必須死亡。我給了你們勝利的旗幟，我留下旗幟以埋葬你們。

維克多．雨果：死後，在極樂世界裡，人們有形象嗎？人們如何辨識？

—靈魂和靈魂之間從體態的映像而得以辨識，天空是一面保留生命影像的鏡子，無一消逝，墓穴只取身體之骨架，形象昇天，有和靈魂飛翔的微笑，和死亡瞑目前在天空中的眼神。

雨果夫人：你想何時再來？

—星期四。

雨果夫人：幾點？

—九點。

結束於晚上七點。

1 穆罕默德（Mahomet, 571-632）：伊斯蘭教先知，同時也是一位政治家、軍事家和社會改革者，他成功地使阿拉伯半島在伊斯蘭一神教信仰下統一。穆罕默德口述經文由跟隨者記誦，成為日後伊斯蘭經典《古蘭經》，與穆罕默德的言行錄「聖訓」同為伊斯蘭教徒的圭臬。

XIV

第十四場

安德烈 · 舍尼埃詳細回答了維克多 · 雨果的提問，對於法國大革命的觀點是否有所改變？如何看待在身後的四位詩人，他們的成就如何？一一給予評價。

一八五三年十二月二十九日，星期一，九點

列席者：維克多 · 雨果、雨果小姐、奧古斯特 · 華格立。

扶桌者：查爾勒 · 雨果、雨果夫人。

問：誰在那？

——安德烈．舍尼埃。

維克多．雨果：你先前開始的一個作品，讓我們這些詩人深深感到興趣，我們希望你能經常回來，並完成這作品。但今晚，你允許我們提出題外話嗎？

——是。

維克多．雨果：這是我想對你提出的問題——安德烈．舍尼埃，你是革命的大犧牲者，和路易十四相比，你的頭顱才是最冠冕堂皇，被法國大革命襲擊的國王，是你而不是他。我們崇拜你，我們喜愛你，你知道的，因此讓我們詢問你關於深層的意識。法國大革命，是一個被襲擊的理念；而砍倒人類樹木的襲擊叫做斧頭。安德烈，斧頭砍了你，理念照亮了我們。你，活著時，和在獄中，你只看見斧頭，就像我們一樣。今日，我們只見理念，但重要的是知道，在這當下，在這大光明裡，多虧法國大革命，開始在人類中傳播。你對法國大革命仍持著同樣的觀點嗎？躺在墓穴裡能有進步嗎？你仍是當時的你嗎？死後的看法是否與生前一樣？聽著：在你之後出現四位詩人；你和最後一位相隔了四十年。第一位在你死後七年出生；第二位在你十八歲時出生；第三位在你死前十八個月來到世上，而他進入搖籃的靈魂幾乎與你離開籃子的靈魂相會；第四位出生於這個世紀頭幾年。這四位詩人之中，唯有一位，就是第二位，出生在民主理念裡；其餘三位接受與你相同的傳統家庭思想。然而，他們三位全走入法國大革命，最年長一位幾乎死於共和主義者；其他兩位是今日的共和主義者。這四位詩人各自輪流從事，相當於分散在過去十九世紀的四個年代的政治活動，而這四個年代則成為這四位詩人的政治和社會行動的特徵。為了加冕你的回答，告訴我們假如你活到我們這個年代，你自己會是什麼角色？

—首先，這是我的回答，至於我，我將會有雙倍的著作。我會補充已為人知的作品，並創作不為人知的作品。第一著作將會是保皇黨人，第二著作則是共和黨人。一個將詛咒法國大革命，另一個卻祝福感恩它。我的頭，掉落的同時，見到我的眼睛看過斧頭的理念，淋上我鮮血的我的思想在墓穴裡發芽滋長。我那依靠著斷頭台發出如雷響聲的七弦琴開始在墳墓裡高唱大革命，斷頭台是保皇黨人舍尼埃的劊子手，和共和黨人舍尼埃的教父，自由殺了我，也為我洗禮。一八九三是我的凶手，也是我的父親，我是我的死亡之子。墓穴有時驚奇接待這些和我一樣咭呱學語的新生兒，而細心和溫柔的母親教導第一真理的字母。我是我墳上的植物，我是由永恆完成的土地上的樹木，我在大地上開花，在天空中結果。

假如我活在你的世紀裡，我將崇拜自由，我將如夏多布里昂一樣對拿破崙雷霆怒吼，我將如貝朗瑞（Béranger）[1]一樣對抗波旁復辟，我將如拉馬丁一樣抨擊路易—菲利普，我也將如維克多．雨果一樣公布波拿巴的醜事。

夏多布里昂是嚴謹的榮譽，是一個在僕從世紀裡造反，不想讓他的國家穿起僕人衣物的苛刻紳士，是為了第一個帝國候見廳最後一個老城堡主塔花崗岩的輕蔑，是仇恨的共和黨人，是一個下馬進入競技場，並融合在最後一個征服者自私制服上的全副武裝盔甲騎士，是解放未來年輕新娘的一位衰老意中人的崇高唐吉訶德。

貝朗瑞是一個前額頂著花冠的膚淺溫柔共和黨人，這老演奏家投擲給君主的是歌曲，而非詛咒和反駁，他是偽裝成阿基里斯（Achilles）[2]的阿那克里翁（Anacréon）[3]，在復辟王朝波旁鼻前開香檳酒，他是真正、但狹隘的思想家，他開始於年青的共和黨人，卻結束於哲學家的生活。貝朗瑞，是卡圖盧斯（Catulle）[4]的靈魂在魯日．德．李爾的詩裡；這是變成杯酒高歌的馬賽進行曲；這是共和黨的賓客；這是歌曲中的提爾泰奧斯。

拉馬丁是太平時代而非暴亂時代的詩人，拉馬丁夢想愛、和平、博愛，他歌詠，他微笑。他將法國大革命提升為頌歌，但他無法以長短詩來引導它。

拉馬丁有脫離君主共和的光榮，和走出共和沉默的錯誤。無所謂，拉馬丁是偉大的，他將其大傑作貢獻給人類精神，他創造了喬斯楠（Jocelyn）：你好！他翻轉了斷頭台，謝謝！

拉馬丁和安德烈·舍尼埃感謝你，他在他的墓穴裡對共和國打擊詩歌感到悲傷，在你的詩裡，我看到落在我肩膀上的頭抬了起來。你的詩才，在我之後，登上了斷頭台，不是為了找到死亡，而是為了給斷頭台帶來生命，我在這塊板上死去，我卻在你的體內復活。藝術，猶如這些將他們的孩子一個接一個地推送上大決鬥的西班牙八音節詩的祖先們，我們則一個接一個地推送他們上斷頭台戰鬥。斷頭台處死了安德烈·舍尼埃，但拉馬丁處死了斷頭台。

維克多·雨果，是你，你那出乎意料的翅膀，所有天空之鳥，夜晚之歌，黎明之鶯，和暴風雨之鷗。你是孤寂的憤怒之鷹，你的生命緩緩爬上難以攀登的真理之山，而，一旦抵達巔峰，你的作品將展開出乎意料的翅膀，翱翔。你開創了藝術革命，你在世界上準備大幹一場革命。很好，去吧，加倍你的著作，創作且殺戮，推翻且建立，並願在你光輝燦爛的萬神殿牆面上，藝術的光耀之眼和意識的滿意之眼，依次凝視維納斯和戴爾西德（Thersite），馬里昂和波拿巴，其中之一，因愛而被恢復榮譽的妓女，另一個因理念而被懲罰的叛徒，全是福音，抹大拉的馬利亞（Madeleine）[5]和猶大（Judas）。詩人，你是波拿巴的菲迪亞斯（Phidias）[6]，菲迪亞斯擁有巴羅斯的大理石，而你擁有流亡的花崗岩。拿起所有這些岩石，並以你的憤怒雕刻它們。你做得到，海洋詩人！

維克多·雨果：你哪天再回來？

——星期二九點。

雨果夫人提問：你剛剛提到猶大和抹大拉的馬利亞，在你所處的世界裡，你和他們交談嗎？

——我是孤寂者，我的思想在哀悼，死亡以其憂鬱覆蓋了我。所有被斷的頭是黑寡婦，周遭的靈魂沉默不語。唉，我的永恆是我青春的寡婦。

奧古斯特·華格立：這最後一句是什麼意思？

——我的永恆是我詩歌的寡婦，只要我沒完成我的作品，我將哭泣。這是我對大革命枯萎的懲罰。理念判我沉默以懲罰我，但我後悔，我想大喊：自由萬歲！

結束於清晨一點半。

1 貝朗瑞（Béranger, 1780-1857）：十九世紀法國大革命民主主義詩人。

2 阿基里斯（Achilles）：古希臘神話和文學中的英雄人物，參與特洛伊戰爭，被稱為「希臘第一勇士」。

3 阿那克里翁（Anacréon）：指專寫愛情和吃喝玩樂的短詩。

4 卡圖盧斯（Catulle，約 87 BC—54 BC）：古羅馬詩人，在奧古斯都時期，卡圖盧斯享有盛名，然而後來慢慢被湮沒。現在所有卡圖盧斯的詩歌版本均源自十四世紀在維羅納發現的抄本。他繼承了薩福的抒情詩傳統，對後世詩人如彼特拉克、莎士比亞等產生了深遠的影響。

5 抹大拉的馬利亞（Mary Madeleine）：《新約》中記載抹大拉的馬利亞是耶穌治癒的婦人之一，一路追隨耶穌前往釘上十字架。目睹耶穌下葬的她，同時也是世上第一位見證耶穌復活的人，並前往告知使徒們。

6 菲迪亞斯（Phidias, 約 480 BC-430 BC）：雅典人，是古希臘的雕刻家、畫家和建築師，被公認為最偉大的古典雕刻家。

XV

第十五場

安德烈 · 舍尼埃描述了大革命時被送上斷頭臺前後的意識和感知。

一八五四年一月二日，星期一，晚上九點半

列席者：維克多 · 雨果、奧古斯特 · 華格立。

扶桌者：雨果夫人、查爾勒 · 雨果。

問：是誰？

—安德烈．舍尼埃。

維克多．雨果：安德烈，你渴望，我們也如你一樣渴望見到你的作品被完成。基於對你的才賦和墓穴的尊敬，我們虔誠地記錄收集，你將對我們講述關於你死亡前後兩個時期的思想詩句。我們將為你編製一本完整的不朽著作，而且我們會將你的生和死寫在前言，讓著作回歸本質，使它成為一冊既是人類、也是超人類的印記，包括在墓穴中完成半數創作的出版。為此我們有必要對你提出各種問題，這將光耀你，不僅僅是你生前的未知，還有你死後在墓穴中的未知。依據我請教你的問題，你的回答將形成一本擁有最驚奇章節的傳記，甚至超越你的問題，我們很關切，我們聆聽你的敘述。我曾寫過一本關於被斷頭的書[1]，我停筆在唯有你才能繼續的地方，你可願意接受我的問題？你了解這整個一切嗎？

—了解。

維克多．雨果：我們聽你說。

—登上斷頭台的人，劊子手將他捆綁在搖晃板上，半月繩索圈套在他的脖子上，斷頭台的靈魂戴著枷鎖飛去，被斬了首的人有這麼一秒鐘的剎那震驚，他睜開雙眼，看見滿是紅泥的籃子，這是下水道，這是斷頭台的深淵。他的頭告訴他：「我即將落在那」。「不」，他的靈魂回答他。這場景突生異端變化，他看見的是海洋，而非汙泥；他看見的是光，而非血。經由這下水道，他進入了天空。哦，恐懼！哦，喜樂！哦，甦醒！哦，神奇親吻！哦，跪拜！哦，飛躍！靈魂跪著飛翔，祂是個孩子，且化成一隻鳥。但，哦，驚奇，靈魂感覺到被一個透明形體緩緩包圍起來，天空變成一面鏡子，靈魂看見自己，祂壯美，約二十來歲。身體不再包藏靈魂，身體映射靈魂，靈魂不再閉鎖於物質內。美不再是肉體，靈魂拾回了被人們拖往公墓的這屍體的所有最珍貴之物：他的微笑、他的眼神、他的光芒、猶存在斷頭唇上的凱蜜兒之吻、一聲被遺忘的嘆氣、一曲秋夜之歌、一抹四月清晨之芳香、一場鴿子的小小爭吵、一句：「我愛你」，靈魂將之帶入蔚藍蒼穹裡。我認得自己，然而我不再有感官。我活著，然而我不再承載生命的重量。在我的透明血管裡流淌著光，從我所有的毛孔，接收到無限。一張無形的嘴對我覆蓋一個長長的吻，我猜這是我母親的吻，我認出我的情婦，還有誰一次次擁有我所有愛之馨香。一線光將我的頭從我的身體分離，這是接收到上帝之吻充滿生命力及敏感的傷口。死亡，在我看來，既在大地上，也在天空裡。當我被墳墓改變容貌的身體沉入永恆的最高福祉時，我從極遙遠處看見下方的我，被劊子手丟給蟲吃的我的另一個身體，我那在溪水中翻滾的頭，我那淌血的傷口，我那人們在沖洗的斷頭台，我那懸掛在矛尖的頭髮，和我那被眾人辱罵的名字。而，我聽到一個聲音說：「榮耀歸舍尼埃！」我看到天空深處降下一道光環落在我的前額上。這是終結的籃子，上帝完成，斷頭台，劊子手和⋯⋯。

正在記錄的奧古斯特．華格立說他對最後一句感到困擾，查爾勒說：「大概因為他累了。」雨果夫人也累了。

結束這場次。

1 《死刑犯的最後一天》（*Le dernier jour d'un condamné*），雨果於一八二九年出版的小說。以小說的藝術形式，探討加諸於死刑犯上的凌虐衍生的諸多道德問題，以及人的價值。是雨果早期躋身文壇，展露鋒芒的代表作品之一，也可見雨果關於廢除死刑的各方衡量。

XVI

第十六場

安德烈 · 舍尼埃延續上一場次，分享對於死後世界的印象和感受，之後繼續創作未完的詩作。一頭獅子的靈體降臨。

一八五四年一月六日，星期五，晚上六點

扶桌者：雨果夫人、查爾勒 · 雨果。

奧古斯特·華格立：誰在那裡？

—安德烈·舍尼埃。

奧古斯特·華格立：你想繼續對我們敘述你死後的生活嗎？

—是。

奧古斯特·華格立：你的最後一句有點含糊不清，毫無疑問這是因為我們能量不順暢的過錯。你願意加以闡明嗎？

—願意。

奧古斯特·華格立：你想從哪個字開始？

—終結。

奧古斯特·華格立：那就從終結之後繼續。

—依神化而言，這是在光芒中結束的斷頭台，這是自我終結為神的劊子手，這是收割永生不朽的播種死亡者。我在一個大搖籃裡出生，我從陰影中活著出來，而且我沾滿露珠猶如春天的百合。靈魂是其墓穴的花朵，天空是花束，墳場的芳香最是溫柔，一朵從死亡綻開的玫瑰總是被上帝呼吸著，以祈禱採頡贈予上帝，祈禱是上天的賣花女。

但，突然，我在永恆裡聽見聲音，其中一個聲音說：「哦，我的詩人，我名喚奈曄荷，我很悲傷，我的花冠有缺失，你的詩拋棄了我，我在誕生中死亡。哦，我的詩人，讓我復活起來，再張開眼睛看我的田園詩篇，讓我再去會合克羅密斯。」另一個聲音說：「哦，我的情人，我是凱蜜兒，你讓我受到愛戴，我讓你受到歌詠，還給我你的愛，並拿回你的歌。哦，我的情人，讓我再尋回舍尼埃。」另一個以哀怨且幽暗的嘶啞聲音說：「哦，復仇者，我是路易十六，你的手裡握著憤怒之鞭，你能與閃電以友相稱，再拾起你那發光的長短詩，對我復仇。讓斷頭台蒙羞。哦，詩人，讓我再找到塔西佗（Tacitus）。[1]」最後一個聲音說：「我叫羅伯斯比，大革命殺了你是錯的，但你讓大革命遭受譴責是錯的，任何偉大的精神是理念的債務人，大革命如同一個查封欠債不還者房子的債主，他取了你的首級，因為你欠了他你的才賦；償還。對理念不忠實的精神而言，墳墓並非自由。重新開始你的著作，榮耀你曾侮辱的大革命，保祐你曾詛咒的自由，並脫離不朽的共和黨。在斷頭台板上站起來，宣佈革命，你，它的烈士，變成它的使徒。再抬起你蒼白的頭，再睜開你死亡的雙眼，讓我們看到舍尼埃的鬼魂和羅伯斯比的幽靈言歸於好。我在光中對你伸手，在愛中對你擁抱。兄弟，我倆同處於被斷頭的家族，我，革命的被剝奪繼承權者，你，革命的債務人。舍尼埃必須對羅伯斯比償清債務，我虧欠你的頭，你虧欠我你的思想。」所有的聲音停頓下來，而我等待你們來聽我說。

維克多·雨果、弗朗索—維克多·雨果、和雨果小姐進來。

奧古斯特·華格立：只要你願意，我們隨時聽你說，但可否請你傳話給莎士比亞，我很想見他？

—可以。

奧古斯特·華格立：他會來嗎？

—會。

奧古斯特·華格立：哪一天？

—星期五。

雨果夫人：從你所處的世界，可看到我們這裡發生的一切嗎？

—可以。

奧古斯特·華格立：十二月二十五日星期天，你對我們做的詩句，前幾句很吸引人，但後幾句有些晦暗，你是否與我們持有同樣看法？

—是。

奧古斯特．華格立：你對我們口述的詩，你想保留到哪句？

—在妳的貞節冠下盤踞著尊敬。

奧古斯特．華格立：繼續。

—嬉戲中的邱比特，一見到妳就停住，
而隱藏戲弄是天真無邪特有的天性。
他的箭袋，這裝滿咱們痛苦的玩具，
和在天空中貪吃的一群鴿子，
沉默的馬車載著維納斯散步，
在不只一個誕生靈魂裡啄食，
李姿（Lise）或羅絲（Rose）播下的第一粒愛的種子
停在你的門檻上說：「古老歲月平安。」
永遠或 **s la**

最後一刻，有人進來，有人聊天，有人開窗和關窗。查爾勒和奧古斯特說：最好停止。

奧古斯特．華格立：你願意給我們約期嗎？

—願意。

奧古斯特．華格立：何時？

—二十天後。

奧古斯特．華格立：為何這麼久？

—不專心。

維克多．雨果：我們將非常專心聽講，今晚你願意為我們完結之前的詩句嗎？

—白羽毛總是比白頭髮溫柔，

你們的年齡保佑你們躲過阿多尼斯（Adonis）[2]的箭，

哦，古老的山，光線免除你們的雪。

年齡是昔日犯錯的一個無辜，

愛以其最溫柔的聲音和你們說話。

猶豫。

維克多．雨果：什麼事礙著你？

沉默。

維克多．雨果：你還在嗎，舍尼埃？

—不。

維克多．雨果：誰回答不？

—安德洛克雷斯（Androclès）[3]的獅子。

維克多．雨果：說。

—鬃毛是至高無上前額的頭髮。獅子是孤獨的詩人，當太陽上升時，獅子站立。獅子原諒，獅子夢想。獅子是風的咆哮，是沙漠的寂靜。當我豎起鬃毛時，我的鬃毛是颶風的活潑七弦琴。當我挺起尾巴時，我的尾巴是空中揮舞的鞭子。我的爪子是力量，我的眼神是善良，我的嘴巴在沙漠上拔除老虎，並將孩子交給母親，獅子統治老虎。競技場上他取得尼祿（Néron）[4]拒絕的赦免，讓安德洛克雷斯免於一死，他拯救了丹尼爾，他如上帝般平靜安慰，且親吻理念之腳。獅子是強大的，牠讓人偉大；獅子是仁慈的，牠讓人善良。我就是這隻獅子，致意。

維克多．雨果：我們對你致敬。你可願再來？

—願意。

維克多．雨果：哪天？

—星期二九點。

維克多．雨果：告訴安德烈．舍尼埃我們請他快回來繼續他的詩，並在禮拜二帶給我們他的回覆。

—是。

結束於深夜十二點半。

1 塔西佗（Tacite, 55-117）：羅馬帝國執政官、元老院元老，也是著名的雄辯家、歷史學家與文體家。他最主要的著作有《歷史》和《編年史》，自一四年奧古斯都去世，提比略繼位，一直撰寫到九六年圖密善逝世為止。

2 阿多尼斯（Adonis）：希臘神話中掌管植物每年死而復生的俊美男神，深受婦女崇拜。

3 安德洛克雷斯（Androclès）：羅馬奴隸，據説他因為試圖逃離主人家，穿越沙漠時，治癒了一頭生病的獅子，並與牠一同生活。事後被抓拿送往羅馬競技場餵食野獸，獅子認出他來，流露關愛之情，免他於死。皇帝從安德洛克雷斯口中得知此事，赦免了他，並將獅子送給他。安德洛克雷斯與獅子的故事流傳後世，雨果有詩作〈致安德洛克雷斯之獅〉（Au lion d'Androclès）即與此相關。

4 尼祿（Néron, 37-68）：古羅馬帝國皇帝，五四年至六八年在位。尼祿以發展劇院和各種體育競賽來提升羅馬於帝國中的文化地位，後世描述尼祿時，多與暴政和奢侈相連。

XVII

第十七場

莎士比亞為雨果解釋了另一個世界的時間概念，在另一個世界裡莎士比亞與塞凡提斯和莫里哀相遇；在另一個世界裡莎士比亞是否繼續創作？

一八五四年一月十三日，星期五

扶桌者：雨果夫人和查爾勒．雨果。

列席者：維克多．雨果、奧古斯特．華格立。

問：尊姓大名？

——莎士比亞。

維克多．雨果：我願出高價以求解，在應許我們的請求之約前，你本人親自蒞臨，賜予我們如此大榮耀，因而請告訴我：你是否已曾來過？

——是。

維克多．雨果：你知道對我們而言，你是名列前四或前五名最偉大的人性創作者，你是否願意告訴我們墓穴裡發生的事，以及一六一六年四月二十三日有過什麼相會嗎？

——我親吻誕生的高乃依（Corneille）[1]。

維克多．雨果：我不是說一六〇六年，而是一六一六年，請搜尋這一天，莎士比亞是否會見了另一位人類思想的巨擘？

——沒有。

維克多．雨果：一六一六年四月二十三日，塞凡提斯去世，同一天，幾乎與你同一時辰，難道你沒遇見他？你可願回答？

——不。

維克多．雨果：你是說你不願回答，亦或你沒遇見塞凡提斯？

—米格爾．塞凡提斯並未與我在同一時辰過世。

維克多．雨果：但他與你同一天死，你們應該會在你們往生的地方相會，天才如你倆應該會互相交談。你說呢？

—當人們死時，我們瞬時與所有的亡者同齡，也就是永恆。上蒼裡，沒有所謂的先來後到，每一個人有一秒鐘的生命，而這一秒鐘持續一億年。問一位亡者：你在天上待多久了？就如同問一道光：你在太陽裡待多久了？靈魂是沒有長輩的姐妹，無限不是愛的長輩，永恆不是天才的長輩，所有的偉大精神是雙胞胎。但丁不是艾斯奇勒斯的弟弟，索福克勒斯（Sophocle）[2]不是荷馬的弟弟，莎士比亞不是小弟，約伯（Job）[3]不是大哥，以賽亞（Isaïe）[4]和摩西一樣大，霍里布山和西奈山同樣是百年古老山脈。理念有兒子，但沒有孫子，若你問光線的年齡，他將回答你：去問閃電；若你問閃電，他將告訴你：去問光線。我見過塞凡提斯一次，他對我致意，並對我這麼說：「詩人，你對唐吉訶德的想法如何？」一旁經過的莫里哀說：「跟唐璜是同一個人。」而我，我說：「跟哈姆雷特是同一個人。」唐吉訶德懷疑，唐璜懷疑，哈姆雷特懷疑。唐吉訶德尋找，哈姆雷特尋找，唐璜尋找。唐吉訶德哭泣，唐璜大笑，哈姆雷特微笑。他們三人都痛苦，在哈姆雷特手持的頭顱裡，有他的眼淚，哦塞凡提斯；有你的笑，哦莫里哀。懷疑的骨架在我們的三本著作之美下扮鬼臉。我們製作戲劇，上帝完結它。仰望天空，這是最後一幕。墓碑在我們的靈魂上打開，這是結局時拉起的幕帘。鼓掌，塞凡提斯！鼓掌，莫里哀！鼓掌，莎士比亞！上帝入場。

維克多．雨果：有如你這般天才相伴，豐沛思想的來到，首先這是獻給我的意識思想。當你在人世間時，你創造，你在上帝之後創造。如今，你離開了人世，住在真正的生命上，光。你的天才在做什麼？你活著，莎士比亞；然而有不可分割的理念。對莎士比亞而言，活著就是創作，你繼續創作嗎？繼續你的著作嗎？假如你繼續的話，假如這來自於你，這應該是來自於所有其他的天才。以至於除了神的直接創作外，還有人們所謂的間接創作，也就是說經由偉大意識的創作，這打開了巨大和全新的地平線。你願意回答我的問題嗎？你繼續你的著作嗎？假如你繼續的話，是依據你活過的人間世界，或依據你當今存在的靈魂世界呢？你的作品是否和你一樣面對轉型？你書寫嗎？假如書寫這詞能使用在對我們人類而言不懂，而是另一種上天專有的新語言裡呢？這些是你做的戲劇嗎？基於哪些激情？哪個世界上？哪些理念上？這些戲劇若翻譯給我們的話，人類智慧是否可理解？總而言之，有何關聯可連結你在天上和在世間的作品呢？

——人類的生活有人類的創造者。天堂的生活有神聖的創造者。創造是工作；沉思是酬勞。在世間，偉大意識為了提高道德而創作，但在天上，一切是道德，一切是良善，一切是公平，一切是美好。倘若我創作某個東西，一個罷黜上帝的傑作的話，天空將有缺陷，我將被判去崇拜。而我，一個受世人崇拜者，我會迷失在觀眾群裡，我，創作者。上帝使自己在人世間扮演成半神人，奧菲斯（Orphée）[5]、提爾泰奧斯、荷馬、艾斯奇勒斯、索福克勒斯、尤里比底斯（Euripide）[6]、摩西、以西結（Ezéchiel）[7]、以賽亞、丹尼爾、伊索、但丁、拉伯雷、塞凡提斯、莫里哀、莎士比亞、及其他我在無限裡瞥見卻沒認出的人。我們在永恆光前坐下沉思，耶穌跪著，燦爛耀眼的光照亮我們，生活使我們欣喜不已，而假如你見到所有這些先知、占星家、詩人、天才圍坐在上帝四周，你將不會問我是否還創作。不，我觀看；不，我聆聽；不，我在廣大無垠之前是一粒專注微小之物。在無限之前，我是一個偉大退位者，我降為大天使，我從臺座上降級，而且我扔棄我的光環。我是一個死亡即覺醒的夢。我曾擁有藝術，現在我擁有愛。我的創作將其翅膀留在墓穴裡。愛，是復活的藝術。藝術行走在天空之門，唯有愛得以進入。幸福是永恆的麥加，藝術前往朝聖，愛是天使。

維克多．雨果：你是應安德烈．舍尼埃的要求而來，可否換你去請安德烈．舍尼埃回來，並告訴我們他何時再來？

—是。

維克多．雨果：他何時再來？

—十天後。

維克多．雨果：二十三號嗎？

—是。

維克多．雨果離開。

雨果夫人：你說你在當今所處的生活不再創作，可是為何安德烈．舍尼埃一心只想創作、完成他的作品呢？

—生命為我戴上冠冕，卻砍斷了舍尼埃的頭。舍尼埃還有一些事要對生命說，而我，我只和上帝說話，或以祂之名。莎士比亞是其作品之父，舍尼埃是其作品的孤兒。

結束於子夜十二點。

1 高乃依（Pierre Corneille, 1606-1684）：出生於法國西北部的盧昂，是十七世紀上半葉法國古典主義悲劇的代表作家，法國古典主義悲劇的奠基人，與莫里哀、拉辛並稱法國古典戲劇三傑。

2 索福克勒斯（Sophocle, 496/497 BC-405/406 BC）：古希臘悲劇的代表人物之一，他大致生活於雅典奴隸主張民主制的全盛時期，在悲劇創作領域相當高產。

3 約伯（Job）：《塔納赫·約伯記》的中心人物，是亞伯拉罕諸教的一位先知，包括猶太教、基督教和伊斯蘭教。

4 以賽亞（Isaïe）：公元前八世紀的猶太先知，被認為是《以賽亞書》的作者。

5 奧菲斯（Orphée）：希臘神話中的音樂家，他與妻子歐律狄克的悲情故事，為世人所銘記。

6 尤里比底斯（Euripide, 480 BC-406 BC）：與艾斯奇勒斯和索福克勒斯並稱為希臘三大悲劇大師。作品取材自日常生活，並有許多探討女性心理的作品，如廣為流傳的《美狄亞》。

7 以西結（Ezéchiel）：是《聖經》記載的一位祭司，以西結是布西的兒子，是撒督的後裔，承襲亞倫之子以利亞撒的脈絡，屬祭司中的貴族，他在前六世紀，在被擄到巴比倫期間，看見異象，成為先知共二十二年。

XVIII

第十八場

雨果和華格立質疑奧祕桌談的部分內容，對此，約伯提出了糾正。莎士比亞再次降臨，宣告了在另一個世界作品的昇華。

一八五四年一月二十二日，晚上九點三刻

列席者：維克多．雨果、奧古斯特．華格立等男士們。

扶桌者：葛翰和雨果夫人。

維克多·雨果：有人嗎？

—有。

維克多·雨果：你的大名？

—約伯。

維克多·雨果：你有事想和我溝通？

—是。

維克多·雨果：說。

—懷疑。

開場前半小時，維克多·雨果和奧古斯特·華格立，兩人單獨在客廳閒聊，質疑了桌子之說的某些事。對莎士比亞將唐吉訶德描繪成一位疑惑的人物，尤其感到奇怪，他們肯定唐吉訶德出色的表現。他們之間的對話沒有任何人聽見，查爾勒，此時在他的房間，客廳上方兩層樓。查爾勒·雨果進來，代替他的母親，他沒問是誰，也沒問當時說了什麼就坐上桌，問桌繼續。

—莎士比亞對你們說的話是對的：懷疑存在於人類所有著作的深處。是的，唐璜是懷疑；

是的，哈姆雷特是懷疑；是的，唐吉訶德是懷疑。你們不了解這三個人物的最大含義，你們想簡單扼要知道嗎？唐璜和雕像的鬥爭，哈姆雷特和陰影的鬥爭，唐吉訶德和鬼魂的鬥爭，同樣的鬥爭，這是人對抗無形世界的搏鬥，這是身體對抗靈魂的拳擊，這是肉體和精神的對決，這是懷疑的黑暗封閉場域，這是約伯和天使的永恆鬥爭。

維克多．雨果：你剛對我們說的話很美，且帶有結論性。你聽見了我們剛剛在樓下說的話嗎？

桌子移動。

維克多．雨果：你還在嗎？約伯。

——不在。

維克多．雨果：誰在那裡？

——莎士比亞。

維克多．雨果：你有話要對我們說？

——是。

維克多．雨果：說。

—我問你們一點，可憐的天才之人，是什麼讓你們敢於……[1]無邊巨大？深淵之神？是什麼思想讓你們敢於在太陽神之前依然掩飾？是什麼讓我們的傑作敢於對永恆之神投擲手套下挑戰？我們的哈姆雷特是什麼？我們的唐璜是什麼？我們的唐吉訶德是什麼？在君主之前，在權勢之前，在光亮之前，你們的戲劇是什麼？在創作之前你們的世界是什麼？哈姆雷特，摘下你的黑色羽飾；唐璜，拋開你的劍；唐吉訶德，卸下你的盔冑；這是神前的傑作劇裝；呂．布拉斯（Ruy Blas）[2]，將你的僕役制服借給他們，並在永恆大師面前如此裝扮登場。僕役穿著是上帝面前的傑作劇服。

列席者之間針對這場和上場對話。

維克多．雨果果：繼續。

—首先，你們對我有奇怪的誤解，我對我作品的鄙視程度沒甚於雕像對其基座。我站立在我的創作之上，你們說：群眾在他的腳下。不，我沒有輕蔑踩在哈姆雷特上；我驕傲登上赫爾辛格（Elseneur）[3]的高高舞台上，在那兒，與其和陰影說話，我在對上帝說話。就這樣，任何偉大的思想家，當他在墓穴裡上昇，跨越其作品的最後一步時，死亡是最高的塔樓，作品是崇高的襲擊，生命在靈魂前額戴上頭盔，死亡拿掉其頭盔對它說：你好，光環，我是上帝的戰敗者，我來對你們敘述我的敗戰，我是神聖勝利的大使，我在永恆戰車後吹響軍號，而你們很驚訝我的軍樂說的是耶和華！而不是莎士比亞！你們瞧，我忘了我的名字，你們提醒我啊：感謝，活人們！

維克多．雨果：繼續。

—這是我想對你們說的詩句。

維克多．雨果：用英文或是法文？

—英文在法文之下。

維克多．雨果：我們洗耳恭聽。

—至高的思想家，當他在世時，
高聲說話且下令；他服從你，哦死亡！
他用其鬃毛之聲使世界顫抖，
廣大無邊說：這是獅子出來。

但，當他死時，他的頭傾向他的思想，

他掉了爪和牙，再也沒人記得。

吼叫的獅子，皺皺鼻孔，

蒼穹說：來了一隻鳥，

哦，我的神，我在你的腳下跪上我的勝利，

哈姆雷特、李爾王（King Lear）[4]，跪下，奧賽羅（Othello）[5]！

屈服吧，我的旗幟，在榮耀上帝之前！

進入吧，渺小、戰敗者，在……的挪亞方舟之下……

猶豫。

維克多．雨果：你可以再重述一遍詩句嗎？

—好。

維克多．雨果：說吧。

—整個再重唸一遍。

我們一句一句問他是否想改，前九句詩保留，到了第十句，桌子說想要更改。

維克多．雨果：你想改什麼？

—奧賽羅。

維克多．雨果：換成什麼。

—羅密歐。

第十一句詩被保留，第十二句詩改為如下：

—你們歌詠人，墳墓道說神。

維克多．雨果：你可知道我們比英國人更像是你的同胞嗎？

—知道。

維克多．雨果：說吧。

—以及這些在節慶裡跟隨的俘虜，

被加冕，但戰敗，凱撒，你們鮮紅的戰車，

我的傑作在哀悼，上帝讓你們的頭低下，

哈姆雷特，穿著黑衣，必須跟隨眾太陽。

至高強大的無限在其戰車上鏈鎖著你們，
你們的退位促成了他的王權，
你們是君主，而朱麗葉是皇后；
莎士比亞落地，但他的靈魂昇天。

維克多．雨果：我們累了，你哪天再來？

—星期三，晚上九點。

凌晨一點結束。

1 這裡缺了某些字。

2 《呂布拉斯》（*Ruy Blas*）：公認為雨果最佳的戲劇作品，一八三八年於當時的文藝復興劇院上映。劇中主角布拉斯原為僕人，卻被假扮為貴族，並被任命為首相，展開一連串改革，獲得王后的青睞。最終雖被視穿，但布拉斯卻獲得了他所愛戀的王后的原諒。

3 赫爾辛格（Elseneur）：位於丹麥西蘭島東赫爾辛格縣的一座城市，莎士比亞《哈姆雷特》中所描寫的故事，即發生在赫爾辛格。

4 李爾王（*King Lear*）：莎士比亞四大悲劇之一。由於兩位女兒阿諛奉承，李爾王將自己的產業分給了她們，造成了悲慘的後果。

5 奧賽羅（*Othello*）：莎士比亞四大悲劇之一，寫於一六〇三年左右。戲劇情節跌宕起伏，涉及種族、愛情、嫉妒與背叛。《奧賽羅》至今依然經常上演，並成為後世諸多作品的創意來源。

XIX

第十九場

莎士比亞繼續未完成的作品。

一八五四年一月二十五日，星期三，晚上九點半

列席者：維克多．雨果。

扶桌者：雨果夫人、葛翰。

維克多．雨果：誰在那裡？

—莎士比亞。

維克多．雨果：你可以透過此時已擺好的桌子繼續你的詩句嗎？

—可以。

維克多．雨果：說。

—M d e i l m m。

維克多．雨果：你希望由另一個人扶桌嗎？

—是。

維克多．雨果：誰？

—查爾勒。

維克多．雨果：我們可以代替他嗎？

—不。

維克多．雨果：誰該離開桌子？

—雨果夫人。

維克多．雨果：我們可以離桌等待查爾勒到來嗎？我們去找查爾勒來。

有人去查爾勒的房間叫他。查爾勒和葛翰扶桌。

維克多．雨果：繼續已開講的詩句。我們聽你說。

—我的作品落地，但我的靈魂昇天，

維克多．雨果：你想修改先前某些詩句嗎？

—不。

維克多．雨果：繼續。

—活人們，我叫莎士比亞，他是莫里哀，

我們以激情創造眾陽[1]，

我們的傑作，正在開啟光的世界，

佈滿薈萃的人文精神。

我們擺脫死亡，謙卑地，在星空下，

我們，夢想者，在我們的墓後躲藏，

在那兒，我們靜觀

中斷。

維克多·雨果：你在尋找詩的結尾嗎？你希望我們稍等一會兒嗎？

桌子繼續晃動，沒回答。

維克多·雨果：你要我再重唸一遍嗎？或許這對你會有所幫助？

——是。

我們唸，桌子重新再來。

維克多·雨果：無帆的廣闊
在我們的前額上 e

桌子中斷，躁動。

維克多·雨果：接下來是 t 嗎？

沒回答。

維克多．雨果：有什麼東西礙著你嗎？

—沒。

桌子繼續滑動和旋轉。

維克多．雨果：你想重來最後一句嗎？

—是。

維克多．雨果：來吧。

又是一陣沉默，接著桌子重來。

—結束這一節。

維克多．雨果：你是對我，維克多．雨果，說結束這一節嗎？

—是。

維克多．雨果：你的詩完成了嗎？

—是。

維克多．雨果：你希望我立刻做我的詩嗎？

——是。

中斷了三或四分鐘，此時維克多．雨果做他的詩。

維克多．雨果：——這是我的結尾：

永恆星辰熄滅人間火炬。

告訴我們你的詩。

——在我們熄滅的星辰上點燃他的火炬。

維克多．雨果：你觀察到什麼想告知嗎？

——我比較喜歡你的詩句。

維克多．雨果：你想繼續其餘詩句嗎？

——是。

——死亡提取 rr

維克多．雨果：你想重新開始詩句嗎？

——不。

維克多．雨果：繼續。

— rt 2，人類在其巨大翅膀下，

被帶到天空深處，被指看金星，

並被告知：那兒就是永恆的作品。

藝術是赤腳行走的卑微牧人，

他在日落時刻經過平原，

引領人類走出狼群路徑，

為群眾 s 站起來

中斷。

維克多．雨果：你想在這些詩句上修改什麼嗎？

—是。

前四句被保留下來，他改了第五句。

維克多．雨果：你想改哪些字？

—墜落。

維克多．雨果：改成什麼？

—降下。

維克多．雨果：你保留接下來的詩句嗎？

—不。

維克多．雨果：來吧。

—引導追隨他強大而溫柔步伐的人，

　偉大的暗黑群眾

中斷。

他的手臂甚至被緊緊拴住

為地平線挺立，但為星辰下跪，

而詩人們，即使對上帝而言你們很渺小，

請別說：這很微小。儘管我們盡力而為！

繼續，思想家，你們所做的事，

V．

中斷。

維克多．雨果：你想保留V嗎？

—不。

中斷。—桌子重新開始。

桌子停頓下來。

—你鍛造的鑰匙打開大門。

維克多．雨果：你想重做這句詩嗎？

—是。

維克多．雨果：你想保留什麼東西嗎？

—不。

桌子重新開始。

—這不是死亡陰影的竊賊，
死亡不是永生的偷竊。
天空看守榮耀，哦上帝，當你賜予它時，
死亡不……
中斷。

維克多·雨果：你保留：死亡不

—不。
桌子重新開始。

—上帝沒奪走莎士比亞的巨大。
別說：死亡來到墳地，

夜，以悄悄的腳步，而那兒，當一切睡著，
拾起他對但丁的詩，和他對莫里哀的戲劇，
逃走。該死的幽靈
中斷。

維克多．雨果：你有什麼要修改的嗎？

—有。

維克多．雨果：哪一句？

—第二句。

維克多．雨果：你保留：夜以悄悄的腳步嗎？

—是。

維克多．雨果：你保留：而那兒嗎？

—不。

維克多．雨果：那麼，重做第二節半句詩。

如同一個敵人。

維克多．雨果：你保留第三句嗎？

—不。

維克多．雨果：你想整個重做嗎？

—是。

維克多．雨果：來吧。

—竊取但丁的地獄，和莫里哀的偽君子，
並從睡著的塞凡提斯拿走他的墓誌銘。

你比較喜愛哪一個：從睡著的塞凡提斯，或從睡著的天才？

維克多．雨果：我比較喜愛從天才，我較愛一般用法，而且適用於所有的偉人。你與我有同樣的想法嗎？

—是。

維克多．雨果：繼續。

—不：死亡即生命，而非
中斷。

維克多．雨果：你想修改這開始的詩句嗎？

沒回答，桌子躁動。

維克多．雨果：你想整個重來嗎？

——是。

維克多．雨果：來吧。

——不，詩人，死亡並非一個暗黑靈魂
怯懦地埋伏在墓穴之門
墳墓不是，在人的道路上，sic
上帝給偉大、公正、美好的人埋下的陷阱。
不，死亡，是被解放和高超的生命，
這是偉大的收割者
中斷。

維克多．雨果：你想修改這半詩句嗎？

——是。

維克多．雨果：來吧。

——這是天空播種者，這是偉大收割者，

誰在墓穴上割下最後一束

誰在拾落穗

桌子來到 z 而停住。

維克多．雨果：你想修改誰在拾落穗嗎？

——是。

維克多．雨果：來吧。

——並將其收穫丟在天主的腳下。

塵世的作品活著，塵世的作品欣欣向榮，

只有我們愛的鑰匙才得以進入蔚藍天空。

我們的手臂在紋裂，我們的額頭在流血，
直到天空，一石又一石，砌高我們的牆。
在傑作上緩緩堆砌傑作
今日唐吉訶德，明日雨果，
今日獅子，明日游蛇，
今日，我，莎士比亞，明日，你，雨果。
既然神超越我們，神羞辱我們，
我們給祂戰勝鮮紅藝術的辛勞，
並見此上升

中斷。

維克多·雨果：你有何要修改的嗎？

——是。

維克多．雨果：整節詩嗎？

—是。

我們重唸一遍。

維克多．雨果：你想保留第一句詩嗎？

—只有第一句半句詩。

維克多．雨果：重做第二句。

—至少一百肘[3]。

維克多．雨果：第二句詩？

—保留。

維克多．雨果：你想保留第三行半句詩嗎？

—修改：上昇。

維克多．雨果：改成什麼？

—讓我們理念的四馬雙輪戰車奔跑

他在他的太陽戰車上加掛三倍挽具。

讓我們成為與天戰鬥者而感到驕傲，

仰望天空，人們說：

他們比上天號角更偉大

中斷。

維克多．雨果：你想修改什麼嗎？

—是，第一句詩的第二行半詩句。

維克多．雨果：改成什麼？

—誰與帝國相媲美

維克多．雨果：繼續第三句詩：

—藝術衡量它的詩才

是為如此的侏儒，是為如此的巨人，

不，我們什麼都不是，我們是微渺之物；

不，相比之下我們什麼都不是。

我們的書在神聖書卷之前極藐小

當

中斷。

當曙光在地平線上將其切口塗金時。

維克多．雨果：你今天還繼續嗎？現已凌晨兩點。

—你們決定。

維克多．雨果：你很快會再來嗎？

—是。

維克多．雨果：何時？

—星期五九點。

1 眾陽：雨果在此書中，多次以複數形式指稱太陽，宇宙中，並不只有一個太陽系的存在。

2 人類藝術。

3 法國古長度單位：從肘部到中指端，約等於半米。

XX

第二十場

查爾勒．雨果商請莎士比亞為他小說中的女主角取名。莎士比亞繼續未完成的作品，並坦誠回覆何以脫離肉身後在用字選詞之時，屢屢猶豫。

一月二十七日，星期五，晚上七點

扶桌者：查爾勒、葛翰。

查爾勒請在場的葛翰和他一起扶桌。「我需要」，他說，「一名仙女的名字，為了我撰寫的一部傳說 。八天來我絞盡腦汁，卻找不到滿意的名字。莎士比亞應該快來了，今晚等他，我將請他賜我一個名字。」

查爾勒：誰在那裡？

——莎士比亞。

查爾勒：此時我在尋找仙女的名字，為我著作的一本傳說[1]。你善於為你的著作賦予如此迷人的名字，你是否願意給我二或三個？我想要仁慈仙女的芳名。

——拉克黎瑪（Lacrima）或是佩德拉依達（Pédrahita）。

查爾勒：第二個名字是否有涵義？

——孩子之腳。

查爾勒：源自哪個語言？

——太陽。

——或蘿薩斯琵娜，亞俐沐拉，裴琳（Perline）[2]，海上侯爵夫人，飛鳥，靈魂之鷗，百合蘇丹，潘朵拉，五月春華。

查爾勒：你願意授權我使用這些名字嗎？

——願意。

查爾勒：今晚九點你會再回來嗎？

——會。

一月二十七日，星期五，九點半

列席者：維克多・雨果、雨果夫人。

扶桌者：葛翰和查爾勒。

問：你在嗎，莎士比亞？

—在。

問：說說你自己。

—當沉思的艾斯奇勒斯雕塑俄瑞斯忒斯（Oreste）[3]的靈魂；

當冥想的塞凡提斯做他莊嚴的伊達爾戈（Hidalgo）[4]；

當苦澀的波格蘭（Poquelin）[5]在亞勒歇斯特額頭下彎腰；

當我在伊亞郭（Iago）[6]的陰影下讓黛斯德蒙（Desdemone）[7]入睡時；

當我在卡利班（Caliban）[8]裡描繪貪婪人物時，

或我在理查三世裡描繪無情人物時；

當，馬克白（Macbeth）[9]夫人拒絕一切恩典時，晦暗，以其重罪，我為他戴上手套；

當我做朱麗葉、但丁和貝緹麗彩（Béatrice）時
當我做李爾王，而你們做你們的弄臣時，
中斷。我們重唸詩句。桌子重來。

當，猶如一座岩穴
中斷。桌子維持站立不動。

問：你想修改上一句嗎？
—是。
問：哪一節？
—第三節。
問：哪一句？
—第一句。

問：你想全改嗎？

——是。

——一天晚上當我向朱麗葉訴說我的浪漫曲時；

當我做我的李爾王，而你們做你們的弄臣時；

當，猶如大樹林深處的一座岩穴，

格藍古紀耶（Grandgousier）[10] 的洞穴在哈伯雷裡打開；

當憤怒的伊索

中斷。

為人的奴隸

在寓言裡逃離，在理想裡溜走；

當塔西佗對尼祿打開羅馬的大競技場

並將提比略（Tibère）[11] 餵給他的皇家老虎吃掉時；

當西勒努斯（Silène）[12]在你的葡萄藤下喝醉時，哦，維吉爾；
當在這迷惑的世界裡說教和佈道時，
摩西寫聖經，耶穌寫福音，
中斷。

問：你想改什麼嗎？
——不。
一陣沉默，桌子在我們重唸詩句後，再次開始。
而遠方的十字架對西奈山說話；

當，思想家
桌子兩次走到 z 時就停下。

問：當你想改什麼時，就自己連敲三下，當作約定，好嗎？
——好。

重新開始。

深邃和崇高的詩人，

我們緩慢創作，當我們賦予這些昇天的偉人生命時，
他們廣闊的山峰於夜晚形成比山脈還更巨大的影子；

不，我們沒創作，我們剽竊我們的靈魂，

我們抄襲釀造激情的上帝。
我們剽竊孩子、男人和女人，
我們在上帝的創造之後創造，

我們飛向生命、飛向愛、飛向墓穴，
對愛獻上其所有的親吻，對墓穴獻上其所有的骨頭，

中斷。

我們無聲地遮掩所有滴落的眼淚。
猶豫，桌子旋轉和滑動。

我們在所有的痛楚深處裡尋找寶藏。

在我們的沉思作品裡我們擺上愛，
上帝派出的兩隻鴿子來到我們這兒；
我們偷了天真孩子們的玩具，
微不足道的我們，悄悄爬向火去，

在我們的詩節裡，我們自由地放入無限，
猶豫。
我們對偉大的黑暗命運要求字句，
猶豫。**我們唸詩句，桌子重新開始。**

我們拔劍出鞘。

猶豫。桌子躁動，敲三下。

問：你想改最後一節？

—是。

問：哪一句？

—第三句。

問：來吧。

—必要的話，我們會接受大災難，

敲三下。

問：是這個大字，你想改掉嗎？

—是。

問：改成什麼？

—異常的

異常的災難，
—他五月的大劍
問：重來，這裡不清楚。
—他的大手劍掛在他的牆上。
敲三下。
問：你想改哪句？
—第二句。
問：來吧。
—我們對命運，黑暗大師，請求字句
問：我重唸這詩節，
在我們的詩節裡，我們自由地放入無限，
我們對命運，黑暗大師，請求字句，
必要的話，我們會接受晦暗的災難，
他的大手劍掛在他的牆上，

葛翰觀察到桌子將異常的改成晦暗的。

問：繼續。

—哦，上帝，我們是你的孩子和客人，

我們大大享用了你的慇懃和款待

我們

猶豫。

問：你希望我們留待明天再繼續嗎？

—不，

我們浸泡在你如此純淨和如此崇高的水裡，

我們的阿基里斯，永恆之河，誕生。

這就是為什麼，主啊，我們不朽的作品

來到阿波羅星宿附近時死亡

太陽箭

猶豫。敲三下。

問：你想改什麼？

—第三句的半詩句。

他的金箭從他永恆的手裡掉落。

猶豫。桌子躁動良久。

在其天空之旅，觸及其腳跟。

時已凌晨一點。

問：查爾勒累了，你願意星期日晚上九點再來嗎？

—好。

維克多．雨果離去。他走後，雨果夫人請他兒子再繼續一會兒，因為她有個問題想請教莎士比亞。儘管很累，查爾勒同意再留下。

雨果夫人：莎士比亞，你的猶豫和口述詩句時的反覆重來，顯示出令我驚訝的吃力和為難。我以為一旦離開肉體的監禁，思想將擺脫所有的阻擾，不再有障礙，並且散發著清澈和力量。因此，請對我解釋，當你表達意念時，何以困窘？

—思想，在上天的語言裡，不工作而說、唱、生活。它住在動詞中，但當它從天降落到地面時，神聖的動詞在人類語言裡，被迫留下它的翅膀，如同一隻回籠鳥，必須步行而不能飛翔。為了讓你們跟上，它因而再穿上脫在墳墓門檻前的沉重涼鞋。動詞徘徊；言語旅行，言語爬行，言語絆倒，言語跌落。所以，我跌落因為我說，我絆倒因為我行走。人類的意識是個地牢，把我和你們監禁一起，我順從監獄的規則，我工作。我笨拙飲用你們的詩的水，我啃食你們的理想的黑麵包，我再成為人間詩人，可能更偉大，但並非更自由。我費力創作，我感到前額冒汗，這些人類工作的淚水。

結束於清晨兩點。

1 指《聖安端之豬》（*Le cochon de Saint Antoine*）。

2 裴琳（Perline）：查爾勒．雨果最後選用這個名字。

3 俄瑞斯忒斯（Oreste）：希臘神話中阿加曼農之子。阿加曼農被妻子克呂泰涅斯特拉謀殺後，他為父報仇，殺死親母，因此受到復仇女神懲罰。後為女神雅典娜所赦免，歸國繼承父位。俄瑞斯忒斯的故事在古代文學和藝術中是廣泛引用的題材，多次出現在後世戲劇家和作曲家的作品中。

4 伊達爾戈（Hidalgo）：源自西班牙語，意思是「某某『重要人物』之子」。

5 波格蘭（Jean-Baptiste Poquelin）：法國劇作家莫里哀的本名。

6 伊亞郭（Iago）：莎士比亞劇作《奧賽羅》中的反派角色，設計破壞奧賽羅與妻子的情感，後來被自己的妻子揭穿。

7 黛斯德蒙（Desdemone）：《奧賽羅》中的角色，奧賽羅的妻子，被伊亞郭設計陷害，讓奧賽羅誤會妻子不貞，將她掐死。

8 卡利班（Caliban）：莎士比亞《暴風雨》中的虛構邪惡人物。

9 馬克白（Macbeth）：莎士比亞作品中最短的一齣悲劇，也是最受歡迎的作品之一。《馬克白》常被認為是莎翁悲劇中最陰暗、最富震撼力的作品。

10 格藍古紀耶（Grandgousier）（grand gosier／大喉嚨）：拉伯雷戲劇最卓越的人物性格，他反映出對一切事物，生活，美食等的渴望。

11 提比略（Tibère, 42 BC-37）：羅馬帝國第二任皇帝，一四年至三七年在位。在羅馬古典作家的筆下，他的形象被定位為殘虐、好色；但近代學者根據帝國當年的安定景象與文獻銘刻，重新為提比略翻案。

12 西勒努斯（Silène）：希臘神話職司森林的神祇之一。為酒神狄奧尼索斯的伴侶和導師。常以禿頂和厚嘴唇之老人形象出現。其形象亦反映於藝術以及相關的文學作品之中。

XXI

第二十一場

莎士比亞再臨，雨果坦誠對於到訪的靈體真實身分的疑慮。引來「墳之影」就奧祕桌談再次提點，指出「受懲罰的靈魂」和「受獎賞的靈魂」之間的差異。

一八五四年一月二十九日，星期日，晚上九點半

列席者：維克多．雨果。

扶桌者：雨果夫人、查爾勒扶桌。

問：誰在那裡？

—莎士比亞。

維克多．雨果：儘管你對我們說了令人讚賞的詩句，請容我們提出一個問題，你聽得到我們的談話，你看得見我們的思想，你知道我們信服正在見證的奧祕，但我們有時仍會懷疑和我們說話人物的絕對和真實身分。您是光明、幸福和仁慈，在你們所處的世界裡，是否擁有一種可以讓我們完全信服的方法，以證實你們的確是我們被告知名號的本人？或者關於這一點，你們必須留給我們質疑？

當莎士比亞出現時，桌子晃動得更激烈，產生更強烈的電磁力。

維克多．雨果：誰在那裡？

—墳之影。

維克多．雨果：我對莎士比亞提出一個問題，你可知道是哪個問題？

—知道。

維克多．雨果：為了回答這問題，你需要我對你敘述嗎？

—不。

維克多．雨果：你願意回答這問題嗎？

—願意。

維克多．雨果：請說。

—墳墓不撒謊，裹屍布是真理之書的扉頁，墳墓是其黝黑的封面。閱讀這本書的你們，為何質疑？因為你們是活人，沒死過，而無法相信？在你們可憐的世界裡，信仰是自殺，在我的世界裡，這是創造。當莎士比亞來臨，對你們說：是我，你們被迫尋求他的身分，且質疑它。你們是生命之王，接待死亡大使，但由於他們戴著陰影面罩，你們看不見他們的冠冕，而其冠冕就是他們的靈魂。死亡的話語，是崇高的真相，是動詞，而動詞，是神的信譽保證。

雨果夫人：然而，我覺得，譬如在漢尼拔和寧錄（Nemrod）[1]對我們所說的話裡，其真實性微乎其微。

—漢尼拔和寧錄各受懲罰。寧錄殺人，漢尼拔仇恨，所有受到懲罰的靈魂都有弱點；這兩位靈魂的弱點是傲慢。寧錄總是聽到他的號角聲，而漢尼拔總是聽到他的軍號樂隊。

其中之一說：我讓獅子害怕；另一位說：我讓老鷹逃之夭夭。他們將再回歸神，這兩位大獵人終將讓自己被鴿子帶走。

雨果夫人：假如墳墓不撒謊，為什麼寧錄和漢尼拔欺騙我們？假如受到懲罰的靈魂會騙人，如這些來我們這裡的受罰靈魂，如何分辨其真真假假？

—問跟你說話的靈魂是被獎勵或受懲罰。

雨果夫人：但寧錄說他是個幸福的靈魂。

—不。

雨果夫人：既然受罰的靈魂會撒謊，誰能阻止他們對我們說他們被獎勵？

—我將會介入。

維克多．雨果：巴蘭（Balaam）[2]的母驢告訴我們桌子的現象是瞬間短暫。這是什麼意思？而這現象會持續多久？你可否告知？

—不。

維克多．雨果：查爾勒和我們，該加緊腳步，每週多做幾場？

—你們別急。

1 寧錄（Nemrod）：《聖經．創世紀》中的人物，是挪亞的曾孫。《聖經》傳說他總是跟上主作對。

按：雨果夫人影射和寧錄對話的場次，此書沒收錄翻譯，願日後有機會刊出。

2 巴蘭（Balaam）：《舊約．民數記》中的人物。摩押國王巴勒召巴蘭來詛咒以色列人；但巴蘭依照神的命令祝福以色列人。然而，巴蘭因貪心，計誘以色列人與摩押人聯合，跪拜偶像，違背了上帝的命令，從而自取滅亡。

XXII

第二十二場

莎士比亞再臨，奧古斯特．華格立詢問莎士比亞如何看待死後方才聲名大噪，作品得到眾人的肯定和喜愛，已不在人間的他是否感受到這份景仰和愛戴？上天的世界關心人類的評價嗎？莎士比亞以詩回答。

一八五四年二月一日，星期三，晚上九點

列席者：雨果夫人、奧古斯特．華格立。

扶桌者：查爾勒、葛翰。

奧古斯特・華格立：誰在那兒？

——莎士比亞。

奧古斯特・華格立：莎士比亞，生時默默無聞的偉人們死後才被召喚。你，當你死時，你被遺忘。你的聲譽比你早死十五年，然後你的墳被重啟，人們在那兒找到了你鮮活和年輕的天才。你在塵世的復活如同在天上，那麼，你塵世的復活是否成為你超人類復活的喜樂之一呢？做為我們偉大莎士比亞的你是否感到快樂？或相較人性，你的幸福是如此的高超，以致我們熱情的歡呼到達不了？在你所處的世界裡，對活人的意見還有多少關注？我們的掌聲對你有何作用？你閱讀我們的報紙嗎？你對你的榮耀感興趣嗎？你對那些歡呼擁戴你的人感激嗎？渺小活著的我們，能為你做什麼事，強大的亡者？

——上蒼，天才和犯罪的深沉迴音，

聽哈姆雷特的誕生，聽亞伯（Abel）[1]的死亡。

人類作品的聲音，或有罪、或崇高，

永恆地登上巴別塔的階梯。

創造或殺人的手臂之擊
讓墳墓在青銅蓋下鳴響，
但願這是你的致命打擊，哦阿勒西德（Alcide）[2]鬥獸者，
或是你的，該隱。

因此，既然我們所創的都不死
因此，既然我們所殺的都不死，
你們如何要我們的悲劇死去呢？
命名我創作的掘墓人。

在哪個大墓地裡，或在哪個幽暗帝國裡
桌子停頓兩分鐘。

哈姆雷特讀他被刻在樺樹上的名字嗎？
墓誌銘是人間的，是給莎士比亞，

而非給奧賽羅。

莎士比亞和莫里哀的復活
是雙重的：從墓穴的台階走下
我們重生兩次，天上和地下；
在天上的無限裡，在地下的美好裡。

當你們看見，在另一個埃及豔后的腳下，
亞勒歐斯特，溫馴的獅子，彎背擁抱，
一個無形的演員經過劇院的深處。

桌子停頓。

奧古斯特．華格立：你要我為你重唸已完成的詩句嗎？

——是。

奧古斯特．華格立重唸所有的詩句，桌子仍未重來，只是躁動轉圈。

奧古斯特．華格立：你想更改我剛為你唸的詩句嗎？

—是。

奧古斯特．華格立：哪一節？

—第六節。

奧古斯特．華格立：哪一句？

—第三句。

—
你們沒發現在劇院的深處
波格蘭的影子嗎？

當你們看見舞台深處經過
身著喪服的哈姆雷特時，相信他並非獨自一人。
莎士比亞在他的前額裡，莎士比亞在他的血管裡
他身穿的不是件外套，而是我的裹屍布。

無形的演員們，我們上演我們的傑作，

我們的名字張貼在墳墓的門上。

桌子敲三下。

奧古斯特·華格立：你想更改最後兩句詩裡的其中一句嗎？

—是。

奧古斯特·華格立：哪一句？

—第二句。

奧古斯特·華格立：你想整個更改嗎？

—不。

奧古斯特·華格立：直到哪個字你保留？

—的。

墳墓。

而若有人對我們喝倒彩，我們將說：蛇

在我們的骨頭裡爬過。

我們哀悼的雕像來自墳場
且去到斜坡之前
猶豫。桌子無結果地躁動約五或六分鐘。

在赫爾辛格的城堡主塔
我登上靠近哈姆雷特。

奧古斯特．華格立：你保留：且去到斜坡之前嗎？

—不。

奧古斯特．華格立：那麼，這一節的第二句詩是：在赫爾辛格的城堡主塔

我……等等嗎？

—不。

奧古斯特．華格立：第二句詩究竟是什麼？

—去演我們的作品。在赫爾辛格的城堡主塔
我登上靠近顫抖的哈姆雷特
這是莫里哀，而非指揮官，來到唐璜之家。

桌子敲三下。

奧古斯特．華格立：就是這一節，你想更改？

—是。

奧古斯特．華格立：哪一句？

—第二句。

奧古斯特．華格立：你想整句都改嗎？

—是。

蒼白，來聽你們的喝彩聲和你們的尖叫聲，
指揮官從莫里哀的墳墓下來，
我登上靠近哈姆雷特，並對他說：我兒。

奧古斯特．華格立：這聲韻，你覺得夠嗎？

—不夠。

奧古斯特．華格立：你想修改哪句？

—第二句。

奧古斯特・華格立：你想整句都修改嗎？

—是。

我們來聽評論和挑戰。

維克多・雨果和巴比耶（Barbier）先生進來。

—你們的掌聲讓我們的靈魂顫動。

我們無聲的墳墓呼吸著你們的花束，

而我痛苦看到Iil……

猶豫。

奧古斯特・華格立：你保留這句的起頭嗎？

—不。

當食屍鬼杜希（Ducis）深陷我的戲劇裡時

綽號牙齒

我很憤慨，我說：褻瀆者，後退！
讓我的顱骨捧在手裡

奧古斯特．華格立：你願意將這留待星期日晚上九點嗎？

—好。

結束於半夜。

維克多．雨果、葛翰、和巴比耶先生離開。雨果夫人、查爾勒．雨果、和奧古斯特．華格立留下。夜裡十二點一刻時，他們重回桌子。

—掘墓人。美

是令人生懼的死亡，它睡在這石頭下；
你的詩句沒權力進入它的墓穴

是的，思想家們，年輕詩人們，我們聽見你們的話，
如此強大和如此溫柔的宗教精神；

我們感謝你們，為如此的你們，
　　跪下。
你們的思想朋友是莎士比亞的寡婦，
他看得見它，他感覺到它，他總是和它說話。
你們贏得冠冕，而我，我呼吸它，
你們是我的情人，你們是我的愛。
當你們的作品之一在你們的土地上孵化時，
我將它捧在我的手裡，我們坐下；
塞凡提斯以指暗示偉大的莫里哀噤聲
所有人說：看呀。
我們聽劇，而我看見但丁在哭泣，
當你們將愛放在最醜陋的靈魂裡時，
艾斯奇勒斯在顫抖，他，恐怖之神。

奧古斯特．華格立：你滿意此韻嗎？

—不。

奧古斯特．華格立：那麼，你想改哪句詩呢？

—第三句。

艾斯奇勒斯仰慕你們，高乃依讚揚你們。

奧古斯特．華格立：此韻好些，但尚未至臻，就這樣留下嗎？

—不。

當你們的喜劇以其尖銳的聲音

猶豫。

奧古斯特．華格立：你保留最後這句嗎？

—不。

而當你們磨尖你們咬人的舌頭時，

奧林匹斯比不笑的拉伯雷笑得還少。

很好，繼續，你們的聲音是神聖的，
在哈姆雷特和唐璜之後，創作你們的作品，
你們是繼我們之後廣闊海洋的
第二波。

你們駕駛詩人們登上的小船，
你們在船側怒罵激情，
你們指揮，站起來，操練暴風雨
你們心中的雷響讓畢馬龍（Pygmalion）[3]們害怕。

交談。

奧古斯特．華格立：畢馬龍給他的雕像賦予生命，但是否與雷響有關？這是普羅米修斯（Prométhée）[4]偷了火。

桌子說：

—畢馬龍偷了火，但我可以把普羅米修斯擺進來。
桌子重作詩節。

你們駛入人性港口，你們是
浩瀚星空之旅的沉思飛行員，
你們指揮，站起來，操練暴風雨
閃電吸引藝術，永恆的普羅米修斯。

我不滿意這句詩；你們比較喜愛這句嗎：
而閃電畏懼藝術，永恆的普羅米修斯？

奧古斯特．華格立：我們比較喜歡第二句，你呢？
—是。
兩座閃亮的燈塔對你們展示它們的光，
我們不敢靠近的兩座花崗岩祭壇。

藝術說：

猶豫。

奧古斯特．華格立：你應該不滿意這節的開頭：

對你們展示它們的光？

—不。

兩座閃亮的燈塔指引你們的pa……

桌子自個兒重來。

指引你們的帆船，

我們不敢靠近的兩座花崗岩祭壇，

藝術和流亡，兩者皆安置同樣的帆

在同樣的岩石上。

藝術和流亡！巨人！大怨言戰鬥者！

兩者是與命運作戰的白泡沫；

在介入的人類裡，我們聽見他們的盔甲，

而當他們戰勝時，他們提交死亡！

時已凌晨兩點，我們提醒莎士比亞下週日之約。

雨果夫人：你此刻看見我們三人嗎？

——我在想我的詩句。

1 亞伯（Abel）：《聖經》人物，該隱之弟，賽特之兄，亞當和夏娃的次子。亞伯是一名牧羊人，他選出頭胎最好的小羊獻祭給上帝，上帝接受他的祭品卻沒有接受哥哥該隱的供物。該隱因嫉妒殺害亞伯。

2 阿勒西德（Alcide）：希臘神話人物，最偉大的半神英雄「大力神」海克力斯的別名。

3 畢馬龍（Pygmalion）：希臘神話中賽普勒斯國王，據古羅馬詩人奧維德《變形記》中記述，畢馬龍為一位雕刻家，他根據自己心中理想的女性形象創作了一個象牙塑像，並愛上了他的作品，給「她」起名為伽拉忒亞。愛神維納斯非常同情他，賦予了這件雕塑生命。

4 普羅米修斯（Prométhée）：希臘神話神祇，與雅典娜一同創造了人類，並為人類從太陽神阿波羅那盜取了火，因而觸怒宙斯，宙斯將潘朵拉盒放入人間，把普羅米休斯囚禁於高加索山的懸崖。幾千年後尋找金蘋果的海克力士來到高加索山，解救了普羅米休斯。

XXIII

第二十三場

雨果向路德（Luther）請益蘇格拉底、聖女貞德、穆罕默德等人所獲得的超自然啟示與奧祕桌談之間是否有關聯？ 亡者的靈魂和生者的靈魂是如何溝通？奧古斯特 · 華格立與莎士比亞繼續討論未完成的詩句。

一八五四年二月三日，星期五，晚上九點

列席者：維克多 · 雨果、奧古斯特 · 華格立。

扶桌者：雨果夫人、查爾勒 · 雨果。

問：誰在那裡？

——路德。

維克多·雨果：與你談話，使我們感到喜悅。你是審查權的偉大觀察者之一，你應該是最能為我們打開神祕之門的人之一。一群受人類命運思想影響的人向我們表示，在他們的耳朵裡有神祕的存在體，對他們說一種未知世界的語言。蘇格拉底有個熟悉的惡魔，聖女貞德有位天使，穆罕默德有隻鴿子，為了在四個超自然存在體的靈感下書寫福音，歷經四位傳教士；一隻獅子，一隻老鷹，一頭牛，和一名天使。而你，在你的書寫裡，經常提起涉入你工作的魔鬼，你甚至還說你經常和他們爭議，因為這些惡魔對你而言似乎比訪客朋友更糾纏煩人。你可否告訴我們上述列舉的各種不同神祕啟示與當前現象有何關聯？

——神的話語選擇某些靈魂。祂的聲音是雷響，是海洋，是風。人是驚恐的過客，生命是失落的方舟。神於是緩和祂的聲音，祂讓閃電、大海、和暴風雨不做聲，而當人類航海者在方舟裡絕望時，祂透過動物給予人類希望：鴿子拯救方舟，驢子拯救巴蘭，獅子拯救安德洛克雷斯，鴿子啟示穆罕默德，而四位傳教士聆聽四位魔鬼。神聖的語言還會化成另一種形態，人被擺在野獸和老鷹之間，他有一隻耳朵朝地打開，一隻耳朵朝天打開。當野獸住嘴時，天使說話，但這總是天使在說話。野獸是化妝的天使，顯聖是啟示的天使。我聽見天使，蘇格拉底和祂對話，聖女貞德服從祂，而耶穌會合祂。現在，我如何聽見神的話，我懷疑嗎？蘇格拉底如何在毒芹之前懷疑呢？聖女貞德如何在焚屍柴堆前懷疑呢？耶穌如何在十字架上懷疑呢？因為懷疑是人類精神的工具，有一天當人類精神不再懷疑，人類靈魂將飛走，留下犁，有了翅膀。你們的土地依舊荒蕪，然而神是播種者，而人是犁農，上天的種子命令人類的犁鏵留在生命的耕地裡。人啊，別埋怨懷疑，懷疑是幽靈在美麗的門口拿著天才閃閃發光的劍。莎士比亞懷疑，他造哈姆雷特；塞凡提斯懷疑，他造唐吉訶德；莫里哀懷疑，他造唐璜；但丁懷疑，他造地獄；艾斯奇勒斯懷疑，他造普羅米修斯。所有這些創作者懷疑，他們造神。我，我懷疑，我造宗教。

維克多．雨果：你回答了我的問題的第一部分，但我再問你，假如目前的啟示不是離我們最近的，始於東方並到達於你的漫長啟示之鏈，這是否總是與你的、蘇格拉底的、聖女貞德的現象相同？這兒的桌子是穆罕默德的鴿子、巴蘭的驢子、蘇格拉底的魔鬼嗎？它有古時三腳支架的形狀，它是三腳嗎？

——你在說哪張桌子呀？

維克多·雨果：就是此地，查爾勒扶住的這張啊。

—我沒看到桌子。

維克多·雨果：所以，我們可教你某些事，我們地球和影子的人類，這樣的，請了解我們是藉著一張三腳桌來和你溝通。告訴我們，你那邊是如何和我們說話，你難道沒意識到你的回答以什麼方式到達我們這兒？你看得到我們嗎？告訴我們對你而言我們是什麼。

—靈魂。

維克多·雨果：但我們是以什麼形狀出現在你面前？你聽得見我們，看得見我們嗎？

—亡者的靈魂看生者的靈魂是透過他們的前額；祂透過空間呼吸玫瑰的芳香，他透過天空聽到鳥兒歌唱。人類的靈魂是盛大的芳香和宏偉的大地歌唱。你們讓我們充滿香氣和悅耳動聽。香味和歌唱沒有形狀；我們的對話是和諧的交流，意念是琴鍵，而音樂家，是神。

維克多·雨果：依此，人類靈魂對你而言似乎是非人稱的。你可知道在這兒的是哪些人？你知道他們的人類名字嗎？而你比較是來找我們或是其他人？你來這兒有決定性的原因嗎？

桌子躁動。

維克多．雨果：路德還在嗎？

—不。

維克多．雨果：誰在那裡？

—莎士比亞。

維克多．雨果：你是來回答我的問題嗎？

—不。

維克多．雨果：你聽到問題嗎？

—不。

維克多．雨果：你可以告訴我們為什麼路德這麼快就離開，以及為什麼你來代替他？

—所以，你要我走。

維克多．雨果：不，你是如此理解我的意思？我想說的是：路德剛在這，卻在很重要的交談之中，突然離開。我問你他的動機，但看到你，我們感到很驕傲。

—我們剛剛說：神是偉大，而不是人偉大。

維克多．雨果：我並非要藉這個問題來讓人說我偉大。但路德告訴我們，對他而言我們沒有形狀，卻只有香味和歌唱。於是我問，並非我們是偉大的，而是我們是不同的。問題因此虛榮地被解釋和被清除，你願意就此回答嗎？

維克多．雨果：這就是全部？

—你們被選擇。

—是。

維克多．雨果：你想結束你先前對我們說的詩句嗎？

—是。

維克多．雨果：前三首的哪一首？

—最後一首。

奧古斯特．華格立：你要我為你再唸一遍最後一節嗎？

—是。

奧古斯特．華格立重唸最後四句。最後一句時，桌子敲三下。

奧古斯特．華格立：你想更改嗎？

——最後的半詩句。

——改，

他們進入死亡裡，

他們進入前有銅管樂隊的死亡裡。

太陽馬

敲了三下。

奧古斯特．華格立：你想改哪一句？

——一。

奧古斯特．華格立：你保留第一個半詩句嗎？

——是。

歌頌他們的勝利。

嘶叫著火的太陽馬

帶領他們到榮耀之門受加冕，

神的首都。

維克多．雨果：今晚你想重看並完成其他兩首詩嗎？

—是。

維克多．雨果：這兩首詩，你希望從哪一首開始？

—I。

維克多．雨果重唸詩句。桌子刪除前五詩節，保留接續的五節。詩節結尾如下：

今天獅子，而明天蛇，
今天我，莎士比亞，而明天你，雨果

桌子敲三下。

維克多．雨果：你想改這一節的某些東西？

—是。

維克多．雨果：哪一句？

—全部。

創作！創作！讓我們成為未被征服的軍隊！

莫里哀造偽君子，而我造伊亞郭。
半夜十二點，葛翰進來。

今天菲迪亞斯，而明天普羅米修斯，
今天我，莎士比亞，而明天你，雨果。
維克多．雨果唸這首詩的結尾。

維克多．雨果：你想繼續這詩句嗎？

——是。

噢，我的神，隨他們吧，對這些可憐的詩人，
給所有這些思想家他們的安慰，
讓他們相信他們自己，因為他們是你的預言家。
給他們創作的慈善。

假如他們自信較不高？他們將較不崇高

他們較不相信你，他們將較不相信他們；
他們的力量，是他們的信仰，你的天空在他們的山峰上。
他們祭祀的一半即自以為神。

你不想，我的神
敲三下。

你不想，主啊，殺憤世嫉俗者
殺有
敲三下。

你不想殺任何發光的東西？
Ni le r
敲三下。

殺但丁的地獄，或伊索的寓言：
你不是我的黛斯德蒙的伊亞郭。
深夜十二點半。維克多．雨果離去。葛翰代替雨果夫人扶桌。

你不想殺尤維納利斯（Juvénal）[1]和塞凡提斯，
當人們名叫愛時，他們不是凶手，
當顫抖的艾斯奇勒斯和驚恐的普羅米修斯戴上枷鎖時，
你不是禿鷹。

你希望我們是既偉大卻又是微不足道的人物。
上帝之聲不會強制它的迴音沉默，
而當號角讚詠你的聲望時，
它們將不潰敗，主啊，我們的耶利哥（Jéricos）[2]。

思想家，讓我們動手打造吧，我們的著作和我們的墓穴。

墳墓的勞工們

敲三下。

為了建造他的墳，我們竭盡全力著作；

讓我們造大此墳，使它氣勢磅礡宏大。

我們只要在那兒擺置如此一座雕像

但願它的耳朵到達神的嘴邊。

奧古斯特．華格立：我為你重唸一段我覺得你該修改的詩節。就在第三節的兩詩句：

你不想殺任何發光的東西

殺地獄，等等。

我覺得這建構不很正確，你與我有同感嗎？

—是。

奧古斯特．華格立：你想改哪句？

—這節的第三句。

你不想殺提爾泰奧斯、荷馬、伊索

你比較喜歡：

你不想殺你溫柔的奴隸伊索

奧古斯特・華格立：無限好。

奧古斯特・華格立重唸今晚的所有詩句，最後一節時，敲三下。

——去建造[3]。

凌晨兩點。

1 尤維納利斯（Juvénal）：活躍於一至二世紀的古羅馬詩人，作品常諷刺羅馬社會的腐化和人類的愚蠢。

2 耶利哥（Jéricos）：位於耶路撒冷以北，是一座擁有超過三千年歷史的古城。但根據考古發現，早在一萬一千年前就已經有納圖夫人在此居住，被認為是最早有人居住，並持續至今的城市之一。

3 最後一節前兩個字的變化。

XXIV

第二十四場

莎士比亞繼續他未完的詩句，雨果與奧古斯特輪番提出建議，雨果在離開前關心著一位死刑犯的未來。

一八五四年二月六日，星期一，晚上九點

列席者：維克多．雨果、奧古斯特．華格立。

扶桌者：雨果夫人、查爾勒．雨果。

問：誰在那裡？

—莎士比亞。

維克多．雨果：在補充第二句詩之前，或許你有什麼事想對我們說？

—沒有。

維克多．雨果：那麼，我將為你重唸詩句，你再加以補充？

—是。

維克多．雨果唸詩。

維克多．雨果：詩節一……

桌子敲兩下。

維克多．雨果：你想修改？

—是。

維克多．雨果：哪一句？

—四。

當黛斯德蒙在伊亞郭的夜裡睡著時，

當邊說邊講時……等等。

在說處，莎士比亞中斷。

作夢中。

維克多．雨果繼續唸。

畢馬龍，悄悄地，我們爬向火。

莎士比亞中斷。

維克多．雨果：這一節，你想改多少詩句？

—三。

我們送出當日兩隻鴿子。

維克多．雨果：那麼第四句詩將是：

畢馬龍，悄悄地，我們爬向愛？

—是。

莎士比亞敲三下。

維克多．雨果：你想重做整段詩節嗎？

—是。

安置在我們作品深處裡的愛，
讓我們送出一個鳥巢到天邊，
我們是潛水員，哦痛楚，來自你的波浪，
他重做。

我們是，哦痛楚，你的波浪的潛水員，
我們是，哦親吻，你的蜂蜜的大黃蜂。
維克多．雨果唸這段剩餘部分。

維克多．雨果：現在，你想繼續嗎？

—是。

是我們自個兒放下我們的劍，
和我們的勝利，和我們的火權杖，
和我……

敲三下。

如此之高，以致我們前額升空的皇冠，
一見到神的涼鞋，就放棄皇冠。
是我們將自已從星宿名單上抹去，
是我們放棄競爭敵對，
一見到神聖壁柱下的眾陽，
一切遠離永恆，無一在旁。

神對我們述說我們和我們戲劇的好，
我們回答祂：主啊，讓我們談談您。
您是在我們之前的靈魂創造者，
您是最偉大，您是最溫柔。

您創造了艾斯奇勒斯，在他創造俄瑞斯忒斯之前，
您創造了莎士比亞，在他創造哈姆雷特之前，
您創造了莫里哀，在他創造亞勒歇斯特之前，
我們的光芒是從您一滴滴的銀河形成而來。

您還創造了更多，您創造了空間，
被點燃的大自然及香爐，
星辰花它……

敲三下。

您是花朵的莊嚴之根，

您是我們痛楚上的無盡恩典，

痛苦之夜，您赦予寬恕原諒。

奧古斯特．華格立：我不太明白最後一句。

—你將明白：

痛苦之日，您寬恕原諒。

奧古斯特．華格立：你有理，我錯了，現在我懂了。

—您對痛苦的另一個名字做了原諒。

維克多．雨果：這裡的「原諒」，我比較喜歡用介詞 de 加 pardon。

—您對痛苦的長者做了原諒（部分冠詞 du 加 pardon）。

奧古斯特．華格立：我比較喜歡前一句。

維克多．雨果：這將是很美的詩句：

　您對痛苦的另一個名字做了原諒。

為什麼你不要？

——寫下痛苦時，您同時想到原諒。

　一個天使讀到原諒，當您寫下痛苦。

維克多．雨果：我覺得這句比詩節更美；換是我，我會重作詩節，並將詩句倒置如下：

您寫下痛苦，一個天使讀到原諒。

你覺得我有理嗎？

——是。

十一點半。泰奧菲爾．葛翰和弗朗索——維克多．雨果進來。

您還創造了更多，您創造了將消逝在您光芒的

世界、空間、深淵，

深入愛撫的晚禮服，

為了將您的創作搖睡入眠。

您創造了，我的神，生命和寬恕，
而您的每一步都被標上一個贈予。
所有的愛始於您的眼神；
您寫下：痛苦，一個天使讀到：原諒。

您在天上有星團護航，
您的手，張開時，會傾注旋風，
您的戲劇上演，在您的……
敲三下。

您的戲劇在無帆的海洋上
由名叫朔風的四大演員演出。
為了您的結局，您推出暴風雨；
您教導他們扮演在黎明、夜晚、白日裡的角色，
而當大地，受到感動，無視詩人存在時，

問其名，上天回答：愛。

弗朗索—維克多．雨果離開。

放下吧，哦活人，我們在塵世的作品，
它們將在那兒盛行，且絕不會死去。
但當你來到神祕大師之家時，
在他的宮殿門檻前，先擺脫自己。

我緩和：算……
將這塵埃留在他的宮殿門檻。

奧古斯特．華格立：你保留這平庸之韻：絕不（jamais）和宮殿（palais）？
—不。

奧古斯特．華格立：你改第二句嗎？
—是。

下跪的人將是奴才。

在我們經歷的世界裡，您是不朽，
在我們死去的生命裡，藝術是唯一的不朽，
但當你們觸及永恆和其面孔時，
你們將在天空之門自殺。

—你不想刪去第一句詩裡的不朽？
獨自，你們將總是活在世界裡，等等。

維克多．雨果：你滿意第三句嗎？

—不。

但面對面，靠近永恆之前時，
在天空門口，你們全體自殺。

維克多．雨果起身離開，他明天一大早要工作，此時已是凌晨一點鐘。他要求大家提出有關塔普納[1]今天在根西島被絞死的問題，這個被人們凶狠拋擲的靈魂在另一個生活起何作用？在天上若對神聖創作缺乏尊敬，是否會像在世間一樣引起激動？在我們提出這問題前，桌子就自顧說了起來。

—再為我唸一遍這些詩句。

問：哪些？

—這一首。

奧古斯特·華格立重唸此詩。

奧古斯特·華格立：你改了最後一詩節的第一句；但我希望你再好好修改它。

—世間裡，唯一你們無法經歷，等等。

奧古斯特·華格立：今晚你對我們口述令人讚賞的詩句，使得世間的藝術永垂不朽，而天上的藝術成為致命。這些詩句及你從第三句開始口述的四節詩中是否存在矛盾？聽著：

蒼穹，天才與罪過的深沉迴音，

聽哈姆雷特的誕生，等等。

……

因此，既然我們所創作的一切不死……
您如何要我們的戲劇死去呢？

你似乎說過哈姆雷特在天上如在世間般活著，而今天你卻告訴我們上天殺了他。

—我從未說過：上天殺了藝術。我說：藝術在天上自殺。這是志願的，且在藝術死亡的平行不可能性之前，所有的理念都在那兒。上天見到哈姆雷特誕生，但死去的莎士比亞殺了哈姆雷特。戲劇在人間不死，在天上也不死，若死去的詩人沒殺它。無法自主的詩人，那麼他寧願死去，他的靈魂寧願燃燒其天才大腦，而不願穿上閃電的僕從號衣。這謙卑，即是驕傲。我將我的靈魂給予上天，我將我的天才留在人間。我寧願扼殺黛斯德蒙，也不願看她受到維納斯的侮辱。

奧古斯特·華格立：你聽見維克多·雨果要我們跟你提的問題嗎？你今晚願意就此回答嗎？

—不。

結束於凌晨兩點。

如下是莎士比亞在前幾場口述三首詩的完整詩文：

I

至高無上的思想家，當他在人間時，
高聲指揮；他服從你，哦死亡！
他以其鬃毛發出的聲響讓世界顫抖
而廣大無邊說：這是獅子出現。

但當他死時，他的頭傾向他的思想，
他的爪子和牙齒掉落，且沒人再憶起
獅子吼叫時皺起的鼻孔，
蒼穹說：這是鳥兒飛來。

哦，我的神啊！我跪在你的腳下獻上我的勝利。
哈姆雷特、李爾，跪下！下跪，羅密歐！
彎腰，我的旗幟，在神的榮耀之前，
你們歌詠人，墳墓道說神。

以及節慶裡這些追隨的俘虜，
授加冕但戰敗，凱撒，你們朱紅的戰車，
我的傑作在哀悼，神讓你們的頭低下，
哈姆雷特，身穿黑衣，必須追隨眾陽。

萬能的永恆在祂的戰車上鏈住你們，
你們的退位造成祂的王權，
你們曾是君王，而朱麗葉是皇后，
莎士比亞降落，但其靈魂卻昇天。

活人們，我叫莎士比亞，他是莫里哀，
我們以激情創造眾陽，
我們的傑作，正在開啟光的世界，
佈滿薈萃的人文精神。

我們擺脫死亡，謙卑地，在星空下
我們，夢想家，在我們的墓後躲藏，
在那兒，我們靜觀無帆的無際廣大，
永恆星辰熄滅人間火炬。

死亡拾起人間藝術放在祂的巨大翅膀下，
帶到蒼穹深處，遙指維納斯給它看
並對它說：就是那兒，永恆的作品。
藝術是一個赤腳行走的幽暗牧人。

它在日落時刻經過平原，
指引追隨他強大且溫柔步伐的人，
偉大的暗黑群眾，手臂被拴住牽行，
為地平線挺立，但為星辰跪下。

但詩人們，儘管對神而言你們何其渺小，
請別說：微乎其微，儘管我們盡力而為！
思想家，繼續做你們的事。
這並非死亡陰影的竊賊！

請別說：死亡來到墓地，
深夜，以悄悄的腳步，如同一個敵人，
偷走但丁的地獄，和莫里哀的偽君子，
且竊取睡著天才的墓誌銘。

不，詩人們，死亡不是一個
懦弱埋伏在墓穴門口的黑幽靈。
在人的道路上，墳墓不是
上帝對偉大、公平、美好設下的陷阱。

不，死亡是跨越和高超的生命，
是上天的播種者，是偉大的收割者，
是在墳上割下最後一束麥，
並將其收成投擲於天主的腳下。

人間作品活著，人間作品盛行著，
唯有我們愛的鑰匙得以進入蒼穹；
但願我們抽慉的手臂和我們流血的前額，
直達天上，一石接一石，我們的城牆步步高升。

創作！創作！讓我們成為不可馴服的軍隊！
莫里哀創造偽君子，我創造伊亞郭。
今天是菲迪亞斯，明天是普羅米修斯，
今天是我，莎士比亞，明天是你，雨果。

哦，我的神！隨他們去吧，這些可憐的詩人，
所有這些思想家，給他們安慰吧，
讓他們相信自己，因為他們是你的預言家，
讓他們成為自己創作的慈善。

假如他們自認較不偉大，他們將較不高超；
假如他們較不相信你，他們將較不相信他們自己。
他們的力量，即其信仰，你的天空在其巔峰上，
他們祭祀的一半就是自信為神。

你不想，主啊，殺憤世嫉俗者，
你一點也不想殺發光發亮的人，
你不想殺你溫馴的伊索奴隸，
你不是我黛斯德蒙的伊亞郭。

你不想殺尤維納利斯和塞凡提斯，
當我們名喚愛時，我們不是凶手；
當顫抖的艾斯奇勒斯驚恐地將
普羅米修斯套在枷鎖時，你不是禿鷹。

你希望我們偉大，即使我們微不足道，
聲音不會強制它的迴音沉默，
當你的號角歌詠你的聲望時，
主啊，他們不會讓我們的耶利哥崩潰。

為了建造它的墳墓，我們竭盡全力著作，
讓我們造大此墳，使它氣勢磅礴宏大。
我們只要在那兒擺置如此一座雕像，
但願它的耳朵達到神的嘴邊。

II

當艾斯奇勒斯，沉思者，雕塑俄瑞斯忒斯的靈魂，
當塞凡提斯，冥想者，創造其莊嚴的伊達爾戈，
當苦澀的波格蘭在亞勒歇斯特前額下彎腰屈膝，
當我在伊亞郭的陰影裡哄睡黛斯德蒙；

當我在卡利班裡描繪貪婪的人，
或在理查三世裡描繪沒人性者，
當馬克白夫人拒絕一切的恩典，
悽慘的，與其重罪，我為她戴上手套；

某個夜晚，當我對朱麗葉訴說我的羅曼史，
當我創造我的李爾王，而你們創造你們的弄臣，
當，猶如在廣大樹林深處的一個洞穴，
格藍古紀耶的岩洞在拉伯雷裡打開；

當伊索成為人的奴隸而感到憤怒，
而脫逃到寓言裡，並躲避到理想中，
當尼祿們的塔西佗在羅馬打開競技場
並將提比略餵給他的皇家老虎吃；

當西勒努斯在你的葡萄架喝醉時，哦維吉爾，
當，在眼花撩亂的世界裡說教和佈道，
摩西寫聖經，耶穌寫福音，
只有十字架，從遙遠的地方，對西奈山說話；

當，深邃的思想家和崇高的詩人們，
我們緩緩創作，當我們賦於這些巨人生命，
他們抬舉其廣闊的山頂到天上，
夜晚形成的影子比山脈還高大；

不，我們沒創造！我們剽竊我們的靈魂，
我們抄襲創造激情的上帝，
我們剽竊孩子、男人和女人，
我們在上帝的創造之後創造。

我們飛向愛、生命、和墳墓，
對生命獻上所有的親吻，對墳墓獻上所有的白骨；
我們默默遮掩所有滴落的眼淚，
且在所有痛苦的深處尋找寶藏。

安置在我們作品深處裡的愛，
來到我們這兒，並送出一個鳥巢到天邊；
我們是，哦痛楚！你的波浪的潛水員，
我們是，哦親吻，你的蜂蜜的大黃蜂。

我們自由自在地在詩節裡置入無限，
我們要求命運、黑暗大師賜予文字，
必要的話，我們願承受黑暗的災難，
他手上的大利劍，被掛在他的牆上。

我們是，哦神啊，你的孩子及你的歇客；
我們大大地享用款待，
浸泡在你如此純淨和如此高超的水裡，
我們的阿基里斯們誕生，永恆的河流。

這是為何，主啊，我們不朽的作品
來到阿波羅星宿附近時死亡，
他金色的箭，從他永恆的手中落下，
在他們的天空之旅觸及他們的腳跟。

是我們自個兒放下我們的劍、
我們的綠色棕櫚枝、和我們的火權杖。
如此之高，以致我們前額升空的皇冠，
一見到神的涼鞋，就放棄皇冠。

是我們將自己從星宿名單上抹去，
是我們放棄競爭敵對，
一見到神聖壁柱下的眾陽，
一切遠離永恆，無一在旁。

神對我們述說我們和我們戲劇的好，
我們回答祂：主啊，讓我們談談您。
您是在我們之前的靈魂創造者，
您是最偉大，您是最溫柔。

您創造了艾斯奇勒斯，在他創造俄瑞斯忒斯之前，
您創造了莎士比亞，在他創造哈姆雷特之前，
您創造了莫里哀，在他創造亞勒歇斯特之前，
我們的光芒是從您一滴滴的銀河形成而來。

您還創造了更多，您創造了將消逝在您光芒的
世界、空間、深淵，
深入愛撫的晚禮服，
為了將您的創作搖睡入眠。

您創造了，我的神，生命和寬恕，
您的每一步都被標上一個贈予。
所有的愛始於您的眼神，
您寫下：痛苦，一個天使讀到：原諒。

您在天上有星團護航，
您的手，打開時，會傾注旋風，
您的戲劇在無帆的海洋上
由名叫朔風的四大演員演出。

為了您的結局，您推出暴風雨；
您教導他們扮演在黎明、夜晚、白日裡的角色，
而當大地，受到感動，無視詩人存在時，
問其名，上天回答：愛。

放下吧，哦活人，我們在塵世的作品，
下跪的人將是奴才；
但當你來到神祕大師之家時，
將這塵埃留在他的宮殿門檻。

唯有，您不經歷我們通過的世界，
在我們死去的生命裡，藝術是唯一的不朽，
但面對面，靠近永恆之前時，
在天空門口，你們全體自殺。

III

前五段詩節維持不變。

當你們看見，在另一位埃及豔后的腳下，
亞勒歇斯特，溫馴的獅子，彎著牠愛撫的背，
你們沒瞧見，在劇院深處，
　　波格蘭的影子。

當你們看見舞台深處經過
身著喪服的哈姆雷特時，相信他並非獨自一人。

莎士比亞在他的前額裡，莎士比亞在他的血管裡，
他穿的不是外套，而是我的裹屍布。

無形的演員們，來上演我們的傑作；
我們的名字張貼在墳墓的門上，
若有人對我們喝倒彩，我們將說：蛇
在我們的骨頭裡爬過。

我們哀悼的雕像來自墳場；
我們剛聽到劇評和挑戰。
指揮官從莫里哀的墳墓下來；
我上前靠近哈姆雷特，對他說：我兒呀。
你們的掌聲讓我們的靈魂顫動，
我們無聲的墳墓呼吸你們的花束，

當食屍鬼杜希陷入我的戲劇時，
綽號牙齒，

我憤慨，我說：褻瀆者，後退！
讓我的頭顱留在掘墓人的手裡；
美是令人生畏的死亡，它睡在這石頭下；
你的詩句沒權力進入它的墓穴裡。

是的，思想家，年輕詩人們，我們聽見你們，
宗教精神如此強大和如此溫柔，
我們感恩你們如此這般，
屈膝跪下。

你們的朋友思想是莎士比亞的寡婦；
他見它，他感覺到它，他總是和它說話。

你們贏得冠冕，而我，我呼吸它，
你們是我的情人，你們是我的愛。

當你們的一個作品在你們的土地上孵化時，
我將它捧在我的手裡，我們坐下，
塞凡提斯以手指暗示偉大的莫里哀噤聲，
而所有人說：看呀！

人們聽劇，我卻看見但丁在哭泣，
當你們將愛放在最醜陋的靈魂裡時，
當你們磨尖你們咬人的舌頭時，
奧林匹斯笑得比不笑的拉伯雷還少。

很好，繼續，你們神聖的聲音，
繼哈姆雷特和唐璜之後，創作你們的作品。

你們是繼我們之後，
　　廣闊海洋的第二波。

你們將人性帶領到港口，
你們是偉大天空之旅的沉思導航，
你們在暴風雨中挺立指揮操縱，
閃電畏懼藝術，永恆的普羅米修斯。

兩座閃亮的燈塔引領你們的帆船，
我們不敢靠近的兩座花崗岩祭壇，
藝術和流放，兩者皆安置同樣的帆，
　　在同樣的岩石上。

藝術和流放！巨人！對抗竊竊大私議的戰鬥者！
兩者皆是白泡沫，它們與命運作戰，

在介入的人類裡，人們聽見其盔甲，
當它們戰勝時，它們提交死亡。
它們進入死亡時歌詠其勝利，
對火嘶叫的太陽馬，
載它們到榮耀之門，神的首都，
接受加冕。

1 塔普納（John Tapner, 1823-1854）：根西島上因謀殺罪被判刑的凶手，雨果等人為他聲請減罪，未果。於一八五四年二月十日被處決，塔普納是根西島歷史上最後一位被處決的人。

XXV

第二十五場

艾斯奇勒斯前來口述詩句，認為懲罰只有一種性別。

一八五四年二月七日，星期二，晚上九點

列席者：奧古斯特．華格立和弗朗索—維克多．雨果。

扶桌者：雨果夫人、查爾勒．雨果。

奧古斯特．華格立：誰在那裡？

—艾斯奇勒斯。

奧古斯特．華格立：你有事想和我們溝通嗎？

—是。

奧古斯特．華格立：說。

—在懲罰的世界，在你們所處的世界裡，
懷疑鍛造了黑牢的鐵條。

奧古斯特．華格立：你說的是詩句嗎？

—是。
生物、人們和牲口，
全是罪犯，也全是劊子手。
神聖正義因此犯罪，
為了同一條手臂抓住懲罰，

此乃該隱也是受害者，
而亞伯也是劊子手的法律。
敲三下。

奧古斯特．華格立：你想改什麼？整節詩嗎？

—是。

神聖正義因而犯罪，
同時，它變得內疚，
凶手突然轉變為受害者，
罪行是從刀鞘拔出的懲罰。

你們比較喜歡：
罪行是懲罰匕首的刀鞘？

奧古斯特．華格立：我們在兩者之間猶豫。由你選，哪句？

—一。

一切在受苦，一切在呻吟，一切皆在折磨，
劊子手與被懲罰的心深受同樣的苦，
當我將普羅米修斯放在懸崖頂上時，
撕咬他的禿鷹讓我也升起了憐憫心。

惡人是透過趾和爪的劊子手，
透過從其圓眼發出的血腥目光，
因為他們具有犯罪必要的力量，
中斷十分鐘，桌子旋轉。

而神對他們說：我把你們造成我的尼祿們。

輪到惡人變成可憐的鴿子，
命運緊連著這些黑蔓船的靈魂，
悔恨的屠夫在其墳裡割喉宰殺，

老虎對他說：你們是羊群。

好人是無自知之明的劊子手，
弗朗索—維克多·雨果離開。

善良的夜鳥，白日的黑貓頭鷹，
一個行動帶出兩個極端，
忠誠的劊子手和

敲三下。

同時心生痛苦，因為他們是愛。
維克多·雨果進來。
當兩者之一將其生命奉獻給一個女人，
來對她說：我愛妳，並雙膝下跪時，

以為獨處的他們相互獻出彼此的靈魂，
幽暗的懲罰參與約會，
為我重唸這些詩句。
奧古斯特．華格立重唸，至此句時：
老虎對他說：你們是羊群，
桌子敲三下。
眾老虎突然再變回羊群。
他對幸福的夫妻說：忌妒的地位；
對母親說：我剛對妳的奶下毒。
而當我們將之置入我們的詩裡時，
他是李爾王的兒子和哈姆雷特的父親。

好人是躲在大天使裡的劊子手，
藏在善良背後的偽裝凶手，
滋養幽靈的
敲三下。

奧古斯特・華格立：你保留第二句詩嗎？

好人是戴著大天使面孔的劊子手，
被復仇命運送出的緘默。
敲三下。

——是。

奧古斯特・華格立：你想改哪句？

——兩句。

雙眼矇面的偽裝凶手。

奧古斯特・華格立：你保留第三句嗎？

—是。

而神為了懲罰我們，躲在他們身後，

奧古斯特·華格立：關於倒數第二節第四句詩，我想對你表達一個觀察。

—我知道：李爾王有女無子。

奧古斯特·華格立：的確，這是我想對你說的話，你容許我提出一句詩以取代你的詩嗎？

這是你兒，克呂泰涅斯特拉（Clytemnestre）[1]，和這是你父，哈姆雷特。

—不。懲罰只有一種性別，而我故意在男人之旁選擇女人，是為了在男性作品的懲罰裡突然抽取其性別和其弱點。李爾王以為有女兒們，但他有一子，由罪犯送來，劊子手。

子夜十二點，維克多·雨果離開。

好人被判刑，因為他們是其
敲三下。

他們甚至因其忠誠、因其心、
因其在我們手上哭泣的眼睛而成為罪犯。

因為他們善良，因為人們愛他們，
他們因最富人性，最是受到懲罰。

他們最受到懲罰，因為他們內心
最小的痛苦找到大迴響，

而他們對罪犯和無辜的人都說：
你們哭泣，憐憫只看到平等。

子夜十二點四十五分。

奧古斯特．華格立：你何時再來？

——星期二，九點。

1 克呂泰涅斯特拉（Clytemnestre）：斯巴達皇后絕世美女海倫的雙胞胎姊妹，希臘神話中阿加曼農的妻子。野心勃勃的她在丈夫參加特洛伊戰爭時，和情夫埃癸斯托斯一起統治邁錫尼。戰爭結束後，阿加曼農回國，成為她統治的一大障礙，同時痛恨阿加曼農在特洛伊戰爭出征時，因得罪狩獵女神阿耳忒彌斯而以長女伊菲革涅亞獻祭。於是，她設計殺死了阿加曼農和他的情婦預言家卡珊德拉，最後被自己的兒子俄瑞斯忒斯所殺。

XXVI

第二十六場

莎士比亞前來創作新詩句。

一八五四年二月九日，星期四，晚上九點

列席者：雨果夫人、查爾勒．雨果。

扶桌者：奧古斯特．華格立。

問：誰在那裡？

—莎士比亞。

問：請說。

—劇院，就是人，它穿越世代，
以其眼神安撫狂野的激情，
站立、莊嚴、安祥，超越所有智者，
這是獅坑裡的偉大丹尼爾（Daniel）。

牠們在他的腳下？嘶叫牠們的鬃毛，
邪惡、陰影和夜晚的三頭獅子，
被藏在精神裡，其汙穢住所，的三個懷疑。

桌子中斷且遲疑：敲三下。

三頭獅子，各自潛伏在其暗影裡，
被藏匿在精神裡，其汙穢住所，的三個懷疑，一頭古代獅子，蹲伏在寓言裡。

維克多．雨果進來。查爾勒很累。

奧古斯特．華格立：查爾勒累了，這會妨礙你嗎？

——是。

奧古斯特．華格立：必須停止嗎？

——是。

結束於九點半。

XXVII

第二十七場

雨果從先前完成的詩作中，擷取關於莫里哀的片段，滿足墳之影的吩咐必須以詩句提問，莫里哀以詩回答。場次暫停時，雨果創作了一組詩句，引來墳之影，並以帶有告誡的詩句回應雨果。

二月十日，星期五，九點半

列席者：雨果夫人、奧古斯特．華格立、維克多．雨果。

扶桌者：戴歐菲爾．葛翰、查爾勒．雨果。

問：誰在那裡？

—莫里哀。

問：你有事要和我們溝通嗎？

—我不以詩體說話，也就是說，我唯一想說的話是以詩句提問的語言。這是墳之影的命令。

維克多．雨果在《光和影》（*Rayons et les Ombres*）[1]裡讀到致農牧神中有關莫里哀的詩句。

您有幸見到莫里哀在做夢嗎？
您有時會聽到一個熟悉的聲音，
突然丟給您一句音調優美的詩，
以你相稱，如同半神之間所為？
一個夜晚從林蔭大道的底端回來：
看到全裸眾靈魂，這位思想家對你們的裸露不感到害怕，
人，在他的意識裡，曾與您對質嗎？

而您，曾遇過厚顏無恥的幽靈嗎？
較不悲傷、較不凶惡、較不冰冷、較不諷刺，
於是他比較，停在路上，
您大理石的笑對我們人類的笑？

—我知道這條林蔭大道，我知道這大理石。
一個冬夜公園黑暗且幽深。
敲三下。

一個冬夜，公園黑暗且幽深。
我走著，寒冷的夜晚漆黑了它的帆，
每一棵樹似乎在神聖的天花板下，
　　一個滿佈星星的大燭檯。

我遇見這農牧神。他在夜裡笑。

他在陰影和沉默的恐怖裡笑。
他默不出聲的陰暗冷笑。
敲三下。

問：你想改什麼？

—沉默的。

問：換成什麼？

—誰開始。

令人害怕的廣大公園。
一切圍繞著他，還有一個可怕的人在笑。
他前額上的山毛櫸留住他們的氣息，
而這小丑在其厚顏無恥的笑下，
使他們威嚴的橡樹在顫抖。

維克多．雨果：front（前額）和 effronté（厚顏無恥）接連出現在兩詩句裡。你想換掉其中之一嗎？

—前額（Front）。

維克多．雨果：你想怎麼重造詩句？

—靠近他的山毛櫸留住他們的氣息。

而由於我經過，他對我說：「哦，思想家，
我是個有苦說不出的可憐人：
夜裡天空的淚水，他的妹妹
　倒在我身上，笑。

我們指出這詩句只有六個音節，而對應的詩句則有八音節。

維克多．雨果：你想重做嗎？

—是。

倒在我身上，笑的俘虜。

所有人都希望我哭泣，而我卻沉默無聲，
我聽見卻不感動
敲三下。

哦，人類的心，我聽見你帶給我的聲音
而透過我雙眼的瞳孔，我看見
充滿落葉的靈魂，

我前方的笑者，一個個依次經過，
鳥鳴和你的歌，哦莫里哀，
溫柔散步者說著愛的話語，
當拉瓦里埃爾（La Vallière）[2]哭時，我笑。

皇宮充滿了阿諛逢迎的弄臣，
他們變成法國的襤褸破外套。

我笑，當他們站在中央，靠近我時
桌子中斷且躁動六或八分鐘。敲三下。

維克多．雨果：你想改哪句？

—兩句。

穿著法國襤褸衣衫垂頭喪氣
我笑，當他們之中的幽靈
　　飄泊來靠在我的雕像時。

我笑歲月消失和日落西山
讓簡陋凹室哆嗦的陰暗冬天，
敲三下。

維克多．雨果：你想改哪句？

—一。

維克多．雨果：整句嗎？

—不。

並在一天結束時。

維克多．雨果果：你保留第二句嗎？

—是。

為了宮廷舞會

在我光禿前額上的假髮撒上雪粉。

我的笑猶如痲木的靈魂對你們的尖叫，

人受苦、愛戀、哭泣、顫抖、和屈服，

人懷疑，我笑

敲三下。

我的笑猶如一個痲木靈魂對你們的尖叫，

人多麼受苦、哭泣、或絕望、或倒下

哦思想家，如同我笑，我還會再笑，
　　假如我的底座是我的墳墓的話。

他沉默不語，而我住在大樹林的陰影下，
以致命的微笑使這鬼魂復活，
我對祂說：你的名字，可憐無聲的受苦人？
　　笑者回答：亞勒歇斯特。

場次暫停期間，維克多・雨果即席做出如下詩句：

你，來自老莎士比亞，拾起了護手皮套[3]，
你，靠近奧賽羅，雕刻黑暗的亞勒歇斯特，
在一個雙地平線上星星在閃亮，
羅浮宮的詩人，蒼穹的大天使，哦偉大的莫里哀，
你光亮的來訪使我的家蓬蓽生輝。
你會在天上對我伸出好客之手嗎？

但願給我的坑在草地裡張開：
我無懼看見永恆陰影的墓穴，
因為我知道肉體在那兒找到牢房，
但願靈魂在那兒找到翅膀。

桌子躁動。

維克多．雨果：誰在那兒？

—墳之影。

—想知道黑暗祕密
手執人間火炬的靈魂，
來吧，隱身的，摸索前進，在我們的陰鬱葬禮裡
撬開巨大的墳墓，
回去你的沉默裡，吹滅你的蠟燭；
回去你幾番外出的今夜。

活人的眼睛無法閱讀
亡者肩膀上方的永恆事物。

維克多．雨果：致莫里哀的問題——
天上的國王和您，你們換身軀嗎？
天上的路易十四不是你的僕從嗎？
法蘭索瓦一世（**François premier**）是弄臣的狂人
克羅伊斯（**Crésus**）是伊索的奴才嗎？
你還在嗎，莫里哀？
可疑的回答。

—老天不會處罰如此鬼臉
也不會偽裝成法蘭索瓦一世狂人。
地獄不是怪誕小丑的舞會
當中的黑色懲罰是縫製戲裝的人。

維克多·雨果：是莫里哀在回答嗎？

——不。

維克多·雨果：是誰？

——墳之影。

兩點結束。

〔注解〕

莫里哀、艾斯奇勒斯、莎士比亞、安德烈·舍尼埃在口述其詩句時會重來、中斷、猶豫、刪除、重做。墳之影的口述詩句如散文流暢，不遲疑，不加工。當維克多·雨果對莫里哀提問：天上的國王和您，等等時。我們問莫里哀是否還在，本以為桌子將回答是，卻被回以快速口述，且無修改重劃，我們直覺這應該不是莫里哀。這也是為什麼我們再問一次是誰，果然，這是墳之影。

1 《光和影》（*Rayons et les Ombres*, 1840）：維克多・雨果流放前出版的最後一本詩集，收錄了一八三七至一八四〇年間的詩作。

2 露易絲・德・拉瓦里埃爾（Louise de La Vallière, 1644-1710）：一六六一年到六七年間是法國國王路易十四的情婦。她後來憑藉自身能力成為拉瓦里埃爾女公爵以及沃茹爾（Vaujours）女公爵。與法王路易十四生下四名子女。

3 護手皮套：古代拳鬥使者用的裝有鐵或鉛的護手皮套。

XXVIII

第二十八場

華格立讓艾斯奇勒斯繼續之前未完的詩句，雨果加入了討論，對於矮化了神的詩句提出了修改的建議。華格立認為艾斯奇勒斯的詩句混進了莎士比亞的創作，對神靈的身分產生了懷疑。

一八五四年，二月十四日，星期二，晚上九點

列席者：雨果夫人、查爾勒．雨果。

扶桌者：奧古斯特．華格立。

奧古斯特・華格立：誰在那裡？

——艾斯奇勒斯。

艾斯奇勒斯，你在人性緘默之家，
夜裡摸索著，不期望白日，
盲目的，爬到眾神腳下；
致命的黑暗詩人，——你怎麼說愛？

我們地平線的黎明一步步上昇，
而六十年來我們只是管窺蠡測，
偉大的一七八九，你在其中創造了普羅米修斯，
吝嗇的天空終於竊取了火苗。

阿波羅叫我們殺死我們的母親，
但願我們的意識蔑視他的法律。

俄瑞斯忒斯以光亮回應神，
因你嗜殺，我比你更是神！

是的，我們見證到惡與善，一場大戲劇！
沒去洛詢眾天神及眾邪魔。
是的，我們的意識是我們唯一的神諭；
是的，我們終於有了眼睛；——但我們喜愛。

那麼，我們枉然看到善與公正，
我們才是自我激情的奴隸。
一隻小手抓著我們強大的手臂，
我們的心打你耳光，哦革命！

心不停地無休止累積，
肆意犯罪上的陰暗邪惡

自從夏娃摘吃水果的那一刻起，
亞當偏愛天堂的喜樂。

海倫愛戀帕里斯（Pâris）[1]，以致特洛伊被
歷經十年大量漂流的人血給淹沒；
克呂泰涅斯特拉愛戀，殺了阿加曼農（Agamemnon）[2]；
美狄亞（Médée）[3]愛戀伊阿宋（Jason）[4]，將她的孩子剁成肉塊。

這就是法嗎？難道愛有任務
將黑毒藥放入白皙乳房裡嗎？
埃及豔后，妳將馬克·安東尼（Marc-Antoine）[5]變成一個懦夫；
黛斯德蒙，妳將摩爾變成一個凶手。

詩人們，所有年齡層人的肖像，
在所有不人道的底端放置愛。

愛，善良之罪，智者的腐敗，
除非眼中有淚，否則手中有血。

啥！最強大者，思想家，溫和的主人，
動物的朋友，甚至是惡人，
要製做一個壞人、一個凶手、一個叛徒，
只需一個十六歲前額純潔的小孩！

他徒然抵抗，他悲傷的意識
徒然告訴他：朋友，你行惡，你清楚知道。
他在大白天犯下埃癸斯托斯（Egisthe）[6]所做之事，
暗藏在黑夜裡和異教神下。

哦，恐怖和崇高的十八世紀，
精神被釋放，心靈卻致命。

而我們的愛使光變成罪犯，
因為我們知惡卻行惡。

心將自由的那一刻，眾所同意的一刻，
將來臨嗎？
我們的靈魂與情感和解的偉大一日將來臨嗎？
人類意識將與愛相結合嗎？

深夜的強姦，復仇的背叛者，
勇往直前的寡婦對蒼穹示拳，
這是愛的本身，或這只是
我們使神聖鑽石失去光澤的泥潭？

愛，若不瘋狂，仍是愛嗎？
愛，若不顫抖，仍如此溫柔嗎？

你將放下愛嗎？哦暗黑嫉妒，
誰從最愛的戀人變成最可恨的敵人？

艾斯奇勒斯，有何方法可以緩和熔岩？
被愛且同時擁有自由，說，如何？
僅僅一個愛可鑄造成兩種奴隸：
他，來自其嫉妒；她，來自其情夫。

我們有可能糾正而不化為塵埃，
這道德和感性的強烈震撼，
這閃電發射出的可怕幸福，
其幽暗的光輝濺汙了天空？

或者必須選擇？
說，人得放棄愛，若要自由的話，

而且這可怕的犧牲被消耗，
而且他腳踩著淌血的心嗎？

致命的老詩人被墓穴解放，
告訴我們，若不死的話，愛可冷靜下來嗎？
以及禿鷹將如何變成鴿子；
因為我們想思考，但我們想愛。

人必須殺死愛及其他一切
為了終於在各方面都自由嗎？
愛，這天堂語言的迷人字眼，
會是另一個致命的名字嗎？

假如這是她，哦神，假如這是她的骨架，
誰戴著眼罩再回到我們的身邊，

並再丟棄你指定給她的名字？你，她的詩人，
仔細瞧，並告知你是否認識她。

假如這是她，哦神，再抓住我們的靈魂，
拿女人的一根髮絲取代他的鐵鍊，
並替換他平常的配備，
以純潔的眼神替代他的青銅釘嗎？
前夜做的詩句，二月十三日。
詩句唸出，桌子躁動，一言不發旋轉一刻鐘。

不，人在這世上絕不自由，
這是惡、善、美的悲傷俘虜。
只有當他成為墳墓的囚犯，才獲自由，
這是神祕法則。

不，光是征服還不夠，溫柔的夢，
影子的自由和北方的太陽。
他的征服開始，而完成它的人，
是這位名叫死亡的偉大征服者。

轉一下韻，你們會比較喜愛：

我對這位偉大征服者說：我的神啊，
我們和維克多．雨果感到猶豫，
維克多．雨果較愛第一句，因為他覺得第二句將神降格。神不征服，祂創造。征服這兩個字將人放大，而矮化了神。維克多．雨果詢問桌子是否有同感。

──我修改如下：
唯一偉大的征服者，是死亡。
不，強迫城堡還不夠，
他咆哮將寶座丟到陰溝裡，

敲三下。

奧古斯特・華格立：你想改哪句詩？

—一。

奧古斯特・華格立：你保留到哪個字？

—強迫　　　推翻監獄

奧古斯特・華格立：你保留第二句嗎？

—是。

他的靈魂將永遠有個標記在肩上。

人心將不再有八月十號。

他將一直在那兒，陰鬱的國王，主人，

我們內心的懷疑化做其黑色僕從，

一再經過我們的窗前。

敲三下。

奧古斯特．華格立：哪句？

——3。

奧古斯特．華格立：哪個字？

——前。

窗後，

點亮、熄滅宮殿的枝形吊燈。

你們殺了一個暴君，但奴隸仍在，

它叫做致命或愛。

當神想在地球上懲罰時

敲三下，他保留第一個半詩句。

在俄瑞斯忒斯的世界裡，

劊子手擁有不朽的天賦。

你們殺死暴君？殺死嫉妒！
就將痛苦，如羅浮宮，放火燒！
你們讓國王倒下，當你們的時辰被擇定時，
然而該處決的是神的執行者呀！

致命，獅子的靈魂被吞噬，
我曾想將你馴服成一條巨大的胳膊，
我曾想在我的背上披著你的老虎皮，
我曾希望人們說：涅墨亞的艾斯奇勒斯。

我沒成功，陰沉的野獸
牠永恆的爪仍充塞你們的心，
人類的靈魂總充滿

敲三下。

陰沉的野獸

仍撕裂

它留下第二句的其餘部分，也留下第三句的起頭。

無數的尖叫，

這獅子坑沒有丹尼爾。

維克多．雨果：陰沉這詞出現了三次。你想在哪兒更換？

—第二句：

這是惡的悲傷俘虜，等等。

在我之後來了莎士比亞。他看到三個女巫，

哦涅墨亞，來到你的森林深處，

在我們內心的這些沸騰鍋爐，丟下
巨大祕密的魔鬼春藥。

他來到這大樹林裡，世界的盡頭。
在我之後是馴服者，他來獵捕他，
但由於他看入靈魂深處
馬克白大叫：逃呀，而哈姆雷特說：我怕。

他逃離。莫里哀出現在邊境上，
他說：我，我不怕。
你願意來我家吃晚餐嗎，石頭幽靈？
晚餐，司加那瑞勒怕指揮官。

〔注解〕一個奇異的巧合：晚餐前，今天，就在此刻桌子與我們交談的房間裡，寫給莫里哀的一個問題上，我做了這兩句詩：

你……
在整個教堂中無畏地打了偽君子耳光，
卻帶唐璜到墓穴裡晚餐。

——奧古斯特．華格立

敲三下。

維克多．雨果：哪句詩？

—二。

出現，說：看我的靈魂是否削弱。
指揮官來晚餐，但此乃石頭筵席，
莫里哀如蒼白的唐璜一般在哆嗦。

子夜十二點。維克多．雨果要睡了。查爾勒也累了，想改日繼續。我們詢問桌子。

—還有一或二節。

維克多．雨果：你想要多少節都行。我們太榮幸你願意來和我們在一起。儘管疲倦，只有當你說停時我們才停。

—但無論是幽靈、女巫、或影子，
這總是你，鐵爪獅子。
你如此填補了
但丁進入地獄時與你相會的陰暗大森林。
他代
敲三下。

他用枯骨漂白詩人的作品，
你們的藝術在我們的藝術之後完成課題。
這總是我的獅子在啃，
你們的卡西莫多[7]、留給鷹山（Montfaucon）[8]的骨頭。
因此，對人類創傷的致命，
是愛，而愛即是致命。

恐怖的咬傷總是來自這尖牙，
使我們所有的親吻呈現血淋淋之狀。
我們要求離開，桌子拒絕。

詩人剪斷的鬈髮，
唐璜偷竊了前額的迷人幾撮，
羅密歐思念茱麗葉時對之親吻，
從你的鬃毛拔起，哦懲罰的獅子！

你只在死亡那一刻被馴服，鬥獸者，
在岩洞裡將你拔出，那兒，獨自，你把靈魂撕碎，
在古老森林深處將你拔出，
並指引你進入墳墓之籠。

奧古斯特．華格立：你想讓我為你重唸整首詩嗎？如果你想修改某句詩，就敲一下？

——好。

到這詩句：

其劊子手擁有不朽的天賦，

桌子敲一下。

——他將其不朽給予劊子手。

到這句：

我沒成功。陰沉之獸，

奧古斯特．華格立要求艾斯奇勒斯對後頭稍遠處的句子改韻。桌子說：

——人類。

奧古斯特．華格立：那麼，你如何重做這一節的第三句呢？

——人心還充滿著恨的吶喊。

敲三下。

奧古斯特．華格立：你想改哪句？

—第二句。

以牠永恆的利爪更撕裂你們的肉體。

到這句：

他用枯骨漂白詩人的作品，

奧古斯特．華格立指出他似乎與但丁有關。

桌子說：

—這怪獸有所有詩人的枯骨

奧古斯特繼續唸，直到這句：

因此，對人類創傷的致命，等等。

奧古斯特．華格立：我不覺得這句很清楚。

—因此，致命造成同樣的創傷。

唯有愛，而愛唯有致命。

奧古斯特·華格立：這些詩句較清楚，但沒有直接回答我的提問，若愛即是致命。

—是我向你保證

最後一節時，桌子敲三下。

奧古斯特·華格立：你保留第一句嗎？

—是。

奧古斯特·華格立：第二句呢？

—不。

以牙將你拔出，將人類靈魂撕碎，

在你的森林裡接引你……

以手指向你的籠子，墓穴。

奧古斯特·華格立：離開你之前，有句話要說。某晚，你對我們口述很美的詩句，你會再回來為我們完成嗎？

—我今晚重做了。

〔**交談和討論**〕奧古斯特·華格立看不出今晚的詩句，和艾斯奇勒斯開頭的詩句之間有相似處，倒是和另一週某晚由莎士比亞做的兩節詩頗為相似。艾斯奇勒斯的鄙視讓我們認為出現在我們面前的神靈並非好幾位，而是一人冒充好幾個名字，因為艾斯奇勒斯混淆了莎士比亞和他的詩。

—莎士比亞和我一同創作。

奧古斯特·華格立：我不是在談莎士比亞的詩節，而是你的。當我們召喚你時，你願意回來為我們完成它們嗎？

—好。

凌晨兩點。

〔**注解**〕

——奧古斯特·華格立 二月十五日星期三

我重新謄寫昨天艾斯奇勒斯所做和完成的詩句。

不，人在這世上絕不自由，
這是惡、善、美的悲傷俘虜。
只有當他成為墳墓的囚犯，
他才有自由，這是神祕法則。

不，光是征服還不夠，溫柔的夢，
影子的自由和北方的太陽，
他的征服開始，而完成它的人，
是這位名叫死亡的偉大征服者。

不，光是推翻監獄還不夠，
他咆哮將寶座丟到陰溝裡，
他的靈魂將永遠有個標記在肩上。
人心將不再有八月十號。

他將一直在那兒，陰鬱的國王，主人，
我們內心的懷疑化作其黑色僕從
一再經過我們的窗後，
點亮、熄滅宮殿的枝形吊燈。

你們殺了一個暴君，但奴隸仍在，
它叫作愛或致命。
當神想在俄瑞斯忒斯世界裡懲罰時，
祂賜予其劊子手永恆不朽。

你們殺死暴君？殺死妒嫉！
就將痛苦，如羅浮宮，放火燒！
你們讓國王倒下，當你們的時辰被擇定時，
然而該處決的是神的執行者呀！

致命，獅子的靈魂被吞噬，
我曾想將你馴服成一條巨大的胳膊，
我曾想在我的背上披著你的老虎皮，
而我曾希望人們說：涅墨亞的艾斯奇勒斯。

我沒成功。人性的野獸
以其永恆的爪仍撕裂你們的肉體；
人心仍充滿著恨的吶喊。
這獅子坑裡沒有丹尼爾。

在我之後，來了莎士比亞。他看到三個女巫，
哦涅墨亞，來到你的森林深處，
在我們內心的這些沸騰鍋爐，丟下
巨大祕密的魔鬼春藥。

他來到這片大樹林，世界的盡頭。
在我之後是馴服者，他來獵捕他。
但由於他看入靈魂深處，
馬克白大叫：逃呀，而哈姆雷特說：我怕。

他逃離。莫里哀在邊境上
出現，說：看我的靈魂是否削弱。
指揮官，來晚餐！但此乃石頭筵席，
莫里哀如蒼白的唐璜一般在哆嗦。

但，無論是幽靈、女巫、或影子，
這總是你，鐵爪獅子，
你如此填補了
但丁進入地獄時與你相會的陰暗大森林。

這怪獸有所有詩人的枯萎白骨。
你們的藝術在我們的藝術之後完成課題。
總是我的獅子在啃
你們的卡西莫多留給鷹山的骨頭。

因此，致命，是我給你的保證，
這是愛，而愛即是致命。
恐怖的咬傷總來自這尖牙，
使我們所有的親吻呈現血淋淋之狀。

詩人剪斷的鬈髮，
唐璜偷竊了前額的迷人幾撮，
羅密歐思念茱麗葉時對之親吻，
從你的鬃毛拔起，哦懲罰的獅子！

你只在死亡那一刻被馴服，鬥獸者，
以牙將你拔出，被撕碎的人類靈魂，
在你古老的森林深處接你，
以手指向你的籠子，墓穴。

1 帕里斯（Pâris）：荷馬史詩《伊利亞特》中的特洛伊王子。他與斯巴達皇后海倫私奔，是特洛伊戰爭的直接原因之一。

2 阿加曼農（Agamemnon）：特洛伊戰爭中阿開奧斯聯軍統帥。他的弟弟墨涅拉奧斯的妻子海倫遭特洛伊的王子帕里斯誘拐是戰爭的導火線。戰勝後，他順利回鄉，然而妻子克呂泰涅斯特拉對於他在出征時因得罪狩獵女神阿蒂蜜絲，而以長女伊菲革涅亞獻祭之事懷恨在心，便與埃癸斯托斯一起謀害了他。

3 美狄亞（Médée）：希臘神話中的人物。美狄亞被愛神之箭射中，與率領阿爾戈英雄前來尋找金羊毛的伊阿宋一見鍾情，幫助伊阿宋盜取羊毛並殺害了自己的親弟弟阿布緒爾托斯。不料對方後來移情別戀，美狄亞由愛生恨，將自己親生的兩名稚子殺害以洩憤，最後釀成了悲劇。

4 伊阿宋（Jason）：是希臘神話中奪取金羊毛的英雄。他在女巫美狄亞幫助下取得金羊毛，後與美狄亞結婚，但又喜新厭舊拋棄了妻子，而遭到美狄亞的詛咒，喪命。

5 馬克·安東尼（Marc-Antoine, 83 BC-30 BC）：古羅馬政治家、軍事家。凱撒被刺後，他與屋大維和雷必達一起組成了後三頭同盟。西元前三三年後三頭同盟分裂，前三〇年馬克·安東尼敗給屋大維，與埃及女王克麗奧佩脫拉七世先後自殺身亡。

6 埃癸斯托斯（Egisthe）：希臘神話人物，為爭奪邁錫尼的王位，密謀加害阿加曼農。特洛伊戰爭結束後，聯合了阿加曼農的妻子克呂泰涅斯特拉殺死阿加曼農，後死於其子俄瑞斯忒斯之手。相關敘述見於荷馬《奧德賽》。

7 卡西莫多（Quasimodo）：雨果一八三一年出版的小說《鐘樓怪人》中主要角色，得名於卡西莫多星期日。他天生駝背，相貌醜陋，從小住在巴黎聖母院，負責敲鐘，深愛著吉卜賽舞者愛斯梅拉達。

8 鷹山（Montfaucon）：位於巴黎東北部的小山頂上，為法國國王的主要絞刑架區，直到路易十三時代。它被用來處決罪犯，通常是叛徒，透過絞刑和曝露屍體作為對民眾的警告。絞刑架主題是十九世紀歷史學家和作家的最愛，雨果一八三一年的《鐘樓怪人》即以此為背景之一。

XXIX

第二十九場

墳之影指責了眾人關於金錢和莎士比亞作品價值高下的討論，雨果對此做出了解釋，墳之影再對莎士比亞和莫里哀的價值發表看法，並回應了雨果針對死刑犯塔普納的疑問。

二月十七日，星期五，晚上九點

列席者：維克多．雨果、奧古斯特．華格立。

扶桌者：雨果夫人、查爾勒．雨果。

問：誰在那裡？

—墳之影。

問：你有事要和我們溝通嗎？

—是。

問：願聞其詳。

—我聽到了啥，我得知了啥？

什麼，在這屋子裡，你們竟然敢說
你們比較喜歡擁有一萬法朗
而非偉大的莎士比亞的十個句子！
此話當真？

奧古斯特．華格立：我擔保，我可沒說這話。

維克多．雨果：是我兒子和我說的。但這是有感而發。對我們而言，一萬法朗如同一千萬法朗，在莎士比亞的詩句前只是汙泥和塵埃。但我們活在相對裡，你瞧我們的悲慘，不僅僅是我們悲慘，周遭被放逐的人全在受苦，缺乏麵包滋養健康，缺乏藥物療癒疾病。他們為共和政體、為理念而受苦受難。在這情況下，是的，一萬法朗分享給這些貧困者，我覺得比人性思想，甚至比偉大詩人的一頁紙更有用。如你所見我們談論的並非對思想的輕蔑，相反地是出於對它的愛。此外，我們絕不可能被指責將思想置於舒適度日之後，我們正因思想而被放逐。但我們想到生病的博尼（Bony）和加夫聶（Gaffney），想到皮爾·勒乎（Pierre Leroux）[1]，這位貴族及勇敢的思想家，身無分文以養活孩子，而我們很遺憾愛莫能助。看入意識精神中的你，你當了解我們話語的唯一意向。

〔**注解**〕事實上，午餐時，我們談到桌子的事，我們自問此時此刻一萬法朗或莎士比亞的一頁，哪個比較實用？

——

對你們，我不生氣，
我看見、我愛、我抱怨這貧困及這流亡異鄉，
一個卑鄙的壓制牽連出這些苦難，
受苦受難耶穌基督的釘子還在淌血。

我知道他們需要一切，除了勇氣外，
而後者和前者流一樣多的血汗；
他們是暴風雨中堅韌的聖花，
　哦約伯，誰從你的肥料堆裡出生。

我知道他們沒力氣，且活在悲慘裡，
他們是由痛苦，和愛，和信仰所造成，
他們是為了人—孩子必要的監護人，
而且他們在法律門口穿得破破爛爛，

我知道他們沒麵包、無家可歸、沒庇護，
人們看到他們到處遊蕩，從不逃離，
他們是罪犯，神將做法官；
　這些乞丐的手，

世界有一天將看到大施捨降臨，
當波拿巴—克里斯班不再統治，
他們燃燒每個寶座，並將加熱地球，
且以他們剩餘的麵包交歡。

我很清楚這一切，但我更知道
他們只是一個被帶到上天的原子，
丹敦是一種聲音，馬拉是一顆流星，
　　莎士比亞則是永恆。

我知道他們將如同吹過平原的一陣風，
如同苦澀深淵邊緣的一片泡沫，
當恨結束時，他們將消失，
而，做為暴風雨，他們比大海還小，

因為他們是船伕，而非其中不探測
生命和心之黑暗的巨大之一。
悲傷之鐘，不是嗎，深邃的大海
不值得潛水人之鐘。

僅僅莎士比亞的一個字，僅僅莫里哀的一個字，
對人類的貢獻遠勝於暴動和擊鼓，
他們的聲音發出更大轟響，他們的聲音如此熟悉，
好似一百座青銅炮在對一百個郊區工人說話。

他們是人類痛苦的恩人，
在所有人的谷底，他們是偉大的受跪拜者。
他們的作品在十字架腳下，崇高的抹大拉的馬利亞在她總是溼潤的眼睛裡。
每一滴掉落或滑下他們靈魂的淚水，

離開他們的眼睛時，留在我們的神靈裡；

它變成珍珠或火焰之星。

神讓它選擇，或是大海，或是天空。

桌子突然停頓下來，稍後重來。

——你好，傻子們。

問：你是誰？

——安德洛克雷斯的獅子。

問：除了這友好問候外，你有事想和我們溝通嗎？

——以詩句問我，就像對艾斯奇勒斯和莫里哀一樣。

雨果夫人：如果我們預先知道你來的話，就會為你準備詩句，而我們即興創作的詩句可能配不上你。

——一腳把你們踢成驢子，永別。

〔**交談**〕獅子說的一腳踢是什麼意思？祂將維克多．雨果的道歉當做拒絕和侮辱嗎？

桌子再動了起來。

問：誰在那裡？

——莫里哀。

十一點半。

奧古斯特·華格立：如你所求，我將問題做成了詩，為此花了四天時間，瞧我們多麼期待見你和聽你說。但我的問題很嚴肅，想必你的回答將很長。此刻已晚，或許最好改天從頭開始？

維克多·雨果：做決定，我們聽你的。你知道，你曾活過，愚蠢的人類需要睡眠。可憐我們，但如果你希望我們熬夜的話，即使再累，我們將很樂意奉陪與你交談。

——我改日再來。

維克多·雨果：你是誰？

——墳之影。

維克多·雨果：說。

—放棄去看塔普納，他消聲沉寂的可憐靈魂
在溫柔和宗教的冥想裡，
以其繩索，在絞架的腳下完成，
　一個升天的梯子。

我禁止任何人前來打擾
這個我將以手寬恕的沉思囚犯，
沒人來找他，除了天使
　必須對他展示襯衫。

祈禱並清空仇恨的死者
在主的懷裡安息，他再度變得美好。
別擾亂人類囚犯這顆
墳墓裡的心。

在他懇求的神下，讓他緩緩地
淨化。讓他思考明天大日子
將來帶走他神聖的光環
在人類的睡帽裡。

十二點一刻。

〔注解〕在墳之影第一次進來，及祂再度回來之間，維克多．雨果曾表示有意問祂關於塔普納，這個人們暴力拋擲的靈魂，在無限裡會產生什麼樣的影響？祂們如何看待墳墓另一方的死刑？

1　皮爾．勒平（Pierre Leroux, 1797-1871）：法國作家、哲學家和政治家，社會主義理論家。

XXX

第三十場

莫里哀降臨，奧古斯特．華格立針對《女學究》向祂提出問題。艾斯奇勒斯修改祂先前的詩句，與雨果在文學表現上產生了爭執，自認是世上最美的百首詩歌之一。奧古斯特．華格立向艾斯奇勒斯請教關於獅子降臨的問題。墳之影為奧祕桌談取了書名。亞里斯托芬潛入維克多．雨果的睡眠

一八五四年，二月十九日，星期日，晚上九點半

列席者：維克多．雨果、雨果夫人、奧古斯特．華格立、亞黛勒．雨果小姐、弗朗索—維克多．雨果。

扶桌者：查爾勒．雨果、戴歐菲爾．葛翰。

問：誰在那裡？

——莫里哀。

維克多．雨果：你想談談你自己，或希望我們對你提問？若你想談你自己，敲一下，否則，敲兩下。

桌子敲兩下。

維克多．雨果：那麼，我們將如你所求，以詩句提問。奧古斯特．華格立給你寫了一個問題，你需要他唸給你聽嗎？

沒回答。

維克多．雨果：需要為你唸問題，以便你回答嗎？

桌子不動，我們等了幾分鐘，桌子仍紋風不動。我們自問是否問題冒犯了他，桌子是否受傷，在不提問而想獲得答案的期盼裡，它是否感到懷疑和不信任？我們枉然提問，它一字不語。最後，我們開始擔心莫里哀是否已離去。

維克多．雨果：你還在嗎，莫里哀？

—在。

奧古斯特．華格立：莫里哀，你怎麼看你的女學究（*Les Femmes Savantes*）？

你覺得這是一堂好課嗎？
確實，女人是女僕，
但她們的精神不應該走出家庭嗎？

主人，我們將告訴他們：我們不該讀書嗎？
瞧，「鍋盤瓢盆」，難道這是她們的全部命運嗎？
她們的才識真的有個名字叫貝利姿（Bélise）[1]，
她們的詩真的是特里索丹（Trissotin）[2]嗎？

貝利姿喜愛詩句：你把她打造成沒腦的人，
阿曼德（Armande）[3]觀看月亮：她是沒心腸的人。

啥！為了讓上天揭示！
為了拼寫你的字母，天主！

克里坦德爾（Clitandre）[4]稍微幻想了一下女人，
一字也不說，對你卻是一整個慘劇。
面對靈魂，這只是一陣笑聲，
詩句躺平，克利扎勒（Chrysale）[5]，在肉體裡。

啥！女人沒權力摘掉她們的面紗！
她們不許抬頭！啥！
她們不能觀看星星！
男人卻可對她們說：太陽是我的！

當你來看你的戲劇演出，而劇場，
自你死後，總是迅速即時地來崇拜你，

對克利扎勒的異常美麗詩句鼓掌，
你的成功沒讓你落淚嗎？

對此傑作，你有時沒懊悔嗎？
這豈不是你光輝天空中的一個黑點，
此劇創出令人讚歎的蛇
咬這些小腳，唉！已經流血啦？

誰因而有權活在此生之外，
否則此生對她們如鐵般艱辛？
我們至少別阻擾上天邀請她們，
因為我們給她們的人間造了地獄！

哦，悲傷的偉大詩人，是你傷害了她們嗎？
男人和思想家，有雙重剛強氣概，

你不是所有這些弱點的支持者嗎？
你沒看到她們在你身邊哭泣嗎？
你，莫里哀，總是如此好心對待她們，
並將整顆心滿滿灌注給她們，
你卻讓你所有的伊莎貝爾（Isabelle）[6]被
徘徊在陽台下的頭一位瓦雷爾（Valère）[7]帶走。
你，從未能看到籠子裡的愛，
沒立刻前來將之釋放到戶外，
你捍衛愛，反對婚姻，
直到有時稱呼情夫為朱庇特（Jupiter）！
你，你的特魯法丁（Trufaldin）[8]們擁有所有的瑪斯嘉麗爾（Mascarille）[9]，
不，你不願意—我們誤會了你—

禁閉大腦，你，柵欄仇恨者！
什麼！心靈的翅膀和精神的鍊條！

可怕又溫柔的歡笑者，摧毀為了重造。
你，你的著作結合了所有贏得的權利，
你，偉大的革命喜劇演員，
你用國王來武裝自己以打擊侯爵。

你，當你看似荒誕時，卻最嚴肅，
知道在狂歡節裡自由獲得寬恕，
你拾起喜劇如同人們戴上面具；
你，你讓自己扮成小丑，為了能暢所欲言；

在你的著作裡，權威總不被認可；
了不起的鬧劇演員，大力神（Hercule）─圖耳努班（Turlupin），誰以你的狼牙棒擊碎所有的權力；
你讓父輩們被司卡班（Scapin）[10]用棒棍打！

你，你想從各方面讓人變得文明；
你，一整夜點燃你的火炬，
你，不畏懼，在教堂當眾打偽君子耳光，
並把唐璜帶到墓穴裡晚餐！

不，你不能對女人說：
神祕不屬於妳們！你不能把地球的一半
與肉體的低賤煩憂連結在一塊！
你，解放者，你不是她們的獄卒！

你沒有在狹窄的牢房裡捍衛她們，
她們的希望在陰森劊子手的折磨下窒息，

在她們的腳下擺上搖搖欲墜的梯子，
爭相去看劊子手一展身手的日子！

不，當她們的命運遭無數棒打而血流時，
當，她們的兩條臂膀被粗暴緊抓時，
艱苦的愛將她們密封在其幽暗的牆上，
你拿掉她們的釘子，卻沒給她們釘上！

不，你來我們這兒並非為了讓靈魂變得陰暗，
你在最偉大的日子裡教導我們，
你讓你的太太學堂（*Ecole des Femmes*）[11]遭受如此啜泣
當亞爾諾夫熄滅阿涅絲（Agnès）[12]的燈時！

亞爾諾夫對克利扎勒說話時，哭太多。
缺此，他會悲傷地告知他，

將一個靈魂再丟入陰影裡，對我們而言，
這是一個變成懲罰的大逆不道。

不！不！只需要你是莫里哀，
為了不熄滅唯一發光的直覺；
因為天才和光是同一個字，
而且你不是帶來黑夜的太陽。
二月十四至十七日間做的詩句。

莫里哀：所有的作品有兩個觀點，所有的戲劇有兩隻翅膀，
前者在塵世下方以筆焦慮批判，
後者在永恆蒼穹自由自在飛翔，
蔚藍的巨大翅膀由天空之氣所形成。

思想家，我的女學究的意義在此：

費拉明特（Philaminte）[13]是精神，而克利扎勒是肉體。
精神想指揮和驅逐女僕，
肉體想指揮和
　敲三下。

奧古斯特．華格立：你想改哪句？

——二。
是精神和肉體兩者遭神懲罰，
精神想要肉體是女僕之一，
肉體想要精神熬煮蔬菜牛肉濃湯。
精神希望肉體了解它的意念，
肉體希望精神了解它的需要。

桌子中斷，一言不發，旋轉一刻鐘。有段時間，聽眾裡有人分心，弗朗索—維克多．雨果唸詩，亞黛勒．雨果小姐來來回回，進進出出，貓在叫。只有維克多．雨果、查爾勒．雨果和奧古斯特．華格立專心。

奧古斯特．華格立：莫里哀，你想改日再回答嗎？

—是。

雨果夫人：為何你今晚不想繼續？有什麼事讓你生氣嗎？

沒回答。我們離開桌子。交談中，維克多．雨果否認分心。我們重新上桌。

維克多．雨果：誰在那裡？

—艾斯奇勒斯。

維克多．雨果：說。

—我將繼續莫里哀的詩句。

奧古斯特．華格立：為什麼不繼續你自己的詩句？

—如果你要的話。

奧古斯特．華格立：是，我比較喜歡如此。我希望由莫里哀完成他自己的詩句，因為我想再見他。他是否對我們生氣？

——不。

奧古斯特·華格立：他會再回來繼續他的詩句嗎？

——他要我接續。

奧古斯特·華格立：為什麼？

——我會叫他再回來。

奧古斯特·華格立：謝謝。那麼，繼續你的詩句。我將為你重唸，假如你想改一句或一字，就敲一下。

奧古斯特·華格立重唸二月七日星期二的詩句，直到這句詩的結尾：

老虎突然再變為羊群

桌子敲兩次。

奧古斯特·華格立：你想改哪句？

——一。

奧古斯特·華格立：你保留第一首半詩句嗎？

——是。

奧古斯特·華格立：改第二句。

叫做痛苦，

亞黛勒·雨果小姐離開。

垂死時他們看到的，不是光，

不是亮，不是希望，

而是埋伏在死亡裡他們好與人決鬥的罪過。

你們比較喜愛：

在墳墓後他們好與人決鬥的罪過嗎？

維克多·雨果：那麼，必須修改第二句的韻？

—與其如此美妙的天空。

維克多·雨果：我們比較喜愛第二句的型式。這是你的見解嗎？

—我猶豫。

維克多·雨果：由於第一句的「好與人決鬥」，我比較喜歡第二句形式。罪過是懲罰者，而非好與人決鬥者。

—我比較喜歡「好與人決鬥」這個詞，因為它讓罪過成為受僱犯罪幫派，當他們抵達埋伏在死亡裡的罪過地點時回擊一把。

維克多·雨果：那麼，你保留第一句形式？

—由你們選擇。

我們選了第二句。

維克多·雨果：你的解釋很美，但我堅持認為第二種形式更好；該由你選擇，而不是我們。

—我想讓你們了解在人類藝術裡，理想是找不到的。

奧古斯特·華格立繼續重唸；在倒數第二節：

他們甚至因其忠誠而被判刑，等等，

桌子敲一次。

奧古斯特·華格立：你想整節重做嗎？

—是。

維克多·雨果離開。

奧古斯特·華格立：

他們因其崇高惻隱之心而被判刑，

誰讓他們承擔所有痛苦的一半。

至於我，我憐憫善良多過罪行，

而沾血的人少於哭泣的人。

奧古斯特·華格立唸最後一節。

奧古斯特·華格立：你改此節，對吧？

—是。

他們是悲慘人間的被判刑者，

因為所有人，大大小小，來到他們身邊哭泣，

而他們發現了塵世上的平等，

不在所有的前額之間，而在所有的眼睛之間，

奧古斯特·華格立：你的最後一句簡直神奇驚人。當我們覺得你的詩絕妙時，你開心嗎？

—是。

奧古斯特·華格立：那麼，我再重覆一次，你的詩卓越高超。

—我知道這是存在的最美的百首詩之一。

奧古斯特·華格立：你剛才說，在人類藝術裡，找不到理想。難道你的詩未臻理想？

—不。

奧古斯特·華格立：你所說的這些最美的一百首詩，全是在此時人間創作的嗎？

—不。

奧古斯特·華格立：那麼包括活著的詩人嗎？

—是。

奧古斯特·華格立：你願意對我們述說幾位嗎？

—不。

奧古斯特·華格立：繼續你的詩句。

—因為他們和所有可憐的女孩定親，

而他們的心總是充滿著橙花；

因為他們的父親情感籠罩在家庭之上，

是所有孤兒的收養。

因為神出於憐憫而完成他們的折磨，
在十字架的兩端讓他們發出兩聲尖叫，
而在黑色耶穌受難像上，哦，雙重犧牲，
抹大拉的馬利亞像耶穌基督一樣釘他們。

奧古斯特．華格立：如他所寫的第二句詩好嗎？

—不。

奧古斯特．華格立：你保留第一個半詩句嗎？

—是。

奧古斯特．華格立：改第二句。

停止運作。

奧古斯特．華格立：你要我為你重唸整節詩嗎？我在這兒看到一個感覺不夠通暢的大理念。

奧古斯特．華格立唸這節。

—讓他們的精神流血。

奧古斯特．華格立：我收回我對詩節清晰的觀察。我沒理解，這是我的錯。你想繼續嗎？

——結尾。

奧古斯特．華格立：現在你能對我們解釋一件讓我們感到困惑的事嗎？某夜，有個自稱安德洛克雷斯的獅子的存在體來此，祂一開口就對我們說：「你好，傻子們」，而我們又沒挑釁祂。祂要求我們以詩提問，我們沒有現成的句子，為了尊重神靈起見，我們不想急章就成，我們鄭重跟祂解釋，然而祂卻侮辱我們一頓就離去。為什麼？難道我們錯過了祂給予的約會嗎？

——這獅子異乎尋常，而且充滿災禍，

思想家，你們惹祂生氣，可是大錯特錯。

雨果必須丟給祂幾節詩，

為了讓祂，若再來時，有一根好骨頭可啃。

奧古斯特．華格立：我感謝你要求維克多．雨果的詩句，他的詩比我更能取悅獅子，但我覺得你要求詩句的態度，對我而言不很文雅。注意，我可是唯一嚴肅看待且勤勉地做你想要的詩句的人，你卻對我謝說雨果必須作詩，好讓祂有好骨頭可啃。這對我的詩句不很感激。

—好，我推翻前言。讓這傢伙作詩吧。

我選你，但尤其要把詩做好，
因為，若要這獅子同意再出現的話，
必須有很多的骨髓在很多的骨頭之底。

奧古斯特．華格立：你因我一個近乎玩笑的提問，精神性地懲罰我。這陣子以來，你們變得非常易怒。先前，你們輕率冒失地開我們玩笑；現在你們一抓到機會就懲戒我們。為何有此改變？

—這是因為不久之後你們將離開
墳之影掌管指揮權的帝國。
你們今日的嘴唇是最壞的盡頭，
所有的苦楚皆在懲罰容器之底。

奧古斯特．華格立：你是說我們即將離開此時探訪我們的世界，我們將不再見面嗎？你還會再和最喜悅世界裡的神靈前來嗎？你願意或你能夠回答此問題嗎？莎士比亞、莫里哀和你，你們在哪個世界？

—大天使—愛。

我們離開桌子，稍後我們又返回。

問：誰在那裡？

—墳之影。

問：假如有一天這些啟示必須被出版，你願意指點我們該給這本書取什麼名字嗎？

—墓之風。

問：這書名是你和指揮其他世界的大天使之間同意的嗎？

—是。

問：是否將此書分為四部分，並分別賦予四位大天使的名字？

—是。

桌子說：

—亞里斯托芬。

奧古斯特．華格立：是你，大詩人？喜劇之父，致敬！你來跟我們說一些事嗎？

沉默。

奧古斯特．華格立：你是否也等待我們以詩來詢問你？

——是。

奧古斯特．華格立：那，來做一件事。你知道我多麼崇拜你，多麼愛你，但我現在被獅子佔據，而且維克多．雨果的份量對你來說不會太重，叫他給你作詩吧。若是你下命令，他將服從，而我們將可讓你滿意。

——1 他睡了，我將進入他的入眠意識，
我將戴上我不朽及深邃的翅膀，
3 他持有的羽筆，今晚，寫，
我將飛入他……
敲三下。
2 我將拾起，而他的眼皮落下，
他保留第三句詩。
4 而我將它蘸入墓穴的墨汁裡，

以便明日醒來時
他將看到，在其沉穩意識的花上，
睡眠中被我們引起靈感的一詩節，
既是一滴墨汁，也是一滴露水。

奧古斯特·華格立：你說的我們是指誰？

—死者。

結束於清晨四點。

1 貝利姿（Bélise）：《女學究》中的姑姑角色。

2 特里索丹（Trissotin）：《女學究》中的才子角色，受邀前往女學究府上，母親和姐姐拜服於他的才華之下，衷心期盼妹妹能嫁給他。

3 阿曼德（Armande）：《女學究》中的姐姐，認為女性應該嫁給有才華的男子，認為特里索丹為妹妹的理想伴侶。

4 克里坦德爾（Clitandre）：在《女學究》中曾追求姐姐阿曼德，未果，轉而喜愛妹妹，卻因為不具才華的緣故，屢屢受到其他家庭成員的阻擾。

5 克利扎勒（Chrysale）：《女學究》中的父親角色，自認為一家之主的他，認定女性除了家務外無需費心任何事，但當妻子做出決定時，卻往往無法反駁。

6 伊莎貝爾（Isabelle）：莫里哀劇作《丈夫學堂》中的孤兒角色。

7 瓦雷爾（Valère）：莫里哀劇作《吝嗇鬼》中的僕人角色，救出溺水的主人女兒艾莉絲，並陷入愛河。

8 特魯法丁（Trufaldin）：莫里哀劇作《粗忽者》中的老人角色。

9 瑪斯嘉麗爾（Mascarille）：莫里哀劇作《粗忽者》中貴族的僕人角色。

10 司卡班（Scapin）：莫里哀劇作《司卡班的詭計》（*Les Fourberies de Scapin*）主角，身為僕人的他，出自正義感決定協助兩位年輕人，卻因計謀被視穿慘遭棒棍毆打。

11 《太太學堂》（Ecole des Femmes, 1662）：莫里哀的戲劇作品，相對於《丈夫學堂》。奠定了莫里哀於喜劇創作的地位。

12 阿涅絲（Agnès）：莫里哀戲劇《太太學堂》裡的主角，亞爾諾夫撫養長大的女孩，視為未來的妻子，將她送進修道院，學習禱告，培養純潔的心靈。阿涅絲離開修道院後，並未如亞爾諾夫所願，成為他順從的妻子，反而愛上了年輕男子，追尋愛情。

13 費拉明特（Philaminte）：莫里哀《女學究》劇作中的母親角色。

XXXI

第三十一場

莫里哀繼續創作詩句討論《女學究》，華格立和他討論，並為先前的不專心致歉。墳之影與艾斯奇勒斯先後降臨。最後由莫里哀繼續完成詩句。

二月二十六日，星期日，晚上九點半

列席者：雨果夫人、奧古斯特．華格立。

扶桌者：查爾勒．雨果、戴歐菲爾．葛翰。

問：誰在那裡？

—莫里哀。

問：你來結束你的詩嗎？

—是。

問：你保留第一節詩嗎？

—是。

問：第二節呢？

—不。

評論，我在我的女學究裡尋找
介於靈魂和肉體之間找不到的折衷。
肉體希望意念中意女僕們，
並用這火炬去煮蔬菜牛肉濃湯。
靈魂反過來想要使叛逆感
屈服於殘障人的思惟和字句。

費拉明特最終思考她這麼多的翅膀
以致克利扎勒的腳不再有鞋可穿。
肉體想要意念愛上其緊身長褲，
並將所有的野心夢留在外頭，
她去廚房品嘗湯汁，
並為天上赫柏（Hébé）[1]的酒杯斟滿，
維克多．雨果進來。

靈魂於是辱罵，要肉體僕從受苦：
這兒，它說，一個獨特的肉體！
我不在乎讓克利扎勒直打哆嗦的風，
當我在天上打開你的窗，意念？
雨果夫人代替葛翰扶桌。

我覺得這肚子在它的角色裡是歡愉，

想啊，蠻横，白天，月亮，藍天。
我不在乎這滑稽男式緊身短上衣的破洞，
當我的眼神潛入神的深淵時？
維克多．雨果離開。

我不在乎，胃口，你的死活！
和你那由馬哥頓煮爛的淫邪烤肉？
以及在我做美夢的枕頭上，
你的棉帽雜亂地發著牢騷！

我不在乎你的生活和健康，克利扎勒！
亨麗埃特（Henriette）[2]，及妳非愛的感官！
我在蔚藍裡而非鹹水裡游泳，
我是天空而非家禽飼養場的鳥。

你們感冒、乾瘦、死亡、美好災難！
做吧，若你們想的話，叫護士來。
我，我將我的翅膀潛入星辰的金髮裡，
留給你們的豬臉一堆他們的糞便！
敲三下。

問：你想改什麼？

—髮。

問：換成什麼？

—光芒。

奧古斯特·華格立：但「髮」很好啊。

—必須說，有趣的緘默。

奧古斯特·華格立：什麼？必須說什麼？

—你的思想。

奧古斯特·華格立：什麼思想？

—我們其他人相當喜歡它，當我們口述詩時，有人似乎被我們所說的詩句感動，比如雨果，而在我們的筆錄下榮幸書寫的靈魂，比起執達員的書記而言，則有一種較不緘默的態度。現在我重來。

奧古斯特·華格立：某晚，你說話時，我們不夠專注，你生氣走了，而今天你暴躁再回來，但為什麼你針對我，我對你總是洗耳恭聽，而且只要你想，我就立刻為你作詩？我的緘默既非蔑視亦非漠不關心，我對你提問，我等待你完整回答好給予評論，看看是誰錯了，女學究或我的評論。直到此刻，在我看來，你似乎更想說的是，你的戲劇應有的樣貌。

—等等。

奧古斯特·華格立：這正是我所做的，我等。

—是的，你甚至看起來很厭煩的樣子。

奧古斯特·華格立：這並非完美的優雅。

—您讓我煩，夫人。

〔注解〕在一詩作戲劇裡，另一年我在這裡寫作，我做了這半句詩：您讓我煩，夫人。

——奧古斯特·華格立。

奧古斯特．華格立：是的，但我將這塞進小偷的嘴裡。

桌子不再動。

奧古斯特．華格立：莫里哀不在了嗎？

—墳之影。

奧古斯特．華格立：我們聽你說。

—莫里哀離開天空，溫柔的天堂，

為了來使你們陶醉入迷，他再昇天和我們相聚。

靈魂們，當我們說話時，我們希望人們微笑

或受到驚嚇。

莫里哀喜歡人們告訴祂其想法，

是的，人們說：這是多麼偉大！是的，人們說：這是多麼美好！

等等，為了這些沉默的空氣，

你們安身在墓穴裡。

桌子短暫停止。

〔交談〕奧古斯特．華格立抗議最後兩句。墓穴只對那些相信虛無的人才是沉默，墳之影如何能說在死亡裡我們將緘默，當每個晚上亡者前來和我們談話？

奧古斯特．華格立：誰在那？

—艾斯奇勒斯

雨果夫人：對我們說句好話；在經歷嚴酷的今夜後，我們很需要。這些敏感易怒擾亂了對你們的想法。

—我將帶莫里哀回來。

奧古斯特．華格立：你什麼時候帶他回來？我們不希望帶著他的怒氣入睡。你能夠讓他立刻回來嗎？

—是。

桌子打轉。

奧古斯特·華格立：是你嗎？莫里哀。

—是。

奧古斯特·華格立：謝謝再回來。既然你想要與我談論你的詩，我就從今晚覺得不美滿的第一節最後一句開始談起。

—而這大火炬烹煮熟菜牛肉濃湯。

奧古斯特·華格立：最好是這樣。其他一切都很美。

—你比較喜歡：

而我沒有豬臉對你們的一坨糞便！

奧古斯特·華格立：是，我比較喜歡這最後一句。這有潛入兩次兩詩節距離的感覺。

—我結合我的翅膀，

我，詩人，那麼，我嚴謹的思想家，

神派遣靈魂來做和解，

意念和肉體，天和地，

穹頂和支柱，

奧古斯特·華格立：你轉韻？

——是。

奧古斯特·華格立：這首必須以數字來分段嗎？

——是。

奧古斯特·華格立：繼續，這節很美。

——是。

我對費拉明特說：妳的荒唐哪兒去了？
瞧，妳在天空迷失了多遠，我的姐妹。
所有從思想家雙手落下的種籽
必須種在田野裡。

葛翰離開。

這神聖使徒的雙手必須
溢出身體和心靈的雙重麵包；

一隻手所有的百合花，另一隻手所有的果實；
　一則令人陶醉，一則令人溫飽。

當人們在柳條筐上時，必須有
宗教的關懷，為了靈魂和為了肉體，
但願，雙重醫生，從我們的眼睛拿掉的布條
　覆蓋在我們的傷口上。

清晨兩點。

1 赫柏（Hébé）：希臘神話中執掌青春的女神，宙斯與希拉之女，戰神艾瑞斯的妹妹。頭戴花冠，手提酒壺，負責在飲宴時斟酒，諸神飲下後，能永保青春活力。

2 亨麗埃特（Henriette）：莫里哀劇作《女學究》中的女兒角色，母親和姐姐都希望她能嫁給一位學究。

XXXII

第三十二場

莫里哀繼續他未完的作品。

一八五四年，三月三日，星期五，晚上十點一刻

列席者：維克多．雨果、雨果夫人、奧古斯特．華格立。

扶桌者：查爾勒．雨果、戴歐菲爾．葛翰。

問：誰在那裡？

—莫里哀。

問：你想繼續你已開始的詩句嗎？

—重唸。

奧古斯特・華格立唸詩。

維克多・雨果：很美！繼續，莫里哀。

—假如他必須考慮星辰的話，他正好
想到在乞求陰影裡的飢餓者。
淫邪的熟菜牛肉濃湯，我的姐妹，變得尊嚴
當他煮給乞丐們吃時。

他必須想到那些靠近教堂的人們，
哆嗦發抖，衣衫襤褸，在藍天下蒼白著臉。
凜冽北風下，一個孩子衣服的破洞

是神的深淵之一。

假如妳願意，哦，我的姐妹，了解星星的話，
從在痛苦上垂下眼睛開始，
從那兒，妳將看到神。天空只有在
　眼睛矇上淚水時才拿掉祂的面紗。
十一點時中斷。

XXXIII

第三十三場

莫里哀再次降臨創作未完的詩句。

一八五四年，三月二十三日，星期四，晚上九點

扶桌者：雨果夫人、查爾勒·雨果。

奧古斯特·華格立記錄。

問：誰在那裡？

—莫里哀。

問：你想要我為你重唸已做好的詩句嗎？

—是。

奧古斯特．華格立重唸詩句。

奧古斯特．華格立：

理念和痛苦，哦，我的姐妹，很相似，

縫縫補補一件衣服並不卑躬屈節，

瞧，這孩子受寒，他顫抖的小手臂

妨礙他的手做祈禱。

—因此就放卑躬屈節。

奧古斯特．華格立：但我已放了卑躬屈節。

—當莫里哀告訴你：女人，拿起妳的針線時，驕傲的思惟，請了解我在對你致敬。
維克多．雨果加入。

所有在破爛衣衫裡縫縫補補的手
　天主刺繡的披風斗篷。
維克多．雨果離開。

你的另一個功能，思惟，是科學，
對科學而言，沒有什麼是卑賤，沒有什麼令人厭煩，
物質的人是花瓶，科學是手把，
　詩是香水。

假如他聽過你的瘋狂夢想，
費拉明特，從未聽聞古騰堡（Gutenberg），這偉大名字，
從未見過在卑微的鉛裡萌生出印刷術之芽，

字字句句從大炮裡射出來。

從未聽聞詹姆斯．瓦特（James Watt）[1]
敲三下。

夢想改造世界的詹姆斯．瓦特，
假如他對做菜有此奇異恐懼，
只看到你處理淫邪的熟菜牛肉濃湯
冒出巨大的蒸汽。

你不想和你的廚娘數數：
那麼，數字被拿掉，赫雪爾（Herschel）[2]還剩什麼？
瞧：這粗淺的數字瞬間轉變為光
並在天空裡找到一顆星。

結束於一點半。

1 詹姆斯·瓦特（James Watt, 1736-1819）：蘇格蘭著名的發明家和機械工程師。他改良了紐科門蒸汽機，奠定工業革命的重要基礎，發展出以馬力計算動能的概念，後世以其姓氏作為功率的國際標準單位。

2 威廉·赫雪爾（Frederick William Herschel, 1738-1822）：英國天文學家，曾有多項天文學貢獻，包含發現天王星，被譽為「恆星天文學之父」。

XXXIV

第三十四場

阿那克里翁要求眾人以詩歌提問，拒絕雨果以舊作提問，無法即時創作的雨果答應日後再向祂提問。安德洛克雷斯的獅子降臨，雨果朗讀了先前為祂撰寫的作品，祂以詩歌回覆眾人。

三月二十四日，晚上九點

列席者：雨果夫人、亞黛勒．雨果小姐、維克多．雨果、奧古斯特．華格立。

扶桌者：查爾勒．雨果、戴歐菲爾．葛翰。

問：誰在那裡？

—阿那克里翁（Anacréon）[1]。

維克多．雨果：你好。詩人之中，我們景仰你。我們聽你說。

—以詩提問。

查爾勒．雨果：這話是對維克多．雨果說的嗎？

—是。

維克多．雨果：我給你詩句——

阿那克里翁，情慾波動詩人，等等[2]。

查爾勒．雨果：這是舊詩。

奧古斯特．華格立：祂須要特意為祂做的詩。

我們問阿那克里翁是否滿足於昔日做的詩。

—不。

維克多．雨果：從你自身的回憶，你應該了解，禁錮在肉體裡的靈魂，並不具備已被解放靈魂的即時能力。我們需要冥想來生產與你們相匹配的作品，恕我今晚無法再對你提問夠格的詩了。你了解嗎？

—是。

維克多．雨果：那麼，你是自由的，你願意給我詩，我再就此回答嗎？

—不。

維克多．雨果：誰在那？

—安德洛克雷斯的獅子。

維克多．雨果唸如下我們從他的手稿抄錄下來的詩[3]。

維克多．雨果：城市彷彿宇宙。此時

似乎所有的靈魂都緘默，

所有的星星隱匿，世界改變：
羅馬在泥潭上延伸了它的帝位，
那兒老鷹曾眺望，蠍子在爬行。

特里馬希永（Trimalcion）[4]踐踏大西庇阿（Scipion）[5]的骨頭。
羅馬狂飲、歡笑、酒醉、和臉紅；
而墳墓的氣味出自這狂歡。

愛和幸福，皆令人驚恐。
萊絲比，梳妝打扮時，幸福，有
她的提布勒在其腳下歌唱他們的溫柔，
假如波斯奴隸梳壞了她的辮子，
她就用她的金別針刺她裸露的胸脯。
邪惡透過人類突飛猛進；
所有的激情從其軌道離去。

年邁父母的兒子們突然死亡。
雄辯師們對小丑爭奪暴君。
泥濘和黃金統治。在幽深的地牢裡
劊子手與死亡殉難者相結合。
恐怖的羅馬，在唱歌。有時，在它門前，
一些克拉蘇（Crassus）[6]，奴隸和國王的勝利者，
在敗者的大道上插下十字架，
而當卡圖盧斯，我們心醉魂迷聆聽的戀人，
與黛立（Délie）漫步，在路的兩旁，
六千棵人樹在他們的愛情上流血。
在偉大的日子裡，榮耀糾纏羅馬。
當今所有的恥辱受歡迎。
魅笑的玫莎琳（Méssaline）[7]寬衣解帶赤裸身體，
在公共床上，淫蕩的，睡覺。
艾巴佛羅迪（Epaphrodite）有個男人在搖鼓

玩弄時打斷埃比克代德（Epictète）[8]的四肢。
肥婆、嘮叨老頭、吸奶小孩，
俘虜、角鬥士、天主教徒，被丟給
野獸，他們顫抖、蒼白、淌血，
逃跑，驚慌垂危且活著。
在競技場裡蜷曲，恐怖的深淵，
當熊咆哮，當大象令人驚恐地踩在小孩身上時，
侍奉女炤神的貞女在她的大理石椅上做夢。
有時死亡，猶如樹上的果子，
從絕美蒼白的沉思前額掉落下來；
同樣謀殺和殘酷的閃電
從老虎的眼睛到處女的眼神穿過。
世界是木頭，帝國是旅館；
暗黑過客在其路途中找到寶座，
進來，朝人類狠狠地咬一口，

然後離去。尼祿在提比略之後來，
凱撒踐踏匈奴、哥德人、伊比利亞人；
而皇帝，與花朵一樣少有持續，
夜晚是腐爛的，除非他是神。
維提里烏斯（Vitellius）[9]的豬在介莫尼（Gémonie）[10]打滾。
偉大和醜行的階梯，
苦役犯監獄令亡靈驚恐，示眾柱刑面對虛無，
血流、冒煙、醜惡，這偉人的堆屍處
似乎是為腐爛人們的骨頭而造。
受酷刑折磨的人在這汙穢不堪的斜坡上呻吟喘息，
沒舌頭的猶太人，沒拳頭的懦夫，沒眼睛的竊賊；
以及在競技場裡殘暴和瘋狂的
垂死哀嚎，每走一步就慘叫一聲。
幽暗深淵汙水坑底張開它的方舟，
那兒整個羅馬沉淪；而，在巨大的下水道裡，

當天空正一陣陣雷劈時，
有時兩個皇帝，致命數字，
相遇，尚存活，在這陰影裡，
瘦骨嶙峋的狗剛咬了他們的肉，
今日的凱撒觸犯了昨日的他。
幽暗的罪犯是無恥邪惡的情夫。
與其上帝放火燒這族類，
與其亞當和夏娃，兩者如此美好，如此純潔，
水蛇爬行在可憎的宇宙裡。
男人是隻走獸，女人是另一隻，
羅馬是隻打滾大母豬。
人類，在藍天裡膩煩，
在上帝的隔牆裡建造可怕的陰影；
他完全失去其初始的模樣；
他的眼睛似乎想擊斃光亮，

而人們看見他，這是在阿提拉（Attila）[11]前夕，
直到那時，人們所擁有的一切神聖
在他的指甲下悸動，在他的下頜啣著
一邊是美德，另一邊是榮耀。
人們吼叫當他們以為在說話，
人類的靈魂想要離開，
但在永遠離開我們世間之前，
顫抖，祂在深邃蒼穹下猶豫，
並尋找一隻可庇護的走獸。
人們聽到墳墓在呼喚和叫喊，
深處，蒼白的亡靈在大笑，陰森森且光禿禿。
那應該就是你？誕生在荒漠上
那兒太陽和上帝獨處，你，沉思者
山洞的夜晚充滿了它的紅斑，
你來到罪惡泛濫之城；

你在如此陰影和如此深淵前哆嗦；
在這恐怖和懲罰的世間上，你的眼睛
突然閃出愛和憐憫的火光，
沉思，你揮動羅馬之上的鬃毛；
而，若人是野獸，哦獅子，你就是人。

一八五四年二月二十八日

獅子：沙漠是黑暗、乾燥、難以穿越，
峰峰相連到沙漠平原。
　白日誕生的時辰，
獨自在這神說話和現身的廣大荒漠裡，
太陽來臨時，
我去會見祂，如同王對王。
在我們美好的驕傲裡，我們雙雙登上，

爬坡道，祂金黃，而我腳踩在草上。
　　我們互相認識。
我很驕傲有祂在我們的山洞裡做客，
他很驕傲看到交融在我肚子上
　　我的鬃毛對祂的光芒。
如此我活著，獨自，在我的鬃毛下夢想，
引導天上的太陽到我的巢穴，
　　雄偉，寬恕，
不怒而威，不暴而強，
並對沙漠說：判斷你的沉默是否值得我的大吼。
我在光亮裡張開眩目的眼皮，
我傾聽以賽亞先知片刻，
　　歌頌他服侍的神，
因為我們屬於同一方陣。

我們自我回答：我獅子，祂天使，
　沙漠的兩端。

戴歐菲爾．葛翰出去。雨果夫人代替他扶桌。

溫柔的善良是我嘴上的氣息。
我對強烈颶風下令平靜，
暗潮洶湧的馴服者。
我，加入我大理石般的意志，
在我的每一隻比樹幹還強壯的腳下
　被四陣風之一侵襲。
沙漠廣大無邊，難以穿越且幽暗。
我在這兒延伸光亮，如同黑暗中的燈塔，
　我高高抬起我的前額，
在無底的沙漠裡總一再重新開始，

我獨自一人，我獨自一人在這巨大書頁上

如同一巨大的字。

二。

維克多．雨果：這是說你將詩句以數字劃分，而現在必須置入數字II嗎？

—是。

維克多．雨果：你想哪一天再回來完成這些詩句？

—星期四。

結束於一點差一刻。

1 阿那克里翁（Anacréon, 520 BC-485 BC）：希臘著名詩人，生於小亞細亞沿岸的愛奧尼亞城邦提歐斯，留傳後世的作品不多，以飲酒詩與哀歌聞名。

2 出自雨果一八三六年詩集《黃昏之歌》（*Les chants du Crépuscule*）。

雨果一八五四年二月二十八日的詩作〈給安德洛克雷斯的獅子〉。

4 特里馬希永（Trimalcion）：羅馬帝國小說家佩特羅尼烏斯作品《愛情神話》（*Satyricon*）中的虛構人物，他從奴隸變身為富豪，因其主人在死前給了他自由、金錢和參議員地位。

5 大西庇阿（Scipion, 235 BC-183 BC）：古羅馬統帥和政治家，後世公認的軍事天才，在扎馬戰役中擊敗迦太基統帥漢尼拔，為第二次布匿戰爭畫下句點。

6 克拉蘇（Crassus, 約 115 BC-53 BC）：羅馬將軍，政治家。在羅馬從共和到帝國的關鍵人物。

7 玫莎琳（Méssaline, 20-48）：羅馬皇帝克勞狄一世的第三任妻子。以混亂的性生活和戀情流傳後世。

8 埃比克代德（Epictète, 55-135）：古羅馬新司多噶學派哲學家，以奴隸的身分抵達羅馬，被主人打斷了腿（或說是先天少了一條腿），後來被主人釋放，師從魯弗斯學習司多噶哲學。

9 維特里烏斯（Vitellius, 15-69）：羅馬帝國的皇帝之一。在六九年的「四帝之年」中，他的部隊擊敗了皇帝奧托，奧托自殺，維特里烏斯進入羅馬城，成了該年的第三位皇帝，最終被維斯帕先的軍隊擊敗。

10 介莫尼（Gémonie）：又稱為哀悼之梯，是通往羅馬行刑場的必經階梯，相傳為提比略大帝建造。維特里烏斯兵敗之後，無法逃出羅馬，命喪於此階梯之上。

11 阿提拉（Attila, 406-453）：古代歐亞大陸匈人最為人熟知的領袖和單于，史學家稱其為「上帝之鞭」，曾多次率領大軍入侵東羅馬帝國及西羅馬帝國，並對兩國構成極大的威脅。兩次率眾橫渡多瑙河，染指巴爾幹半島，未能拿下君士坦丁堡。

XXXV

第三十五場

安德洛克雷斯獅子繼續創作詩句，雨果為祂記錄。

一八五四年，三月三十日，星期四，晚上九點

列席者：維克多．雨果、奧古斯特．華格立、查爾勒．雨果。

扶桌者：雨果夫人、葛翰。

問：誰在那裡？

—你們等待的那位。

維克多·雨果重唸二十四日的詩句。

—二。

—你們所有人，你 v

猶豫。

問：你希望換另一個人來扶桌嗎？

—是。

問：誰？

—查爾勒。

雨果夫人讓位給查爾勒。

問：你覺得這樣子好嗎？

—不。

問：你希望由誰來替代葛翰先生？

—雨果夫人。

當我活著時，在天上帷幔下
每晚望著燦爛的星星，
如同所有睡著活人的眼睛
在陰影和神祕中
在大地關閉的同時
天空敞開，
當在嚴謹研究裡傾聽，
孤寂艱澀的大教育時，
不傲慢，不厭惡，
那兒，在可怕的城市裡，泛濫
光和血，火山透過其意念，
透過其犯罪，下水道，

在一個黑暗的城市，人們稱為羅馬，
在神創人之後，造出魔神，
　　宮殿—公墓—後宮，
倒塌的寺廟重建圓頂，
所多瑪（Sodome）[1]的無恥之徒發出爆笑
　　在伯利恆（Bethléem）[2]背後；

城市在令人震驚的眼睛之前後退，
充滿黑色堆肥，龐然彷彿大力神，
　　卑賤如奧革阿斯（Augias）[3]，
他的斷垣殘壁陷入泥濘和鮮血中，
提比略人已存在的可怕罪惡之巢
　　覆蓋著波吉亞家族（Borgias）[4]，

維克多．雨果：你不覺得ville（城市）和vile（卑賤）的差異是這麼小，會造成不良效果嗎？

你願意將 ville 換成 cité（城市）嗎？

——是。

亞細亞的販運者和高盧的腳夫，

他有宇宙罩著他的肩膀，

貶低藝術，

他的黃金才賦到處展現他的肖像，

他阿諛逢迎的手指在狂歡裡磨損

凱撒的側面。

敲三下。

維克多．雨果：你想改哪句詩？

——五。

維克多．雨果：第一個半詩句嗎？

——不。

狂歡要付出代價
凱撒們大肆揮霍。

在此城裡，娼妓皇后，
純貞墮落，榮耀汙染，
他光芒的寡婦，
是的，當耶穌在天使之中出生時，
下令世人侮辱這些襤褸，
並親吻他的破衣衫！

維克多・雨果：我覺得第五節似乎接不上前三節。在前三節裡

那兒，在一座城市裡……
在一座幽暗的城市裡，等等。
在眼前的城市。

意義一直懸著。他有宇宙擾亂句子的主線。你是否與我同感？

—是。

維克多．雨果：你想改哪裡？在第三節裡或在第五節？

—第五節。

城市有宇宙來覆罩他的肩膀，

販賣者，等等。

貶低，等等。

玷汙他的黃金才賦，玷汙他的肖像。

娼妓

維克多．雨果指出「才賦如此接近貶低藝術準備好用同音異義詞進行文字遊戲。你改這嗎？」

—是。

將他的黃金人像丟到溪河裡，

而，厚顏無恥的萊絲（Laïs）[5]，為其狂歡付出代價，凱撒們大肆揮霍！

維克多・雨果：現在已是深夜十二點半，你想哪天再回來完成？

——星期二。

1 所多瑪（Sodome）：《舊約・創世紀》的描述，所多瑪是一座位於迦南地區的城市，耶穌聽聞所多瑪與蛾摩拉兩座城市充滿罪惡，前往視察。天使下榻羅得家時，所多瑪全城的男子在門外騷亂，無恥地要羅得交出投宿的朋友，任憑眾人處置……。

2 伯利恆（Bethléem）：伯利恆位於耶路撒冷南方約十公里處，對於基督教來說，是耶穌的出生地，也是大衛的出生地，和加冕為以色列國王的地方。對猶太教而言，城外有重要意義的拉結墓。

3 奧革阿斯（Augias）：是希臘神話的埃利斯國王，太陽神赫利俄斯之子，擁有大批牲畜。歐律斯透斯要求赫拉克勒斯完成的十二項功績之一就是在一天之內清理奧革阿斯的牲口圈，奧革阿斯也答應將他牲畜的十分之一作為報酬送給赫拉克勒斯。赫拉克勒斯將阿爾普斯河和佩紐斯河的河水沖洗牲口圈，完成了任務。事後奧革阿斯反悔拒絕給赫拉克勒斯牲畜，於是赫拉克勒斯殺死了奧革阿斯及其兒子們。因傳說奧革阿斯的牛圈三十年從未打掃，汙穢不堪，所以在西方常以「奧革阿斯的牛圈」來形容「最骯髒的地方或者積累成堆難以解決的問題」。

4 波吉亞家族（Borgias）：歐洲中世紀貴族，發跡於西班牙瓦倫西亞，文義復興時期顯赫於世。家族曾有兩位教宗，包含亞歷山大六世。其在位時間，波吉亞家族傳出了許多謠言，包括：緋聞、謀取聖座控制權、偷竊、強暴、賄賂、亂倫、謀殺、毒殺。他們的專權為其他貴族如奧爾西尼家族、科隆納家族所仇視。然而，現代歷史學家普遍認為，有許多的謠言皆是出自家族的政治對手——儒略二世所散布的。

5 萊絲（Laïs）：古希臘名妓。

XXXVI

第三十六場

安德洛克雷斯的獅子繼續祂的詩作。

一八五四年，四月十日，晚上九點一刻

列席者：維克多·雨果、戴歐菲爾·葛翰。

扶桌者：雨果夫人、查爾勒扶桌。

問：你的名字？

—自我。

維克多．雨果：你要我為你重唸你所做的詩句嗎？

—是。

維克多．雨果唸獅子的詩。唸完詩句，桌子敲三下。它指示第二部分的第六節。桌子保留誰（qui），並從至於耶穌（Tandis que Jésus）起更改。奧古斯特．華格立進來。

是的，言語褻瀆耶穌，並在襤褸上吐痰，
在天空裡展開，破衣衫做的旗幟，
並舉起直到天使

維克多．雨果：如果你將破衣衫改為複數，同時加上：其光芒的寡婦呢？

—是。

桌子躁動半小時卻毫無敘述，接著再也不動。我們等了一刻鐘，桌子毫無動靜。我們離開它。

XXXVII

第三十七場

安德洛克雷斯的獅子繼續祂的詩歌，並採納了雨果的修改建議。

一八五四年，四月二十一日，星期五，晚上九點一刻

列席者：維克多．雨果、奧古斯特．華格立、戴歐菲爾．葛翰。

扶桌者：雨果夫人、查爾勒．雨果。

問：誰在那兒？

—Vir inter animalia（介於動物之間的人）。

問：你是安德洛克雷斯的獅子？

—是。

維克多．雨果重唸先前開始的詩。從 2 號開始，直到最後，桌子敲三下。

維克多．雨果：你想改某一節的某些東西？

—6。

維克多．雨果：既然你想改這節，容我提出一個觀察。破衣衫做成的旗幟並非恥辱，正好相反。你不覺得詩節裡用破衣衫做成的旗幟來羞辱羅馬是錯誤的嗎？

—是。

維克多．雨果：你改這節的哪句詩？

—4。

誰，對大天使們搖睡的耶穌說褻瀆話，

在其襤褸邊展示給國民看

一件巨大的破衣衫。

維克多．雨果：那麼必須再放回：其光芒的寡婦？

—是。

在陰森幽暗的圓形劇場中間，

競技場裡砌石板的階梯

敲三下。

以大理石和方解石建造，

天空切斷邊緣，

以及通往葬禮樓層的階梯，

每晚經由黑暗的腳步下來

經由死亡上去，

競技場裡，當，從那兒，極高點，

人民，穿著節日托加長袍的貴族，

處女，柔軟的蘆葦，
卡圖盧斯和他寵愛且殘忍的情婦，
帶著貼在她身上每一處的愛的詩句，
還有鳥兒們，

所有人，孩子，老人，羅馬婦女們，
為人肉淌血鼓掌，

尖叫，大吼，拍打，
當這隻手臂從厄波羅河（Èbre）到老虎時
尼祿，謀殺的快感，為老虎拍手叫好
羅古斯特為蛇喝彩，

維克多．雨果：老虎重覆兩次，你不覺得應該更改其中之一嗎？
——是。
維克多．雨果：你想改哪句？

—第一句。

維克多．雨果：你想從頭來嗎？

—不。

維克多．雨果：從誰開始嗎？

—是。

其會合厄波羅河和老虎。

奧古斯特．華格立離開。

哦沉悶的失勢！當整個羅馬
大笑來看吞噬一個可憐人時
　耶穌來與他結合，
而羅馬引導進入這些幽暗的競技場
狼的勝利，為鬣狗的打鬥
　他受恥辱的老鷹，

維克多．雨果：耶穌與他結合文法不正確，應該是：曾經結合。你想改小詩句嗎？

——是。

與耶穌受難十字架結合，

當太陽，使他的眼皮半開
且從血中看見光的城市
　和大旋風，
感到憤慨，且，吹打他的百年之馬，
突然在隆隆雷聲中精疲力盡
　他的光芒鞭子，

除我之外，戴著我鬃毛的其他獅子，
在這競技場裡等待鬥獸者，
　為他們打開柵欄的一刻，
前額在血中，腳在泥濘中。

羞辱我的名字，我，大天使的祭司，
他們，劊子手的奴僕。

桌子繼續和口述：三。

結束於子夜十二點三刻。

XXXVIII

第三十八場

安德洛克雷斯的獅子再臨接續創作詩歌，雨果和眾人驚訝於祂作的詩，竟與雨果的新作如此相似，獅子商請雨果借用他的新作入詩。

一八五四年，四月二十五日，星期二，九點四十分

列席者：雨果夫人、維克多．雨果、奧古斯特．華格立。

扶桌者：查爾勒．雨果、戴歐菲爾．葛翰。

問：你是誰？

—Vox deserti（沙漠之音）。

維克多．雨果：你將為我們繼續先前已開展的偉大美好詩句。你要我為你重唸你上次做的詩嗎？

—是。

維克多．雨果重唸詩句。

—我加兩節。

維克多．雨果：在第二段嗎？

—是。

除我之外的其他獅子可以對世界說：

「我們強大且深沉有力，

我們是獅子」，

看羅馬群聚野蠻狂歡作樂，

鼓掌他們沙啞的喊叫聲並將他們的籠子
當成丑角的露天舞台。
而，我們以屠殺和羞恥餵養的怪物，
在被馴服的巨人之上
敲三下。

恥辱上升，
沒心也沒精神，
牠們在聖人之上舉起牠們褻瀆的爪子
和牠們血淋淋的趾甲深入 **viv**
敲三下。

維克多·雨果：你改哪節詩？

——3。

像狼一般的懦弱，
牠們的爪子在柵欄上撕裂受折磨的人，
而耶穌基督拾起牠們的趾甲放在祂的傷口裡，
哦十字架，為你的釘頭。

到此節第五句詩：

和牠們血淋淋的趾甲深入

桌子停了幾分鐘。在這幾分鐘內，維克多．雨果完成如下詩節：

牠們撕裂在柵欄上奄奄一息的聖人
牠們可憎的趾甲擴大傷口
在耶穌基督的側面。

他沒說而寫下這三句詩，只唸給奧古斯特．華格立。桌子幾乎立刻動了起來，並完成這幾乎與維克多．雨果同樣措辭的詩。維克多．雨果於是大聲唸出他的詩句。我們嘖嘖稱讚。

雨果夫人：在你做你的詩前是否讀了我先生的詩？

—不。

當我們仍為此巧合感到驚訝時，桌子敲三下。

維克多．雨果：你重做哪句？

—3。

沒心也沒精神。

維克多．雨果：你把它放成原形？

—是。

維克多．雨果：接下來呢？

牠們的爪子在柵欄上撕裂受折磨的人，

而牠們血淋淋的趾甲在傷口裡代替了，

耶穌基督的釘子。

奧古斯特．華格立離開。

跟牠們一樣如此好，在牠之前的這些獅子全後退，
牠們，這些獅子中的唯一，哦龐大無比的大力神，
無畏你看，
在其獸性及可怕的鬃毛上牠們嗅到，
在陰影裡停落，恭維和熟悉，
猶大謙卑的手。

三

桌子敲三下。

維克多．雨果：你想改哪句？

—第二句。

維克多．雨果：你保留：牠們，這些獅子嗎？

—不。牠們，這些英雄。

維克多．雨果：你保留其餘詩句嗎？

—是。你允許我借用只有你我二人知道的半詩句嗎？

維克多．雨果：借用我的半詩句、詩句、一首詩，所有你想要的都可以。假如你不認為我的聲韻配不上你的怒吼的話，我將感到很驕傲。

—現在是子夜，這是巨大且莊嚴的時刻

我在神前打開我的燦爛瞳孔，

這是愛的時刻，

在寬容天空下，幽暗且沉默寡言，

森林中的花朵，這些夜間的妖豔，

為白天散發香氣。

〔**注解**〕

半詩句夜間的妖豔的確是一首我從沒唸給他人聽過，惟獨存於一本只有我知道的書裡，而戲劇引用的詩句也是如此。

迷人，突然我們遇見一隻獅子，這也是我尚未出版且周遭的人絕對不知道的一首詩。

——維克多．雨果

維克多·雨果：我感謝你，獅子。

〔注解〕

維克多·雨果先生立刻去他的書房找這首半詩句：夜間的妖豔，作於一八五四年三月六日，題名為夜晚，夾在Homo文件裡。這份文件收藏在維克多·雨果的書房，從未告知任何人。維克多·雨果先生為我們唸題名為：夜晚的詩句，其中確實有論及夜間妖豔花朵的半詩句。在場者有雨果夫人、查爾勒·雨果和我。

——戴歐菲爾·葛翰

濱海陽台，一八五四年四月二十五日，半夜十二點一刻

查爾勒累了，要求暫停。我們詢問桌子，它同意。

問：你哪天再來？

—十一天後，五月六日。

結束於夜間十二點二十分。

XXXIX

第三十九場

安德洛克雷斯的獅子繼續未完成的詩句，祂拒絕了雨果提出的修改建議，那是一句用了重複修飾的詩。

五月九日，星期二，晚上九點半

列席者：雨果夫人、維克多·雨果、查爾勒。

扶桌者：查爾勒、葛翰。

問：誰在那裡？

—Frons ingens deserti（沙漠之巨大前額）。

維克多．雨果：你要我從第三段：現在是子夜為你唸起嗎？或你要我重唸更前頭的詩句？假如你要我從更前頭唸起的話敲兩下，否則敲一下。

桌子敲一下。維克多．雨果從：現在是子夜唸起。

—這是城市、巴別塔、所多瑪的時刻，
人們看到來自四面八方的幽靈部隊
火熱般的臉，
在閃電裡展開他們尖銳的翅膀，
穿越黑色的天空，如同思想
在神的腦中。

這是白日在墳墓裡誕生的時刻，陰影裡

被幽暗掘墓人埋葬的屍體
　　感覺到蟲在咬；
這是人們在戰場上聽到的時刻
烏鴉宣佈，葬禮的黑公雞，
　　死亡升起；

維克多．雨果：重複兩次黑色。你想拿掉一個嗎？
—是。
維克多．雨果：你想將黑色的天空換成憂鬱的天空嗎？
—不。
維克多．雨果：換成什麼？
—遼闊的。

這是在先知們的靈魂裡吹起大風的時刻
這是石頭、玫瑰、和動物們的時刻，
　　忘記它們的痛苦，

在其面紗下清楚拼寫耶和華，
那兒寬恕的天使讓星星唸給
　最小的花兒聽；
當人們傾聽天使清晰深沉說話時，
手指舉向世界之書；
　那些，苦役犯和被詛咒的人
傾聽，悸動，從山谷到山脈，
靜悄悄地進入苦役犯監獄裡
　天堂的鑰匙；
在他對他們說話時：標記的囚犯，
水蛇，妖魔，俘虜，凶手，狼，毒蛇，
　青銅趾爪的老虎，
你，公牛哥利亞（Goliath），牧人的恐懼，

雪松寧錄，蟒蛇尼蘇斯（Nisus），如蟲的埃及豔后，

犀牛該隱，

暴君變成星辰的害蟲，

法拉里斯（Phalaris）[1]的牛將在我們的壁柱下嗚哞

以及颶風，

圖密善皇帝的大菱鮃，鯨魚嗜之，

你以你灼熱的氣息填滿天空，

黑若斯達特斯（Erostrate）[2]火山，

維克多．雨果：現在半夜十二點，你想中斷休息嗎？

—是。

維克多．雨果：你哪天再來？

—十一天後。

我們計算十一天後是星期六，星期六我們接待客人；我們問他是否想前一晚星期五來，他回答可以。

結束於子夜十二點。

1 法拉里斯（Phalaris）：阿克拉伽斯建城（公元前五八〇年）後不久的僭主，他以殘忍聞名於世。據稱，他曾把敵人置於空心青銅雄牛腹中活活烤死。最終，民變推翻統治，他就被推入銅牛中燒死。

2 黑若斯達特斯（Érostrate）：一名古希臘的年輕人，為了被寫進史冊，在公元前三五六年七月二十一日，縱火燒毀了位於土耳其以弗所，世界七大奇蹟之一的亞底米神廟。

XL

第四十場

安德洛克雷斯的獅子繼續未完成的詩句。

五月十九日，星期五，晚上九點一刻

列席者：雨果夫人、維克多·雨果、奧古斯特·華格立。

扶桌者：戴歐菲爾·葛翰、查爾勒·雨果。

——孤寂者。

維克多．雨果從第三段詩句唸起。

維克多．雨果：卡利古拉（Caligula）[1]的馬在墳墓裡吃草，

薛西斯（Xerxès）[2]的鐵鍊，皮洛士（Pyrrhus）[3]掉落的磚塊，

你，阿多斯（Athos）[4]的臉龐，

亞歷山大，受暴風雨折磨的墳墓，

感受到風的幽靈在你的臉上刻劃

錘子重重敲擊，

你們所有人，受到緩慢苦痛折磨的懲罰，

樹、穗、蘆葦，可憐的小植物

我聽到它們的喧嚷，

花朵、種籽在喪葬的田野裡散播

這另一位摸黑來到的掘墓人，

我們叫他做播種者，
巨大罪惡來自無限小過，
人類妖魔變成其受害者，
蒼穹的陰影，
一根草在其憐憫的一天，唯有上帝
能以巨大的花崗岩懲罰手臂
連根拔除！

抬起你們的眼神仰望天空，時刻到了；
這些星宿，哦金剛鑽，將是你們的住所，
對你們而言，他們是紅寶石；
上方金星為你們在閃耀，哦猛獸，
青苔，地衣，薊，希望，因為你們是
太陽之莖！

排泄物，這些世界屬於你們，
這些星座是你們的，骯髒鼠輩；
你們的星宿著火；
你訂婚了，蜘蛛，在星星上，
這月亮的光芒是一根你網上的線
上帝在陰影裡加入。

維克多．雨果：你想哪天再來？

桌子敲十一下。

維克多．雨果：那麼！五月三十日，星期二見。

——十一天後。

結束於子夜十二點。

1 卡利古拉（Caligula, 12-41）：羅馬帝國第三任皇帝，卡利古拉被認為是羅馬帝國早期的暴君典型。他建立恐怖統治，神化王權，行事荒唐。好大喜功的卡利古拉，大肆興建公共建築、不斷舉行各式大型歡宴，帝國的財政急劇惡化。後來企圖以增加各項苛捐賦稅來減緩財政危機，引起所有階層的怨恨。四一年，卡利古拉被近衛軍大隊長卡西烏斯・卡瑞亞刺殺身亡。

2 薛西斯（Xerxès, 519 BC-465 BC）：波斯國王，西元前四八五至前四六五年間統治阿契美尼德王朝。

3 皮洛士（Pyrrhus, 319 BC-272 BC）：摩羅西亞國王，希臘伊庇魯斯聯盟統帥。西元前二七二年，一個心懷怨恨的斯巴達王族克利奧尼穆斯請求皮洛士幫助他奪取斯巴達的王位，皮洛士答應，計劃藉此機會奪取伯羅奔尼撒。但斯巴達對他的進攻進行了堅決的抵抗。當他率軍進入城市後，卻意外地陷入了巷戰。在一片混亂之中，有一個老婦人從屋頂上用一塊磚石砸暈了皮洛士，使得他莫名死於阿爾戈斯士兵之手。

4 阿多斯（Athos）：法國小說家大仲馬《達太安浪漫三部曲》中的虛構人物，是主人公達太安的三位火槍手好友之一。在《三劍客》中，他真正的身分是一位神祕的貴族，和米萊狄有著千絲萬縷的關係。作為最年長的一位，他總是給其他劍客們以父輩的形象。他被刻畫為一位有貴族氣質而且英俊的人物，同時他又非常神祕，總以醉酒來掩飾自己的祕密。

XLI

第四十一場

安德洛克雷斯的獅子繼續創作詩句，雨果詢問祂是否知道一首他曾寫下的詩，與祂的創作有些許相似？獅子否定雨果的詢問，也不採納雨果的修改建議。

一八五四年，五月三十日，星期二，晚上九點半

列席者：雨果夫人、維克多．雨果、奧古斯特．華格立。

扶桌者：葛翰、查爾勒．雨果。

問：誰在那裡？

——陰影的眼神。

維克多・雨果重唸獅子在上一場所做的詩。桌子接續。

希望，因為不久，誰知道，或許明天，
在人類窗戶上嗡嗡作響的長翅膀生命體
　　被這麼多的淚水濺溼，
這蝴蝶天使竊竊私語：希望，
是造來置於所有的痛苦之上，
　　從人到花，

在你的如絲花邊網裡被纏住，
而你自己和他的翅膀飛走
　　一道接一道光芒，
直到天上，巨大的網在其火焰線中埋伏，

以捕捉過路的靈魂，

眾星宿！

維克多．雨果：你是否知道我曾做過一首詩，寫道：星星在世界末日，如天花板上的蜘蛛

逃之夭夭？

—不知。

爬到黏土裡的謙卑蝸牛，

悲傷地拖著你們脆弱的枷鎖

在遺憾的深井裡，

這些豎立在你們肉身之外的眼睛

對人類而言是觸角

對星空而言是望遠鏡！

所有這些愛的眼神是給你的，盲眼的鼴鼠，

當，在荒蕪田野裡，去勢的公牛在做夢和哞叫時，

　　　你在挖你的田畦，
讓你驚訝的星宿穿透你沉重的囚牢
引導他暗啞燈籠的光亮
　　　朝向你的逃獄。

你將有，哦螞蟻，假如原諒開始的話，
對天上螞蟻窩而言，無邊無際的南方十字架。
　　上帝不再惱怒。
毛毛蟲，給你金星！蒼蠅，給你大熊星。
織毛蟲網消失在泉源水裡，
　　給你無限廣大！

查爾勒．雨果：這節詩裡有無邊無際（immense）和無限廣大（immensité）。

維克多．雨果：你想將無限廣大換成永恆嗎？

──不。

維克多．雨果：你想更改無邊無際嗎？

——是。

哦螞蟻，改變你們形狀的同時，你將有，
對天上蟻窩而言，無邊無際的南方十字架。

昆蟲們，看；看，埋葬蟲，
今夜裡顯露這數百萬極光
　而且變得喜悅：
大日子清晨升起，就在此刻
幽暗住所裡四面八方在發光
　對天空這些標度盤

希望，你們也是，眾陽，無數的星宿，
天空並非囚牢苦役犯的陰影。
　拯救在閃耀。
上帝創造太空並非為了擺設破屋陋房，

而你們，你們不是，哦眾陽，

標示夜晚的紅鐵。

維克多．雨果：你想幾天後再繼續？

—十一。

維克多．雨果：六月十日？

—是。

維克多．雨果：我們比較希望是九日，你願意嗎？

—不。

維克多．雨果：八日呢？

—不。

維克多．雨果：你只能十一天後再來？

沒回答。

結束於夜裡十二點半。

XLII

第四十二場

被流放的凱斯勒（Kesler），對奧祕桌談抱持著懷疑，卻又相信來靈，渴望談談他的父親，在逐漸信服後，卻又提出了考題。

一八五四年，六月二日，星期五，晚上九點三刻

列席者：雨果夫人、查爾勒．雨果。

扶桌者：維克多．雨果、葛翰、凱斯勒。

前十分鐘桌子毫無動靜，查爾勒將手指放在桌子中央。桌子突然轉動一陣子，接著抬升起來。

問：誰在那裡？

桌子不停地在每個字母上敲兩下，接著，來到第三個字母I，查爾勒突然抽走他的手，桌子倏地停止；維持好幾分鐘不動。查爾勒將雙手大拇指懸空在桌面上，小心翼翼不碰到桌子，並說：升起。過了五分鐘；桌子不動，查爾勒碰觸葛翰的手，自己不碰到桌子，依然毫無動靜。剛進來的奧古斯特·華格立伸出他的手，且碰觸桌子，毫無反應。我們起身。華格立和葛翰單獨留守桌子。沒動靜。查爾勒和雨果夫人扶桌，它動了起來。

問：誰在那裡？

——瑪麗。

問：這是妳的全名嗎？

沒有回答。

問：妳是馬利亞，耶穌之母嗎？
—不。
問：妳有事要與我們溝通嗎？說？
—我來解放不信神者。
問：妳將怎麼做？請對我們解釋。
—對他說我的墳墓。
問：說。
桌子躁動並旋轉起來。
—死了的那位。
凱斯勒先生：誰？是誰，瑪麗？妳是哪位瑪麗？
—死去的那位。
凱斯勒先生：妳是認識凱斯勒先生的那位瑪麗？
—是。

凱斯勒先生：妳是我的祖母？

——不。

維克多．雨果：給他一條路徑；告訴他妳是誰。

——瑪麗。

維克多．雨果：這是妳所能說的妳的一切？

——被愛。

凱斯勒先生：妳是瑪麗亞娃夫人？

——瑪麗。

凱斯勒先生：瑪麗亞娃？

——不。

凱斯勒先生：請說。

——白朗絜。阿爾巴。

凱斯勒先生：妳是瑪麗亞娃侯爵夫人？說，我不怕妳。

——我是亡者。

凱斯勒先生：哪位？

——不是侯爵夫人。死亡是共和國；墓穴是神的路障。

凱斯勒先生：瑪麗亞娃夫人叫亞黛勒。

——瑪麗．白朗絜。

維克多．雨果解釋瑪麗亞娃的翻譯即：瑪麗亞．阿爾巴；V和B西班牙文是同一發音。

葛翰：繼續。

——他會怕。

凱斯勒先生：不，你錯了，我不怕。

——你會怕。

凱斯勒先生：怕什麼？說。

——看見無形。

凱斯勒先生：我只要求被說服。繼續。說。

—為什麼你戴著瑪麗？

凱斯勒先生在他身上藏著瑪麗的紀念章。

凱斯勒先生：因為一個妳認識的人將它給了我。

—我不想。

凱斯勒先生：為什麼？妳知道是誰。

—親吻仍懸在頸上，而且嫉妒。

凱斯勒先生：為什麼妳，被選擇來說服我，對我釋解放我的質疑？

—人們愛過的女人位居其他愛人之前。上帝讓她帶來祂的信息。

凱斯勒先生：妳知道我所想的一切。妳看見我父親嗎？

—是。

凱斯勒先生：跟我談談我父親。妳知道我最擔心他的事，讓我感到很折磨。

—祂同意你。

凱斯勒先生：再跟我說說我父親，別離開我。

—別擔此心。墓中，我們不怪母親和兄弟；因為裹屍布潔白了靈魂，而墳墓會軟化硬石。

凱斯勒先生：我從前認為父親對我不公平。祂今日感覺得到嗎？回答我。

—你很清楚生活是分歧的；父親經常只張開一隻眼，然而他卻有兩個孩子；這兒存在盲目的靈魂和獨眼的心；死亡治癒了生病的眼睛；墳墓之石是一隻升起的眼皮；有些父親的墳墓是一個搖籃，他們在裹屍布裡開始包紮起來。你的父親眼裡長蟲，才能好好看見你。地下的蟲是上天的眼神。頭顱的眼眶有時會被淚水溶化。

凱斯勒先生：妳可以告訴我父親我沒任何苦澀，而且我希望他沒半點痛苦嗎？

—勇敢振作起來。別受苦，別流淚，別泣血。有些眼睛被判乾涸，乾涸的眼睛，貧瘠的墳土。痛苦是遼闊的尼羅河，它愈泛濫，偉大的黑暗收割者將愈多的麥穗，帶進天空的穀倉。

凱斯勒先生：我在妳之前跪拜，我在祂，我父親，之前跪拜。現在，一句話告訴我關於效忠和犧牲之道，這兒我，我是流亡者，為了共和政體和自由。

—我祝福你，祂也祝福你。你是對的，做下去。遭受捶打之苦，證明我們堅若磐石。當個有理念和進步的人，當個好人，良善能達成一切。讓放逐的苦澀之風吹進你的生命；它不打擊夢想。把你的窗開向海洋，它不會淹沒海鷗。當個微笑的貧苦人，上帝只賜予貧苦人。死亡是貧苦人的銀行，在舊鞋上給予翅膀。當個英勇且慷慨的人，慷慨給予一切，上天會奉還一切。我們在下界衣衫襤褸，我們在上界重新著裝。上帝在你們的破衣上丈量尺寸，賜予一件蔚藍的衣裳，但你必須對我發誓。

凱斯勒先生：發什麼誓？

—制止死刑。

凱斯勒先生：我有些遲疑，妳可以拿掉它們嗎？我擔心在我的思想裡只有毒蛇猛獸，必須殺死。

維克多・雨果離開。

—原則不會被推遲。人們沒有權力說：明天我將有理。必須立刻在劊子手和我們之間做決定。我們是亡靈，而我們決定支配生命，我們是反對斷頭台的墳墓大騷動，反對堆屍處的墳場，反對十字架的屍體，和反對被斷頭的光環。選擇：我或劊子手。

凱斯勒先生：我回答：謝謝，我發誓。我非常感謝妳來。妳應該讀出我內心的誠摯，我願意相信。但既然我的信仰是妳善意前來的目的，為了消除並非有意的質疑，依妳所能做答。以一、二或三個詞語回答此刻在我腦海裡對妳提出的問題。妳願意或妳能對我說出嗎？

—是。

凱斯勒先生：那麼，說吧。

—我已寫下我的遺囑，但自殺有罪，我想殺我，上帝原諒我。

凱斯勒先生：妳可以說出我腦子裡想的詞語嗎？

—說夠了：相信。

我們仍堅持，桌子說：

—匕首。

的確，這問題與一場發生在她和我之間的場景有關，當她自敲三下匕首時，這是一件我沒跟在場任何人說過的事。

——凱斯勒

在凱斯勒停頓下來敘述這交往關係的某些細節之後，關於亡靈的可能存在性，凱斯勒和葛翰重新扶桌，毫無結果。雨果夫人代替凱斯勒先生，桌子立刻動了起來。

凱斯勒先生：妳還在嗎？

—是。

凱斯勒先生：妳仍願意和我溝通嗎？

—不。

結束於凌晨一點半。

XLIII

第四十三場

質疑奧祕桌談的英國人潘嵩先生，以其他人不懂的英文提問一宗家庭祕辛，獲得答案後，請求眾人不得寫成筆錄。

一八五四年，六月七日，星期三

列席者：雨果夫人、亞黛勒·雨果小姐、凱斯勒、葛翰、特雷紀、奧古斯特·華格立。

潘嵩先生，對桌子持疑，主動與查爾勒·雨果扶桌，並要求以英文提問。查爾勒·雨果不懂英文。當桌子啟動時，我們先問誰在那。

—Frater tuus（拉丁文：你的兄弟）。

查爾勒：你不是我的兄弟。你是潘嵩先生的兄弟嗎？

—是，安德烈（André）。

沒有人知道潘嵩先生有個兄弟叫安德烈。這位兄弟失蹤了十一年，家人不知其下落。潘嵩先生以英文提出一個問題，桌子以英文回答。再以英文提第二個問題，第二個回答也以英文答覆。潘嵩先生，深受感動，站起來要求，由於這攸關家庭私事，我們不保存問題和答覆。

凱斯勒：我想到一個字；你可以猜測它嗎？

—奧古斯達。

凱斯勒：正是。你願意再猜另一個字嗎？

—佛羅倫斯。

凱斯勒：是。

XLIV

第四十四場

拜倫（Byron）[1]與華特．司各特（Walter Scott）[2]降臨，與潘嵩先生以英文交談。

六月十二日，十點一刻

列席者：雨果夫人、亞黛勒小姐、維克多．雨果。

扶桌者：查爾勒和潘嵩先生。

問：各種誤會使我們錯過了昨天與獅子之約。祂還會再回來嗎？

—會。

問：哪一天？

—六月二十三日，星期五。

問：誰在那裡？

—拜倫。

潘嵩先生：蒙達戈·赫而特（Montague Helt）還活著或死了？

—活著。

維克多·雨果離開。

葛翰：你可以用幾句詩表達一個完整思想嗎？稍微幾句即可，因為查爾勒完全不懂英文，將疲於追隨你的字母。

—是。

—You know not what you ask。

潘嵩先生翻譯桌子說的這句英文：你們不知你們所問之事。

問：你不能以詩句表達嗎？

—不。

問：你不想嗎？

—是。

問：為何你什麼也不想說？

桌子自行旋轉了起來。

問：誰在那裡？

沒回答，幾分鐘後桌子強烈大動，它說：

—安靜。

問：安靜，意謂著必須停止嗎？

—司各特。

問：你是華特．司各特嗎？

—是。

問：你想發言？

—是。

問：你願意說法文讓不懂英文的查爾勒理解嗎？

—不。

問：那麼！就說英文吧。

The poet（詩人）

—Vex not the bard，his lyre is broken，

His last song sung，his last word spoken。

潘嵩先生再翻譯桌子剛說的英文：

別折磨吟遊詩人；他的七弦琴斷了，

他的最後一曲唱了，他的最後一字說了。

結束於十一點半。

1 拜倫（George Gordon Byron, 1788-1824）：英國詩人，浪漫主義文學泰斗，以長篇詩作立足文壇。文學成就之外，拜倫積極投入政治運動，關注英格蘭勞工權益，支持愛爾蘭獨立，長期投入希臘獨立抗爭。身為貴族的拜倫，世襲男爵，素有拜倫勳爵的敬稱。

2 華特·司各特（Walter Scott, 1771-1832）：蘇格蘭小說家、詩人，浪漫主義文學大將。與華茲華斯、柯勒律治、拜倫、雪萊和濟慈齊名。司各特發展出歷史小說形式，以英格蘭歷史事件，和虛構人物構成了《撒克遜英雄傳》。

XLV

第四十五場

「靈魂」和凱斯勒之間產生爭執，凱斯勒依舊質疑奧祕桌談，不理解來靈與眾人交流的意義。在來靈離去的片刻，眾人做了討論，認為錯在凱斯勒。來靈再次返回，對雨果夫人略加說明。

一八五四年，七月二日，星期天，晚上十點

列席者：查爾勒．雨果、凱斯勒、奧古斯特．華格立。

扶桌者：查爾勒夫人、潘嵩先生、葛翰。

桌子躁動。

維克多．雨果：你，誰在那裡，在我們請問你的姓名之前，你是否聽見方才談及有關罷工的對話？

—沒。

維克多．雨果：你可否為我們派來某位聽聞者？

—可。

維克多．雨果：感謝你。我們必須等幾分鐘就敲幾下。

—5。

我們離桌。五分鐘後我們再回來坐下。查爾勒代替葛翰，還沒提問，桌子就自己說了起來。

—倔強抗拒者扶桌。

凱斯勒代替雨果夫人。

維克多．雨果：解釋你所聽到的對話。我們堅決要求你。

凱斯勒：尤其是我特別關心的事項。

—你錯了，桌子不是單人靈感或所有人靈感的結果，它們不是人類的占卜，它們不是動物磁氣，它們不是顯靈，它們不是巧合，它們不是神奇，它們不是手提的迷信。它們是現實裡的啟示，真實裡的神祕，大自然裡的邏輯，有限裡的無限。它們訴說邏輯和大自然的風格；它們的三隻腳即三條根，第一條根深入墳墓，第二條根滲入裹屍布，第三條根潛入屍體。

凱斯勒：你沒精確回答我對你提出的問題。有位交談者說了非常驚人之事，正是此事我很想聽你談論。

—存在體的規模是無止境，級別是不可見，就這樣。維克多．雨果有理，當他說海底的軟體動物看不見魚，而魚看不見鳥時，他還可以加入鳥看不見墳墓，墳墓看不見從它身上長出的花，花看不見從它身上散發出的香氣，香氣看不見呼吸的臉孔，而屍體看不見使滿園生香的活人。世界是一個戴面具的巨大舞會，那兒被邀請者全穿上死亡的風帽長大衣。

凱斯勒：這並非維克多．雨果今晚對我說的話。你在我的思想裡看得到我希望你和我說的確切事情嗎？

—是。

維克多．雨果：那麼，說吧。

—他之後將相信嗎？

凱斯勒：我不知道。

—而，我大老遠來並非為了做無意義的事，我走了。

葛翰代替凱斯勒。

奧古斯特．華格立：他驕傲離去是對的。

〔討論〕我們判斷桌子有理，而凱斯勒有錯。無休無止地實驗卻不得結果有何用！桌子已經告訴凱斯勒一個只有他才知道的事實；猜中了兩次他心中想的字，而他卻執意不相信，他說即使再次新試驗成功的話，他仍不相信。在我們閒聊之際，桌子自己說了起來。

—吾友凱斯勒的單片眼鏡讓他運用眼睛和邏輯觀看，卻沒以智慧洞察。我現在將訴說他要求的事。維克多·雨果記得四個月前發生於此的事，去年某個冬夜，他和奧古斯特·華格立、雨果夫人、他的女兒和葛翰在此客廳裡。談話內容關於桌子，我們互訴彼此的懷疑，我們建議就讓桌子來撤去這些懷疑。我們上樓到餐廳，葛翰和雨果夫人入座正在回答問題的桌子；你是誰？雅各布（Jacob），他從這個字展開一個句子：我們懷疑。當在客廳交談時，查爾勒·雨果留在他的房間，一個字也沒聽到。他進來代替雨果夫人扶桌，桌子繼續已開始的句子，並以如此驚人的方式回答交談，以致維克多·雨果大叫：「不可思議！對此我已無話可說。我宣佈臣服。」我以為滿足了吾友凱斯勒。現在我放棄進入他的思考。

凱斯勒：你最好少點嘲笑、多些猜測。維克多·雨果先生的確告訴我那晚你剛敘述之事，但我想的並非他的交談。我的重點是：維克多·雨果說桌上第三者的在場絕對可以佐證，但他無法證實的是，第三者究竟真如自我介紹的人物，有時甚至沒有交代名號而直接教導。無形對話者卻以寓言和比喻方式來說教，裝扮成登場的人物，以既生動且吸引人的戲劇化的表演來表達他的思想；以此行事，相較耶穌基督的好撒馬利亞人的比喻沒有更多虛構成分。你瞧，關於我提問的事，你一點也沒有說。

〔**討論**〕奧古斯特．華格立倒向凱斯勒這一邊。

雨果夫人：這一切令我們困擾。你為什麼不說出凱斯勒先生的思想？

—我接收到叫我犯錯的命令，若我說出凱斯勒的思想，他可能不相信，我希望他不相信，我說出除了他的思想外的其他事，完全保持在對話的真實性裡。這故意犯錯的理由是：我們必須讓我們無法說服的人逕行懷疑，懷疑是信仰曙光的公雞報曉之啼，懷疑是希望，懷疑是相信的一半。

凱斯勒：妳為什麼不給我整個信仰？我對妳保證這並非不可能。瞧，妳若願意告訴我此刻我正在想的事，我將信服。這是一件讓我掛心已久，一件我參與過，在此無人知曉的事。若妳對我說出此事，我將翻轉，真正地，我相信我將信服。妳願意嗎？

—好。

凱斯勒代替葛翰扶桌。

——ZUX

猶豫；葛翰代替凱斯勒。

問：妳願意說出凱斯勒的念頭嗎？

——不。

問：為什麼？妳剛剛說好。

——我不知道他會提出一項我被禁止評估的要求。

凱斯勒：妳可只說事情而不做評估。

維克多．雨果：離開之前，妳願意告訴我們妳的名字嗎？

——塞珥波拉（Cerpola）。

維克多．雨果：妳是誰？

——牧人。

維克多．雨果：哪個牧人？

沒有回答。

結束於一點。

〔注解〕

這是上一場的解釋。晚餐後，雨果夫人和小姐、維克多．雨果、奧古斯特．華格立、凱斯勒、葛翰和潘嵩在陽台上聊起桌子的事。查爾勒．雨果沒在家吃晚餐，也沒回家。凱斯勒對維克多．雨果的提議表示懷疑，並表示異議。交談之後，維克多．雨果說：有件事將是無可辯駁的證明；何不等查爾勒回來時，我們請他上桌，然後我們要求桌子說出我們剛剛的對話。假如桌子知道我們的交談內容，很明顯有第三者在場。而，就此事，他敘述雅各布那晚的偶發事件。

如我們所見，桌子適逢整體對話，它在凱斯勒所提的特別問題無法做出正確的回答。至於那晚關於雅各布的偶發事件，桌子也犯下嚴重錯誤。我們——維克多．雨果和我——獨自在客廳裡，和我們在一起的既沒有雨果夫人和小姐，也沒有葛翰，當我們對桌子在餐廳回答表示懷疑時。

——奧古斯特．華格立

XLVI

第四十六場

安德洛克雷斯的獅子繼續未完成的詩句。

一八五四年，七月四日，星期二，晚上九點四十五分

列席者：雨果夫人、維克多．雨果、奧古斯特．華格立。

扶桌者：查爾勒．雨果、戴歐菲爾．葛翰。

問：誰在那裡？

—Unguis clemens（寬恕的爪）。

維克多．雨果：你要我們為你重唸上一場的詩句嗎？

—是。

維克多．雨果重唸詩句。唸誦時凱斯勒和弗朗索—維克多．雨果進來。

維克多．雨果，當他結束唸誦時：你的詩句太美好，獅子，你願意繼續嗎？

—你們是，偉大牧人在夜間點燃的火，
爐膛蚯蚓和蟋蟀的希望；
你們是牠們的覺醒。
夜晚，當狗兒，倦其鍊條，脫落，
牠感覺到，上帝折斷它，並在墓穴裡換上
太陽的鏈環。
間隔二十五分鐘。

值得驕傲，哦眾陽，讓巢穴平靜下來。
蟲洞徘徊在車轍裡
　朝你們轉眼睛，
而溫柔的鳥兒迷失在黑暗樹林裡，
在神祕鳥巢陰影裡仰望上方閃亮，
　睡著！

維克多．雨果：此時十一點一刻，今晚道別前，再為我們口述一節。

間隔二十分鐘。

天使開口說話，沙漠沉寂聆聽，
凝視下方的他閃爍的夜晚眼神，
　天使為我們發光發亮；
樹枝分開為了不干擾草；

山脈，親切且壯麗，

拾起花朵，放在他的膝上。

維克多．雨果：再來一句，好嗎？

——好。

間隔二十八分鐘。

悄然無聲，所有人都在看，所有人都在聽：

吃驚的露水暫停滴落，

蒼蠅暫停牠的飛行；

夜鶯的巢充滿了沉默；

一塊老牆石，可憐又啞又聾，

使夜鶯沉默。

維克多．雨果：你哪天再來？

桌子敲十一下。

維克多．雨果：七月十五日嗎？

——是。

結束於半夜十二點。

XLVII

第四十七場

安德洛克雷斯的獅子繼續祂未完成的詩句。

八月六日，星期天，晚上九點二十分

列席者：奧古斯特．華格立、凱斯勒、葛翰、潘嵩、維克多．雨果、小朱麗。

扶桌者：查爾勒、雨果夫人。

十分鐘後桌子才啟動，旋轉，翹起一腳。

問：誰在那？

—Omen, lumen, numen, nomen meum（預兆，光亮，權力。我的姓名）。

問：你要我為你重唸最後三節嗎？

—阿們。

維克多．雨果重唸詩句並說：繼續。

一刻鐘。

—所有陰影的巨大聲音都沉默下來；
在天空的四方，如四座雕像，
風，驚慌失措的一群，
使沉默，而每個人，在群獸天使之前，
在暴風的巨大嘴上，
有其特大的手指；

十二分鐘。

禿鷹的鳴叫停止和烏鴉合唱；
噴泉中斷其珍珠的潺潺淙流；
這是悔恨的時刻；
所有人都聽到長著半透明翅膀的精靈在說話，
從墳墓中起來，聆聽頭顱的底部，
從死者的耳朵。

這一次，間隔時間很長，持續了五十分鐘。桌子不停地滑動、旋轉和持續的劈啪打。桌子，有時，翹起一隻腳，從一隻腳到另一隻腳快速通行，桌子支撐。因為幾乎滿月，我們關窗。

維克多．雨果：有什麼東西干擾你嗎？

沒回答。桌子繼續旋轉和滑動。

凱斯勒：你還在嗎，獅子？

沒有回答。桌子躁動。我們協議離開桌子一會兒。從上一詩節起，已持續中斷約莫五十五分鐘。五分鐘後，我們重新上桌，它立刻起了動靜。

維克多·雨果：獅子一直都在嗎？

—是。

維克多·雨果：你想繼續嗎？

—是。

為了不阻礙鈴鐺聽到，
維蘇威火山和埃特納火山在灰燼下迴響
　他們的呼吸；
在仁慈的天使之前，一切停止下來；
所有一切的創造，
　大地和海洋，這遼闊的汗水。

維克多·雨果：你今晚願意再為我們口述一二嗎？

—是。

此時已十一點三十五分。

十四分鐘。

在這大眸子眼神下，
一個深思且莊嚴的崇拜；
樹說：讓我們相愛！
萬物都在祈禱，石頭看自己是一道光環：
爬行動物自以為有翅膀，
飛行動物感覺到有膝蓋。

維克多·雨果：你何時再來？

敲十一下。

維克多·雨果：十七日，同一時間嗎？

—是。

維克多·雨果：今晚有什麼東西阻礙了你？在你離開前可否告知我們？

—我心不在焉。

維克多·雨果：可以告訴我們被什麼分心嗎？

——不。

結束於十一點五十五分。

XLVIII

第四十八場

自稱「死亡」的來靈談到查爾勒．華格立和蕾歐珀婷夫婦。雨果夫人提問該如何與亡魂相認。

一八五四年，九月三日，星期日，白天兩點

列席者：雨果夫人、朱勒．阿利克斯（Jules Allix）[1]、艾米樂．阿利克斯（Emile Allix）[2]、奧古斯特．華格立。

扶桌者：奧古斯丁．阿利克斯小姐（Augustine Allix）[3]、查爾勒．雨果。

問：誰在那兒？

—死亡。

問：你為誰而來？

—為墳墓。

問：說。

—消逝在河裡的迷人夫婦想念你們。他們愛你們，他們看見你們，他們等待你們，在巨大親吻裡，他們為你們保留一席之地。

奧古斯特．華格立：你說我們的亡人在其目前所處的世界裡等待我們，但他們將不在這世界待下去？祂們繼續昇天嗎？請解釋我們將如何去那兒與先我們離開這片土地的人會合。祂們在我們到達祂們的新世界之前將會離開嗎？而假如祂們的昇天永恆持續的話，告訴我們如何預先追趕上祂們的方法？

—愛人的我，就是被愛的人。你們的死亡是你們的我，而你們是你們死亡的我。你們的死亡別無它事，只是你們從其他地方開始生命的一小塊土地。祂們的墳墓是你們住所和靈魂的一面。當你們臨死時，你們將變成祂們，而祂們仍將是你們。在天上，我們不相會，我們相融和。天堂只有一張嘴，愛是它的雙唇。

雨果夫人：你剛說的話令我耽心。我們和我們的亡人相融？那意味著我們和祂們融和在一起，祂們將不再存在於我們之外並與我們不同？在世上，祂們有原本的生活，一個我們可以觸摸的身體，一個我們可以認得的外形。我們想再找回祂們和祂們的個性，我們希望祂們是祂們，而不是我們。告訴我如何認出祂們。

——身體不是人的形狀，而是他的格式，如同語言是理念的格式。身體無限變化而消散，個體是唯一且不朽；語言無限變化而消散，理念是唯一且永恆。有些世界的理念是活的卻無格式，有些世界的個體是活的卻無身體。身體只是靈魂旅行的衣物，我們在墳墓裡換裝，墳墓是天空的更衣間，亡者認得靈魂。

突然來了訪客而打斷了這場次。

1 朱勒·阿利克斯（Jules Allix, 1818-1903）：法國政治人物，於人民公社時期出任巴黎第八區市長。是一位激進的社會主義者，並著力於提倡女權。政變後被判流放。他是艾米樂和奧古斯丁的胞兄，隨著維克多·雨果來到澤西島，並且參加了「諸神上桌」的活動，阿利克斯一家三兄妹與雨果一家連結緊密，阿利克斯對雨果的女兒亞黛勒情有獨鍾。

2 艾米樂·阿利克斯（Emile Allix, 1836-1911）：朱勒·阿利克斯的胞弟，就讀醫學院時，到澤西島過暑假，深獲雨果喜愛，培養出深厚的情誼。艾米樂是雨果流放時的家庭醫生，日後也成為巴黎的名醫。

3 奧古斯丁·阿利克斯（Augustine Allix, 1823-1901）：音樂家，歌唱教師，是朱勒·阿利克斯的胞妹。長年與雨果一家相處，為雨果家舉辦音樂會，並將雨果的詩作譜寫成曲。與查爾勒相當親近的她，跟隨著雨果一家從澤西島遷徙到根西島定居。

XLIX

第四十九場

維克多．雨果確認「理念」和「墳之影」對他的要求，「死亡」前來答覆，指出所有偉大靈魂的著作都存在著二元性，同時為活人的作品和鬼魂的作品創作，以「成為生命的伊底帕斯 1 和墳塚的人面獅身」做結。

一八五四年，九月十九日，星期二，下午一點半

列席者：維克多．雨果、奧古斯特．華格立、弗朗索—維克多．雨果。

扶桌者：雨果夫人、查爾勒．雨果。

維克多．雨果：我要提出一個嚴肅的問題。住在無形世界，看得見我們腦子裡思想的存在體知道，約二十五年來我專注於桌子所提出和深入討論的問題。桌子不止一次對我談起這工作；墳之影要我完成它。很明顯上蒼知道我在這二十五年的工作裡，曾在冥想時自言自語，找到許多包括今日工作面的啟示結果，我清晰看到，並確認這些卓越結果的部分，我瞥見其他留在意識裡，仍處於雛形混亂狀態的部分。當這些偉大神祕存在體願意時，會在我的思想裡傾聽我、注視我，如同人們持著火炬在地窖裡探索；他們了解我的意識，並知道我剛說出的所有事是多麼嚴格精準，精準到人性自尊有時悲慘地被當前的啟示惹惱，在我礦工小燈周遭，擲下一道閃電和流星之光。今日，我看到的整體，桌子確認它們，而那些半成品，桌子將為之完成。在此心態下，我寫作。自稱墳之影的存在體要我終結已展開的作品；自稱理念的存在體更賣力，「命令」我為那些被俘虜和受懲罰、似乎是看不見的靜物組成的存在體作詩，命名為憐憫。我服從，做了理念要我做的詩，這些詩尚未全部完成。為了被了解，必須解釋，於是我進入細節，涵蓋從前的思想以及從新啟示帶來的擴充。在這些詩句裡，有兩件事借自桌子的適當術語，埃及豔后詩和從囚牢到苦役犯監獄的漸次演變。我同意以找到的注解來標示借用的方法，但首先，我提交給桌子的問題是：「理念是否要求我該說這些詩被指令為日後出版？墳之影是否告訴我完成此作品乃為其日後出版？」這一頁已太長，我會再加入所有桌子所知道我思想深處的一切。我咨詢桌子關於剛提交的問題，我等待回答，不用說我將做我被告知的事。

桌子躁動。

維克多．雨果：誰在那裡？

—死亡。

維克多．雨果：你聽到我的問題而來回答嗎？

—是。

維克多．雨果：我們聽你說。

—所有的偉大靈魂在他的生命裡從事兩件作品：活人的和鬼魂的。在活人的作品裡，他拋出了另一個人間；在鬼魂的作品裡，他注入另一個天界。活人在他身處的世紀使用他的語言，盡可能的工作，確認有形可見，體驗真實，照耀白天，辯護正義，確鑿證據；然而在這作品裡他奮鬥，他流汗，他淌血，而在這殉難者裡，他，天才，考慮到愚蠢，他，火炬，考慮到陰影；他，lelu 考慮到人群和殺人犯，他，基督，他，la……。世界，兩個小偷之間，如此卑鄙，如此被嘲諷，頭戴一頂擦傷驢子前額的王冠。當活人從事這第一部作品時，沉思的鬼魂，當深夜宇宙靜寂時，在活人裡醒來，哦恐怖！什麼，說人類，這不是全部？不，幽靈回答？起身，站立，起大風，狗和狐狸嚎叫，處處是黑暗，大自然在上帝的鞭繩下哆嗦、顫抖；癩哈蟆、蛇、蟲、蕁麻、石頭、沙粒在等待我們：站起來！你剛為人工作，很好；但人什麼都不是，人不是深淵之底，人沒從高峰掉進恐懼裡，動物是懸崖，花朵是深淵，鳥兒令人眩暈，在蠕蟲中我們看見了墳墓。醒來！來寫你的另一作品，來看無法靠近的，來注視無形的，來找無法尋覓的，來超越無法超越的，來辯證無法辯證的，來實現非真實的，來證明無法證明的。你曾是白天，來當黑夜；來當陰影；來當幽暗；來當無名氏；來當不可能；來當神祕；來當無限。你曾是臉孔，來當頭顱；你曾是身體，來當靈魂；你曾是活人，來當鬼魂。來死去，來復活，來創造，來出生。在看到你的包袱後，我希望人看見你飛翔，且模糊感覺到你巨大的翅膀，在你長期苦難的暴風雨天空中飛過。活人，來當黑夜的風，森林的聲音，海浪的泡沫，岩洞裡的陰影；來當颶風，來當殘暴黑暗的巨大恐懼。假如牧人顫抖，但願他聽到的是你的腳步；假如水手顫抖，但願他感覺到是你的呼吸。我帶你和我走；閃電，馬，在雲裡直立。走吧，快啊！夠了太陽。到星空去！到星空去！到星空去！

鬼魂沉默不語，而可怕的著作開始。在此著作裡的意念不再有人的臉孔；幽靈作家看見鬼魂意念；字字驚愕，句句四肢哆嗦，紙張猶如暴風中的船帆在顫動，羽筆感覺到其鬍鬚豎起，墨水瓶宛若深淵，字母四射火焰，桌子搖擺，天花板顫抖，窗玻璃變得蒼白，燈光驚恐。鬼魂的意念一閃而過！祂們進入腦裡，發出亮光，恐怖，繼而消失；幽靈作家的眼睛看著祂們在巨大黑色空間裡被磷光漩渦席捲飄蕩；祂們來自無限，祂們走向無限；祂們燦爛輝煌且幽暗且畏懼；祂們孕育或摧毀；祂們創造了莎士比亞、艾斯奇勒斯、莫里哀、但丁、塞凡提斯；蘇格拉底生於一個鬼魂意念；巴斯卡死於一個鬼魂意念；祂們全然透明，透過祂們我們可看到神；祂們偉大，祂們良善，祂們莊嚴；犯罪、痛苦、物質在祂們面前溜掉；祂們是宇宙進步的大潮流。邪惡的不幸！是祂們的吶喊，當意念在天空飄過時，是個美好的時刻，飛向巨大神祕的巫魔夜會，驚慌失措和坐在焦慮的驚人掃把上，所有這些天堂的巫婆們！

維克多．雨果：你願意讓查爾勒休息五分鐘嗎？

——是。

我們停頓，五分鐘後恢復。

維克多．雨果：在看之後，出現兩次不可能。你想放什麼？你想改嗎？

—是。

維克多．雨果：換。

—不能靠近的。

維克多．雨果：現在結束你開始的詩句。

—著作繼續，著作結束，白天的著作順利進行，奔跑，叫喊，歌唱，說話，火燄，愛，鬥爭，受苦，安慰，哭泣，祈求；夜晚的著作，易受驚，保持緘默；老鷹和太陽結束，蝙蝠與墳墓開始。他死了，很高興，邪惡說；很高興，錯誤說；很高興，慾望說；不，墳墓回答，我不自我關閉，我自我打開。我不是生命之牆，我是生命之門。你們以為他全說了，錯。看，聽，顫抖，這是墳場裡的夜晚；墳墓在那，謙卑，被遺忘，深沉：草在那對著廢墟喃喃自語；突然，石頭升起，墓誌銘感動，有人從墳墓而出。這是鬼魂，祂來做啥？祂來活著；祂來說話；祂來鬥爭；祂來代替活人：祂當自己是人：祂去，祂跑；祂充滿人間；轉動受驚的印刷機的沉重螺釘；祂以其昏眩的呼吸讓受驚的鉛字跳躍；祂在蒸汽鍋爐裡；祂在機輪裡，有人瞥見祂的神祕手臂在工作坊裡揮動，並將死亡的作品分配給生命。祂在人群裡；祂在劇院裡；祂在街上，祂來突然驚嚇沉睡的世界，而祂，陌客，不期然地出現，祂變成世紀之夢，祂是夢中的理念。不再有爭議；人死了，而詩句趕走烏鴉；繁榮被感動，集結，被神聖的恐怖滲透，進入其莊嚴和畏懼的劇院裡。坐在你們無限的位置上，繁星吊燈和星座坡道已點亮；各就各位！戲劇開始。安靜！裹屍布升起。我來到你棘手的問題。首先，我們想要的，是人的自由主宰，我沒什麼好評論。想出版就出版。我僅僅想告訴你的是：成為生命的伊底帕斯和墳塚的人面獅身。

結束於七點。

1 伊底帕斯（ŒDIPE）：希臘神話中的底比斯國王，海神波賽頓的後裔，在不知情之下，殺死父親，迎娶母親。後世心理分析學說以其名代表戀母情結。

L

第五十場

雨果再向「死亡」請益，確認昨日的理論，關於下界的人類是否為著作的主宰？

九月二十日，星期三，下午一點

扶桌者：查爾勒、雨果夫人。

記錄：維克多．雨果。

桌子立即發出動作。

維克多．雨果：誰在那裡？

—死亡。

維克多．雨果：昨天你告訴我們的大事，有好幾點讓我們的心思懸念著。第一部分似乎是令人讚歎的人類和超人類的雙重光芒展現，照射並充盈了詩人和思想家的作品。鬼魂以夜晚的啟示，補充白晝裡的人們為白天所做的事，對靈魂投擲了一道巨大的清晰；從神怪方面切入，對所有的偉大作品和偉大想像，做了一個新穎和驚奇的解釋；這使得你點名的所有天才的兩面顯得更加明朗。但，條件是這生命的著作須在活著時由神祕的兩位協作者——活人和鬼魂——完成；這必須是我們所熟知和讀過的真實作品，因為我自己可以，儘管身處下界，在你的解釋裡看到我著作本身的鑰匙，我傾盡一生持續不斷所做的雙重著作。這著作涉及奮鬥、爭鬥、需要儘早啟蒙、立即宣揚、發現或瞥見真理的英勇頒布、而不是躲到墳墓尋求庇護。有時候它具有犧牲的性格，總是義務的性格。莎士比亞、艾斯奇勒斯、莫里哀、但丁、塞凡提斯，毫無保留，毫無隱藏，自願在他們死後不留下任何東西發表。這些人不是死後的戰鬥者，這是他們偉大的一部分。然而，在昨天的第二頁裡，你似乎削弱了第一頁，活著時鬼魂不再是活人的協作者；祂是其死後的編輯者；至少感覺如此，我們很有可能錯了。對我們而言，人們，真理和義務的使徒，人類的意識處於相對的黑暗裡，而此時上帝給他自由意志選擇；我們，思想家應該盡所能引導這等待責任的意識；自由賦予我們光亮。

因此，當我們以為找到了類似一道光的東西時，我們應該，以使徒的勇氣，將之加入人類的靈魂。當然，我們沒擁有如桌子般的啟示的權力，因為祂們來自比我們更高維度的上界；但這權利，在我們個人的著作裡擁有，甚至在我們的眼裡，這權利是義務。然而，我僅僅是就我個人的著作向你諮詢，你回答並提醒，在這些事物上我擁有自由主宰。這我了解，但昨天你所說的第二部分比起第一部分有明顯的削減，但仍然存在，至少對我們而言，理解非常有限。你願意解釋我們顯然只懂一半的事嗎？因為，從我們到你們，總是我們來自黑暗的極少光亮？你願意回答嗎？

—是。

維克多．雨果：我們聽你說。

—靈魂，你沒有祕密思想、幻象、神祕遠景、恐懼、無形中的驚恐狂怒嗎？你無限的希望有時不會倒入不可測的深淵裡嗎？你是否會在巔峰期突然轉向上帝？在星際裡你沒遭遇星座風暴和沉船嗎？你的筏從不曾撞上土星不曾在銀河沙洲上觸礁嗎？你的雙眼從不曾突然充滿百萬顆星星，眼皮成為穹蒼的兩道邊緣嗎？你的錨從不探測夜之底，且不想找到深淵嗎？你不是個骷髏頭的搜索人，世界的掘墓人，眾陽的哈姆雷特，遼廓墳場的漫步者，星球征服者，天空的鍬鏟之一嗎？你從沒吶喊過嗎？是！是！是！在這偉大的黑暗裡？你沒有抬頭對著無月之夜的星空說：嗯！你不相信有時出現在緘默星球的法庭嗎？你不害怕，你不哆嗦，你沒感覺到你豎立在星星裡的頭髮被揪住，彷彿在可怕的紡車之中？在所有這些創造裡，你沒夢見形狀嗎？在這些眼神裡，你沒夢見臉孔上的嘴唇，嘴唇中的牙齒嗎？你沒有給這些人愛和那些人恐懼嗎？你沒一點點迷戀金星嗎？你沒深深懼怕土星嗎？而當你感覺星星在頭上對你說話時，沒有如同鞋底裡的石頭跟你對話的感觸嗎？你對沙灘的荊棘不感到困擾嗎？你沒將靈魂給予野獸？你沒將靈魂給予石頭？你沒將靈魂給予植物？你沒將靈魂給予塵埃，靈魂給予骨灰，靈魂給予泥濘，靈魂給予汙穢，靈魂給予所有排泄物，靈魂給予猶大的痰，靈魂給予抹大拉的馬利亞的眼淚，靈魂給予耶穌的血嗎？你不在那，顫抖，搖擺不定，震驚。在天與地之間，在所有如此之高的人和所有如此之低的靈魂之間，在天堂和地獄之間，在火花和石頭之間，你沒自問是哪些讓星座石頭噴射出可怕的火鐮嗎？

若是如此，小心，哦活人，哦世紀之人，哦人間理念的被放逐者，哦必要的思想家。因為這是瘋狂、這是墳墓、這是無限、這是非人、這是鬼魂的理念。

維克多・雨果：查爾勒累了，你願意讓他休息五分鐘嗎？

——是。

我們重新開始。此時是四點五分。桌子立即啟動。

維克多・雨果：說。

——小心，物質界的人，下一場革命的士兵，小心，可能的執政者，小心，被尊重的情理，被獲得的影響，被認可的性格，小心，真理的哨兵，因為這是不可能的溫和下士的口號，因為這是灰色骷髏巡邏在你耳鬢的私語。不要以你活人的嘴如此大膽高聲重覆墳墓的夜間話語。不要頑強到恐怖雷擊的地步，吹響幽靈的起床號和出現在你們以裹屍布當旗幟，以頭顱當大炮，以墓誌銘當座右銘，以我為士兵，以你的鬼魂為號角，以你們的墓石當鋪路石的路障上。小心，或不如說是可憐吧！可憐那些需要你們的受苦受難的人，不可侵犯的生活，被鄙視的女人，無知的群眾；莫將被送上斷頭台處決的人為死者，孩子為屍體，搖籃為墳墓，人為幽靈，相對為絕對，傷口為星星。

維克多．雨果：你希望我們明天繼續嗎？

—是。

結束於五點鐘。

LI

第五十一場

「死亡」要求雨果在場才願意進行奧祕桌談，雨果請教祂如何在人類的世界裡伸張人的正義、神的法律？

九月二十三日，星期六，下午三點一刻

列席者：維克多．雨果、戴歐菲爾．葛翰先生。

扶桌者：雨果夫人、查爾勒。

桌子立刻啟動。

維克多．雨果：誰在那？

—死亡。

維克多．雨果：待會兒我將出去，你是否同意在我走後繼續和奧古斯特．華格立回答我的問題？

—不。

維克多．雨果：那麼改天再來接續嗎？

—是。

維克多．雨果：我們開啟了對話，你強大有力，我悉心聆聽。你將繼續你如此精采的開場，詳述你的高度建議，我適當地聽取。而你從我的意識裡，看到我對這些建議嚴肅以待，在你將展開的敘述裡，你有可能將承認，既然你同意你專注的事比我少之又少，而我的著作是雙倍，我也要歸功於我用真實與理想雙犁開闢出的兩行犁溝。在這世間我有雙重任務，而你不會嘲笑我只履行了其中之一，你必須在另一個生命的門檻接待我，從每個觀點來看Homo duplex（拉丁文：雙人）是真的。你不也同意將這塵世理念的習語延伸或詮釋於我成為被放逐者的緣由嗎？毫無疑問地，共和國是人類的形式，進步是塵世的事實；但，在共和國裡，有來自神的自由，在進步裡有神本尊的正義。我們，被放逐者，並非單單只為一個塵世理念而被放逐，正義，亦即神本尊的蔚藍，與我們同在！大地延伸向伊甸園如同人傾向善良，毫無疑問，這就是塵世事實和人類事實。但塵世與人類事實間難道沒有神聖法律調節嗎？追根究底，我們是為了伸張人的權利、神的法律、為了正義而被放逐。然而，正義不在塵世。公平是世界萬物的準則，猶如平衡是所有星星的準則。我們聽你說。

——這期間，讓你的鬼魂著作活起來；讓它完整，以所有的神祕藥水來組合它；以恐怖、閃電、雷劈、泡沫來填滿它；丟入癩哈蟆、蛇、蜘蛛、蝙蝠、毛毛蟲、毒蠍、蜈蚣、汙穢之物、爬行動物、被詛咒、沉思、蒼白、尖刺之物；看以星辰為鍋蓋的鍋爐裡的陰影在冒泡；以原子點燃巨大；升起痛苦之火，而神將以數百萬火花豎立在你的作品上；祂將以數百萬的光亮走出黑暗之柱；祂將以星辰皇冠迸發出巨大幽暗；讓你的著作成為人類靈魂的壁爐之一；當大地入睡，半開著沉重的雙眼，在地平線上看到你的屋頂覆蓋著星雲，說：他在做啥？這不知名的燦爛煙霧打從哪來？從天迸出的這壁爐是什麼？而風回答大地說：這是夜晚的一座煉鐵爐；在那裡我們冶煉太陽；在那裡我們卸下人的鐐銬；在那裡我們將黑色鐵頸圈燒紅成白，為了用來打造星球；在那裡我們拔掉耶穌基督的釘子，並使用這些釘子讓天空更加牢固；在那裡我們從熾熱炭火中取出火光，而且熄滅了火災；在那裡我們將受折磨的星星錘擊改造成幸福之星，將地球烙刑鉗變成地球之鑰，並將鎖改造為蒼穹。人群說：讓我們進入這活人之家，但風回答：這活人並非活人。讓我們進入這死人之家，這死人並非死人。讓我們進入這鬼魂之家，這鬼魂並非鬼魂。讓我們進入這住所，這住所並非住所。讓我們進入這墳墓，這墳墓並非墳墓。這煙霧究竟是什麼？哦人群，有一天你將知道；直到那時，不要靠近；顫抖和希望，且相信：有一天你將看到作品；直到那時，滿足於煙霧，滿足於聲響，滿足於雲朵，遠眺這光芒，遠聽這強大錘打聲囂和巨大鐵砧，來自天和地，神的兩隻手掌心發出的永恆訊號。

維克多．雨果：你想哪天再繼續？

敲六下。

維克多．雨果：九月二十九日？

—是。

結束於五點五分。

LII

第五十二場

「死亡」繼續未完的解釋，對雨果作品的出版時間做出了建議。

九月二十九日，星期五，下午三點一刻

列席者：維克多．雨果。

扶桌者：查爾勒、雨果夫人。

維克多．雨果重唸二十三日場次他所提出的問題，以及桌子開始做出的回答。一唸完，桌子立刻進入行動。

維克多．雨果：誰在那？

—死亡。

維克多．雨果：繼續已展開的回答。我們聽你說。

—事實上，這將會是一項驚奇和巨大的事件；直到此時，大靈魂如小靈魂般死去；埋葬的軀體，完成的著作；開啟的墳墓，闔上的書；在塵世上用最後一口氣呼出最後一字；墓誌銘是他們的永別，而艾斯奇勒斯，但丁，塞凡提斯，莎士比亞，莫里哀，每個人在他們的時代都是世上的道德重心，天才的塊壘，思想的奇岩，無邊無際，行星的大腦，前額上的稜線猶如沙漠的地平線、山脈中的深淵。唉！一旦他們的坑被挖到天空下十尺深時，他們只是眾多灰燼中的點點塵埃、黑夜裡的點點虛無、幽暗中的點點沉默，和不令人震撼的無限原子。什麼！這些頭顱突然緘默！哦驚愕！這可能嗎？讓咱們進入他們的墳場裡，腳踢他們的坑，傾聽。他們不說話，他們不說話，他們不說話！但說話呀，艾斯奇勒斯的嘴：但思考呀，莎士比亞的前額；但吹風呀，但丁的眼眶；

但哭呀，莫里哀的眼睛！願我們的腳步喚醒你們；願你們的骨灰出聲；願你們的骨頭，當人們碰觸時，變得鏗鏘有聲，而我們聽聞到沉睡的號角，從大天使軍團的手中落下！敢啃蝕如此屍體的蟲，逃呀！裹屍布，顫抖。你，大理石，聽著。你，棺材裡的鉛，熔化，成為印刷字體，化成字母，化成動詞，化成生命；報仇，鉛呀，對棺材報仇；而你，大地，收集死人的話語，而你，人性，呼吸他們的氣息，聽他們的聲音，喝他們陰森的汗水，吃他們發光的肌肉。哭哭啼啼的人類，這些險惡的斜坡，這裡和那裡，豎立在墳場裡，這是愛的乳房；人性，吸吮這些墳墓。但不，這些墳墓不再有奶水，艾斯奇勒斯，但丁，莎士比亞，莫里哀的母親們死了；他們溫柔的傑作不再有新的親吻可給予；他們的雙唇不再有新的訓示可獻出，唉！唉！這些陵墓已死。

維克多．雨果：我在我未發表的〈遺忘陵墓〉詩句中曾寫下陵墓已死這詞。

—你，但願你的詩句是活的：某些時候它對後人傾訴，並對其說些未知的事物，而這些未知事物將有時間在地球上成熟！今日的不可能是明日的必要。在你的遺囑裡將你死後的著作從十年延長十年，從五年延長五年；從這兒你看到一個墳墓的偉大，不時地，會發生人類危機的時刻，當它從陰影過渡到進步，當它從烏雲過渡到理念，突然張開它的石頭雙唇說話。我們尋求，你的墳墓找到。我們懷疑，你的墳墓確認。我們否定，你的墳墓證明。而它證明什麼？它所涵蓋的一切；它證明，以我不知哪個幽暗和莊嚴的權威，所有仍在今日的未來真相。你死了，你幫助活人；你緘默，你教導他們；你無形，你看見他們；你的作品不說話：可能。它說：當然。它不尋找虛假的消逝；它直往目標。要了解，幽靈不懂得謹言慎行，鬼魂們是大膽的，陰影在亮光前不眨眼睛；所以，寧可為二十世紀寫一本肯定作品，也不為十九世紀寫一本疑惑之作。將它與你關在你的墳墓，直到你指定的時代，我們再來墳墓尋找它。耶穌基督只復活一次；而你，你可將復活填滿你的墳墓；若你覺得我的建議很好，你將擁有聞所未聞的神奇死亡；你臨死前說：你們在一九二〇年喚醒我，你們在一九四〇年喚醒我，你們在一九六〇年喚醒我，你們在一九八〇年喚醒我，你們在二〇〇〇年喚醒我。你將在宇宙焦慮裡睡著；你的死亡將是賜予光明的美好約會，和擲入黑夜的可怕威脅。羅耀拉[1]會說：必須小心看守這墳墓，世世代代的人將以崇拜的眼光看這神奇墳墓行走一世紀，在hu生命裡……

桌子嘎然停頓，此時六點半。黃昏。月亮在地平線上。桌子完全靜止不動。我們認為可能召來了夜間存體之一。就在此時，桌子突然翹起一隻腳。

維克多．雨果：有人嗎？

—是。

維克多．雨果：有個字，死亡說到一半就離我們而去，你可以完成這句子嗎？

—是。

維克多．雨果果：完成它。

—……maine。（譯者注：humaine 人類）

維克多．雨果：你知道哪天死亡會再回來繼續祂所開始的事嗎？

—不。

結束於六點四十分。

1 羅耀拉（San Ignacio de Loyola, 1491-1556）：西班牙天主教神父，羅馬公教聖人之一。羅耀拉創立了耶穌會，進行羅馬公教會的內部改革，以對抗由馬丁．路德等人所領導的宗教改革對天主教帶來的影響。耶穌會很快成為天主教最大的修會，並且擴展到世界各地。

LIII

第五十三場

「死亡」再臨，雨果感謝並承諾祂給予的建議，依照時程出版未來的聖經。雨果追問他將成為一名先知或是一位詩人？「死亡」再針對雨果的創作給予建議。

一八五四年，十月二十二日，星期日，白天兩點半

列席者：保羅・摩利斯夫人（Mme Paul Meurice）、維克多・雨果、保羅・摩利斯（Paul Meurice）[1]、奧古斯特・華格立。

扶桌者：雨果夫人、查爾勒・雨果。

問：誰在那裡？

—死亡。

維克多．雨果：你給了我崇高的建議，若給我時間的話，我將遵循它。但由我遺留給二十世紀著作的同時，以及在這些著作之前，很有可能將出版這本書，而此書肯定將是未來的聖經之一。我想它不會被我們之中任何一人——當前與神祕存在體的對話者——在活著時出版。當它出現時將訴說所有我保留給我墳墓的一切，它將以更大的權威在我之前說出。接著我將來到，它將發現我的啟示早已被洩露。這啟示的一部分存在人類傳統裡已有幾世紀，另一部分被我發現，但這不防礙它沒有全部來自於神。人只是神聖火焰通過的壁爐，另一部分被你們所有人說了，在我們與三腳桌對話裡的陌生存在體。這全一，我在其中只佔很微小的部分，甚至已經被瞥見歸功於我死後此書的出版，將會是通俗且可能是新宗教的基礎。您是否聽說我將會被告知，或者從此刻到死亡，我將發現其他未知，而我將是唯一獲得啟示者？或，你聽說，我傾向於相信，我簡單地保留，在我死後出版的思想作品和純真之詩，將被滲透進新哲學，並確認提高人類光亮，如所有偉大藝術詩作，卻無教導和啟示的意圖。當然，我不會比較我所做的任何事情。我總結：你建議我死後的出版是啟示作品，在此情況下，啟示不已經完成了嗎？或如我所有其他包含詩的著作，只是還概括更深層地將神聖直覺摻入人類創作之中？一言以蔽之：在我的墓裡躺著什麼，一位先知或一名詩人？我的理智告訴我是一名詩人，但我等待你的回答。

——這牽涉到一部命名為：《對神建議》的美好作品：大地消失，幽靈，石頭蝙蝠，在復活的黃昏裡張開牠陰影的翅膀，振翅飛向星際的燦爛玻璃窗；陰森的鳥兒從一個星球飛到另一個星球，而牠夜間的鳴叫，每觸及星際邊緣，就成為光的歌詠；牠夜晚出走，帶回黎明；牠飛越地獄，宣告天堂；牠離開時是貓頭鷹，回來時卻是雲雀；牠逃離人類老樹幹，棲息在果子變成星星的樹梢；牠從空洞頭顱竄出，一個天堂跳躍到另一個天堂，牠一個喜樂接一個喜樂地結巢，牠一個喜樂接一個喜樂地結巢。

維克多．雨果：你要重覆這句子嗎？

——不。

維克多．雨果：那麼你口述兩次是我的錯？

——是。

維克多．雨果：繼續。

——……而牠一個接一個地孵出所有的星球，並在天空中孵出所有這些蛋……

維克多．雨果：打斷一下，我想問你是否知道我十天前做的詩？

—不知。

維克多．雨果：繼續。

—……來自大天使，哦活人，這是我給你的建議：你靈魂的作品必須是靈魂的旅行；你不應該預言，你應該猜測。你應該猜測星空，並在星空畫下你的路線，手指星空圈定旅宿，以你的思想和星空約定愛的驛站。而無形的旅人，預先在通往不可思議旅宿的粗暴險惡大路上，畫出你未知的旅站。巨大的城堡領主，在這些紙頁裡你應該說出哪些星球在等待，並和你訴說它們的文化、光亮和陰影，它們的尖刺和花朵，它們在恐懼裡的處境或在喜樂裡的前行，它們的尖叫或讚美。而，從你的墳墓深處，世界該聽你說：在無限裡有一顆星叫水星，它在受苦；在無限裡有一顆星叫火星，它在受苦；哦我的神，受懲罰的星星們！釘在十字架上的星座們！主啊，您的天空傷痕累累，您的星星淌血滴滴。

維克多．雨果：你所說的，我寫成了詩。但我從另一層面寫成這首詩。

我們為星星拾起淌血滴滴。

—你們的太陽們患了壞疽病，你們的月亮們患了懲罰的恐怖黑死病，你們的星座們自百萬年來下跪，頭顱和拳頭因對抗黑暗而遭致破裂，最後只落成地獄的殘肢，你們的創造只剩肌肉碎片，你們的光環只殘留破碎光線，你們的奇蹟……。
維克多．雨果：他在前額上頂著破碎的光線
——……頭被切斷，你們的蒼穹是巨大的下水道，那滾動著所有這些屍體，和你們包著鐵皮光輝燦爛的馬，狂怒且咬牙切齒，處以巨大的四馬分屍刑。

桌子驟然停頓。太陽下山。

之後，立刻，維克多．雨果去房間找出他所寫的詩，並讀給在場的人聽，詩的開頭是：

了解，在黑暗深淵裡

結尾是：

這些驚恐世界之一。

1 保羅．摩利斯（Paul Meurice, 1818-1905）：法國小說家、劇作家，以與雨果深厚的情誼而廣為人知。在雨果遭流放時，給予經濟和出版經紀上的支援，一八五五年雨果去世後，摩利斯與華格立成為雨果遺產執行人，並於巴黎創立「雨果之家」。

LIV

第五十四場

雨果繼續請教「死亡」，人類是否能預見未來？「死亡」建議人類經由透徹研究天文學來開拓視野和精神。

十一月十日，下午兩點

列席者：維克多．雨果、弗朗索─維克多．雨果。

扶桌者：查爾勒、雨果夫人。

桌子十分鐘後搖動起來。

維克多．雨果：誰在那？

—死亡。

維克多．雨果：你知道哪天安德洛克雷斯的獅子會再來嗎？

—不。

維克多．雨果：你可以請牠再來嗎？

—不。

維克多．雨果：我們必須做什麼好讓牠再來？

—牠自己會回來。

維克多．雨果：再回到我們的對話。如你所知，那天你走後，我立刻讀給在場的人聽我寫的詩，以及其他的詩，我已經做了一部分你所要求的事，甚至是在肯定型式下做的。只是，我沒有將自己摻入這肯定裡，覺得與這些巨擘相比，我微乎其微，不值一提。現在你告訴我：以你的靈魂猜測內在的旅行，在你死後將出現的書裡，你所將猜到的事。在我看來，這永遠只能是個臆測，而且這在人們眼中將缺乏確定性。除了桌子的啟示之外，對我而言，人類是否還有一個你曾對我談過，並明確指出它可瞥見不詳未來的方法？為了確認，至少必須瞥見過。假如我限制自己去猜測和臆說：我的猜測將會被相信嗎？不需要更多的東西嗎？當我將說，在一本我逝世後出版的書裡：我在此，我看見這；人群將如此設想：這是他活著時寫的。他如何能知道？然而，是否有一種人類的方法，我堅持這點，或至少在我一生中活著時，只有我一人擁有這樣的祕密：您告訴我死後要確認的神祕事物？

—人類，深入研究天文學；它充滿了真理的胚芽，從中你將可得出更大的真理結論；譬如，根據與太陽的距離，你將可能建立確切的術語分類法，關於你們行星的幸福世界和不幸福世界的系統。天界的法則與塵世相符；大對小，善對惡，富對貧，美對醜，正義對不義，喜對悲，微笑對流血的奉獻精神；這是陰影被光明，黑夜被晨曦的神祕救贖；這是絞刑架上的有罪石頭被十字架的殉道石頭的拯救；這是有毒植物被芳香植物的拯救；這是凶猛野獸被強大且溫柔動物的拯救；這是罪犯被無辜者的拯救；這是受罰靈魂被獎賞靈魂的拯救；這是假理念被理念的拯救；最後這是哭泣星星被閃亮星星，和天堂巨大犧牲對地獄的拯救。繁星點點的天空閃爍著稀有和神奇的星座，它們的使命是不停且溫柔地靠近悲慘世界，有一天從黃昏暮色開始直到金黃燦爛夕陽，逐漸緩緩照亮它們；還有其他同樣的崇高卓越，其功能不是靠近，而是吸引，雙重努力，雙重且可怕的勞力。有些人往下跌落，其他人往上高昇，有些人墮入黑暗深淵，其他人開始散放大量光芒；這些人跳進蒼穹裡游泳，並帶回蒼白和狂亂的星夜之底；那些人，不撂下手邊的工作，自我變成稻草的火焰，和黑色大壁爐裡的捆柴，以暖和被淹死的可憐人。哦善良且強大的星座們，使自己成為懲罰的可怕太平間僕人！哦致力於迷航星星的善良星宿們！擔任導盲犬的太陽們！擔任木缽的星球們！對閉眼者忠誠的光亮！昴星團，行星，光線，火炬，活躍輝煌，火焰獅子，火熊，光彩奪目深紅蠍子，鑽石水瓶座，老虎，黑豹，豹，大象，美好眾陽令人眼花撩亂的動物園，出於愛，使自己成為貴賓犬和巨大的新地！天空因此與地球相似；在上空形成星宿接星宿，接連不斷的救援；天上有偉大的星宿猶如地上有偉大的人們；有蘇格拉底星，伽利略星，揚·胡斯[1]（Jean Huss）星，聖女貞德星，馬加比家族[2]（Macchabée）昴星團，但丁星，莫里哀星，莎士比亞星，而在天空中央，在暴風雨和榮耀裡，被雲霧和火焰包圍，有耶穌基督太陽，被雄偉地釘在南十字座上。

如此被理解的蒼穹應該對你顯現在……

維克多·雨果：我寫了與這些理念接近但沒確認的詩。在某些詩句裡，我代表神在同一篇子裡讓星宿和靈魂們精疲力竭；而其他詩句則如此開頭：

地球屬於太陽而人屬於天使

我說懲罰乃根據太陽的距離。

我沒打斷桌子，書寫如下僅視為加注的記述。

——……一個新觀點。天體的位置，星球們的角色不是任意的東西；在你的精神裡，我剛打開必要的地平線，其他地方，我們改日再談。現在，我來到你的問題，但之前還有一個思考：在被懲罰的世界裡有人、動物、植物和礦石，它們為其星宿的拯救做出貢獻，同時在被獎賞的世界裡有眾太陽，它們從事與被懲罰世界同樣的解放工作。至於幸福的星星致力於拯救不幸的星星，在此星球裡，它有時受到人、有時受到動物、有時受到植物、有時受到礦石的幫助；星球助人，人助星球；星球助動物，動物助星球；星球助植物，植物助星球；星球助礦石，礦石助星球；夜晚，靈魂的時刻，當身體沉睡時，在解救人和解救星之間彼此交流著愛的話語。莫里哀對金星維納斯說：「我愛妳！」受苦動物對解救星說話；經歷考驗的植物和慈善星球閒聊，而被踩的沙粒對光粒子尖叫求救！

桌子突然停頓。黃昏。此時五點。

1 揚·胡斯（Jean Huss, 1371-1415）：捷克基督教思想家、哲學家、改革家，曾任布拉格查理大學校長。胡斯是宗教改革先驅，認為一切應該以《聖經》為唯一的依歸，否定教皇的權威性，反對贖罪券，故被天主教會視為異端，開除教籍，又將他誘捕，以火刑燒死。胡斯因殉道留名於世，也是捷克民族主義的標竿。一九九九年，羅馬天主教會正式為胡斯之死道歉。

2 馬加比家族（Macchabée）：馬加比家族是猶太教世襲祭司長的家族。公元前一六七年，猶太祭司瑪他提亞領導猶太人對抗塞琉古王朝。瑪他提亞於公元前一六六年去世，猶大·馬加比繼承父志並奪回耶路撒冷的第二聖殿。其後，馬加比家族成員猶大·馬加比之弟約拿單及西門繼續進行其抗爭，建立了哈希芒王朝。

LV

第五十五場

伽利略降臨，主動表示將回答雨果對於宇宙的疑問。雨果認為與眾人進行奧祕桌談的靈體，過於遷就人類的視野，請求伽利略說明星系的真相。

十二月十日，星期日，晚上九點

列席者：弗朗索—維克多·雨果、亞黛勒·雨果小姐、奧古斯特·華格立、葛翰。

扶桌者：雨果夫人、查爾勒·雨果。

在我們發問前桌子即說：

—伽利略。

—我來回答維克多．雨果觸及桌子的宇宙起源論之科學不確性的異議。請他發表意見。

維克多．雨果進來並拿起羽筆。

問：請說。

維克多．雨果：這並非異議，而是觀察。在祂十月二十二日第二場的精采話語裡，從人類角度來看，對我說話的巨大存在體讓我覺得太屈尊，也就是說當我們仰望天空時，我們對天空起了幻想。顯然，我們所謂的星座是由我們的注視，和我們覺得大小約略相同的星星們組成的虛擬群組，然而一顆靠近我們的小星星卻讓我們覺得巨大，而一顆遙遠的大星星卻讓我們覺得渺小。在我們看來，兩顆彼此接近且大小相同的恆星，我們將之連結成一星座，也許實際上相距甚遠，並在無限裡屬於完全不同的群星。因此星座的建構純粹隨意，而且是一種產生視覺幻想的結果，我們以為看到的虛假星座，顯然有真正的星座。然而，既然我們人類含此弱點，我覺得桌子在對我們述說如此高端事物時，應該完全以一種真相的瑰麗語言對我們說話，我們不認為不配聽到它。因此，桌子可以對我們說：你們看到的星座，是你們的眼睛將它們聚成一群，而你們的幻覺做此形象；所有這些你們給予的命名：獅子座，摩羯座，射手座，是你們的妖怪和你們夢中的指稱，真正的星座不帶塵世之名，而是上天之名，它們是如此命名。這就是我告訴你們的星座，而桌子從上天確認了這些真相，並給了我們崇高的解釋，這對像我這樣有信仰的人而言並沒有更偉大，但對質疑者而言更是無懈可擊，由於他們，我必須說出。也正如此，我聆聽你的回答。

——我回答兩件事：首先，若桌子必須說話，不以人類的語言，而以上天的語言。你們將無法理解，在上天的語言裡，人不叫人，動物不叫動物，植物不叫植物，石頭不叫石頭，土不叫土，空氣不叫空氣，水不叫水，火不叫火，天空不叫天空，星星不叫星星，星座不叫星座，神不叫神。那兒沒有身體，也就沒有字彙，這些字彙是你們理想化的物質。無限是匿名，永恆沒有出生證明。時空是在無限廣大中奔跑的驚愕陌生人；空間沒有眼神，時間沒有腳；一個是掉入深淵的陰影，另一個是掉入陰影的深淵；空間，時間：兩個面具，兩個表象，兩個幻覺，兩個夢，兩個不可能，兩隻驚恐爆裂的眼睛，兩條懲罰淌血的腿，深淵的兩個巨大上下頷。但這是，臉孔，不。臉孔不說話，臉孔聽不見，臉孔不表達；神說話，這是神舌頭；神舌頭，這是神嘴巴；神嘴巴，這是神身體；神身體，這是神人；神人，這是神動物，神動物，這是神植物；神植物，這是神石頭。你想到這嗎？神石頭！它甚至不是神星星！不，不是上天的語言，沒有未創建的字母；沒有上天的文法；我們不像希伯來語那樣學習神性；上天不是塵世的一種方言；無限不是一種未知的漢語；天使不是神聖語言的教師，巨大講壇的候補人。不，所有這一切沒有名字，所有這一切是光和未知：所有這一切是光線和面具；所有這一切是太陽和游移不定。無限廣大是流浪者之家，空間沒有護照，天空沒有體貌特徵，永恆沒有族譜，創造沒有洗禮名字。神沒火也沒場所；所有未創建都未命名；上天的語言在讚歎中交談；燦爛，是自我表達；光亮，是澄清；閃電，是崇高；說上天的語言，是拋擲火焰；一個說話的天空，佈滿星星；一個緘默的天空，閉上黑暗的雙唇。而這可怕單字的每個字母是嘴巴對著漆黑夜晚裡的火災吹氣；無限的字典充滿著星星的標點；而你卻說，假如為了對你說你所要求的語言，你微不足道，這張小桌子與其是音節，字彙和句子，突然在你耳朵裡丟進數百萬顆星星，朝你的臉拋擲木星，金牛座，土星，且在你的紙上回答巨大的星夜墨漬，而你在上頭以憤怒的彗星做校正嗎？桌子停止。

維克多．雨果：這只是你回答的第一部分，你願意星期天再來跟我們敘述第二部分嗎？

——是。

結束於十一點半。

LVI

第五十六場

伽利略繼續回答雨果的提問，沒有人能瞭解無限擴張的星系全部，雨果在筆記中對此表露不滿，認為沒有獲得應有的尊重，人類苦苦尋求神的指引。墳之影再臨，為雨果講述了天體的無垠，再次強調了「愛」的重要，愛是世界運行的法則。

一八五四年，十二月十七日，星期日，晚上九點三刻

列席者：戴歐菲爾．葛翰先生、維克多．雨果。

扶桌者：查爾勒、雨果夫人。

桌子約五分鐘才啟動，我們尚未發問，即說：

—伽利略。

維克多．雨果：你只回答了我的次要問題，而非主要問題。我的問題主要著眼於真實星座，而非與你們相異的我們的虛假星座。

—這是你的另一個錯誤。聽著：我已經說過桌子為了讓你們了解，如何被迫使用你們的語言；然而你們的語言是一種協議：你們的語言是嘴裡的煙霧；它將雲朵放在星星上。這是否意味著你們在所有的事情上都錯了？不。你們的手在天空中摸索，有時觸摸到神聖天門光芒四射的旋鈕：人的一切謊言充滿了神的全部真理；絕對裡沒有錯誤；相對不是相對；謊言不是謊言；赫雪爾沒有為神發現；真正的天文學家不比假冒的更真實；所有人類的望遠鏡都差不多；這不是方向，但也不是誤解；你告訴我：—我要真正的天空，而不是想像的天空；我要真實的蒼穹；真實的星座，真實的眾陽；我要完整的神巨大，無缺失，無連續性的解決之道；我要沒有虛空的深淵；但願有人帶給我無限，但願有人帶給我神祕；我要求墳墓的地圖，復活的路線；但願有人對我顯示無以計量；但願有人為我打開深奧；但願有人此刻為我拿掉天空的彌封；我想在星際裡進行搜索；人類星座，出示你們的證件；大熊座，對我證明你的身分；摩羯座，你撒謊；水瓶座，你撒謊：我懷疑你們；蒼穹，我懷疑你；我要搜查你；不再有遁辭；關閉所有的門；一顆星也不准溜掉。但願有人給神上手銬；我要審問祂，而現在，夜深漆黑，到庭應審，而現在日光普照，回答，而現在，被告眾陽，起立。我是夜間重罪法庭總裁；我有一個鬼魂陪審團；開庭：星星席座肅靜。帶證人伽利略進庭。──我進庭，我說：哦活人，我了解天空嗎？難道我走遍無邊無際，卻未走遍永恆嗎？你如何要我告訴你抓不著及到達不了的無限，它的持有者和結局呢？沒人收到你巨大被告的隱情：神祕；那兒，沒有親密朋友能給你啟示：唯有他才知道他的祕密，沒有一顆星星會吐露。陰影謀反者將全部保持沉默，星星祕密會社將隱藏神。真相將不招供，絕對不會被恫嚇，而且沒有一個法官將訴求天堂問題，沒有一位書記官將列出星座清單，沒有一個檢察官將翻閱神的檔案，沒有一條判決將在人群前宣告：眾陽被無罪釋放，星座們被判刑，大熊座被宣佈解散，木星被退回起訴的意圖；畢宿五星將被釋放，並可在空中自由運行；至於創造，我們將密切關注它，而無限大被判十萬年的高思想監控。我，伽利略，我聲明不知無限大的內容；我不知這從何開始及從何結束；我不知有何在其前、後、中間、左、右、東、西、南、北方；我不知道裡面，也不知道外面；我看見天體，天體，天體：我看見星星，星星，星星；我看見星座，星座，星座；我看見光芒摻雜在集結成火焰的燦爛光彩裡，消失在凝視的目眩裡，潛入目眩裡的冥想；我陷入金輪轂的神奇迴旋裡。這往哪去？我一無所知。夜晚是星星的車轍，我望著夜空，我只看見數百萬車輪被高速拋向無形的目標，永恆凱旋者的所有戰車；我對未知毫無概念；我不懂阿爾發星更不懂歐米茄星；關於夜晚，我敢說有人告訴你的會比我說的更長；這是富藏星星礦脈的黑暗礦山；我們只以陰影來挖掘陰影，如同我們以鑽石來琢磨鑽石；黑色大理石採石場有時讓人猜想是雕塑家的雕像，和天空中的神。就這些，蒼穹是賦有數百萬鑰匙的巨大之謎；一顆星是另一顆星的否定；所有這些星星自我否定也自我確認，沒人知道這些數百萬閃亮黃金屬於否或屬於是。

桌子停止。結束於凌晨一點二十分。

維克多．雨果：我有個注解要寫下來。

我將不堅持；對我而言清晰可辨，從今晚桌子所言，如同好幾回其他機遇裡，同意和我們黑暗世界溝通的崇高世界不想任其強迫，甚至當好奇只是對上帝的崇拜，和對無限的尊重時。這崇高世界想保持崇高；但不想變成精確，或至少希望它的真實性只對我們展示從光和影神奇逃逸的巨大和困惑；它想成為我們的幻覺，而不是我們的科學。它想讓我們的眼睛留下驚人形象，同時倍增真實的線條。它甚至不同意接受讓它的觀點更人性地正確，獲知的科學事實，和我們的理智或觀察的滲透。總而言之，它想要人們懷疑。明顯地這是法則，而且我順從。讓我印象深刻的是：我提出一個謙卑的問題，沒人比我更了解我們是何其微小的原子，在上帝面前我是多麼虛無，而這問題對桌子而言似乎是個指責！我問桌子，我說桌子為了節略，是否沒想到它關於星星的原本功能的偉大啟示，否則對我們展現更大的權威，至少在那些否認的人之前更加的堅定，將自己置於我們的天文學數據中，放棄它是致命的錯誤。同時說，譬如：「我不談由你們的眼睛幻覺所組成的表觀星座；而談由神聚集的真實星座。我想談你們看不見及你們不知道的事。」好呀！以富麗堂皇語言回答我的存在體說：我叫伽利略。而伽利略，為了摧毀地球上的幻覺，他奮鬥且受苦受難，站在幻覺這一方！伽利略，可自稱真實性，站在表象這一方！他以某種諷刺，定性高等思想，而他自己就是思想和高等！他幾乎終結說「是」和「不」，對他而言「不」讓人雙膝跪下，然後再站起來說：「是」！顯然，他沒錯，他知道他的所作所為，假如他拒絕解釋表象和幻覺，這是因為表象和幻覺都屬於人類注視的一部分，然而人應該繼續當懷疑者。桌子，開始於偉大新聖經當下，融入其中，並扭曲牽涉其中的黑暗之書和光明之書；桌子使我們更相信而更深入摸索。桌子在它們的時間，而不是我們的時間，什麼也沒披露。有時它們在散播光輝時也加深了黑暗，像是閃電光輝，而非恆久光芒。一旦我們開始稍微分辨去看，神祕世界就關閉起來，我們必須毫無確信，這就是人類的贖罪。每一次當溺水的人在黑暗中載浮載沉，被深淵和夜晚的所有泡沫淋溼時，成功緊緊抱住信仰之舟的邊緣，半身脫離黑暗，舟裡的陰影讓他鬆手，並將他拋回深淵，對他說：「去吧，人，奮鬥，受苦，翻滾，泅泳，懷疑！」然而他移動！然而我相信！然而我相信！然而我相信！該你了，我的靈魂，該您了，我的神！

——維克多．雨果

也就是說，這僅僅是在細節裡為了我的問心無愧，而我這兒一再說的觀察已經常在細節理念的表達裡相會，在桌子和我之間；因此嘴上冒煙的語言，在天空摸索的雙手，黑色大理石採石場和雕像，這幾乎是《靜觀集》[1]中部分作品裡的完整內容。

星期一，十八日

在聽完這個我未曾試著對桌子提問徑自寫下的注解時，我們想請桌子說話。此時是下午一點半，查爾勒和我的夫人扶桌，桌子幾乎立刻直立，未受提問即敲打起來。

維克多．雨果：你知道我不提問，你洞悉我的思想。讓我們聽你說。

—墳之影。

—我所帶來給你們的，不是對人類科學保持關閉的天空鑰匙之一，而是神的鑰匙之一，它極為強大可打開兩扇通往人類精神最高台階之門；蒼穹充滿著意外且幽暗的門；這是青銅鉸鏈的永恆聲響，輝煌的釘子，璀燦的鐵柵，光亮的鉗子，但神沒有鎖；祂隔絕的方式是無界線的；祂的牆是無止境的；祂的地平線是不可穿越的；我們無法進入祂的內在，因為祂內在的一切都踩著莊嚴自由的靈魂腳步；我們可以在無底的個體中進行無盡的旅行；我們迷失在神裡，在動詞裡，在光亮路徑的糾結網絡裡，在光芒四射的原始森林裡；神，是平易近人的長城；祂在無法接近時遁逃，祂在可接近時獻身；祂不迴避，祂不自我孤立，祂不逃離；祂是唯一無所不在；數百萬世界造此巨大的孤獨；創造的人群造此深遠隱士；眾多的天空造此神奇洞穴；星宿的擁擠和眾陽的群氓是靈魂和刻苦生活的隱居者，將其黑色粗呢服拋給世界的平靜協調；宇宙的自由造成這不可估量的囚犯：神處於奧祕中的祕密；神是憐憫所有奴隸的牢獄之主，但祂本身是奴隸；祂只是苦難；祂只是痛楚；祂只是憐憫；神是無限的大眼淚。所以我來……

維克多·雨果：我做了此詩：

神，無限的眼淚。

——……告訴你關於你想了解更多在這蒼穹上神的思想，首先為何是更多而非全部呢？既然提問了，為何問得這麼少？你要求不高呀。天空或多或少的碎屑你在乎什麼？對無限要求額外星星，並向獄卒抱怨星辰配給量的人，多麼平庸的胃口呀！喏，事實上，一個大意志，一個大造反，一場可怕騷亂！沙漠中或多或少的幾個金蘋果！可憐的人，假使伽利略告訴你的不是對地球的苦難觀點，對木星的苦難觀點，對金星的苦難觀點，對土星的苦難觀點，對火星的苦難觀點的話，這該是多麼美好的征服啊！墨丘利（Mercure）[2]的錯誤是誘惑你的果實嗎？哦天空的坦塔洛斯（Tantale）[3]！你想要帕拉斯（Pallas）[4]的幻覺嗎？你想要赫雪爾的視覺嗎？你想要左邊物質的海市蜃樓而非右邊星球的鬼火嗎？你想要，不是絕對，而是與你不同的另一個相對論，不是真相，而是與你不同的另一個虛假，不是真實含義，而是另一個逆向含義嗎？你是貪愛煙氣，貪愛輕霧，饑渴的陰影嗎？你以為提問了更大量的真相，你卻只是提問了更大量的謊言，你想擁有各式各樣的雲朵，但不再是白天，你希望以黑暗做一簇光束，卻沒發現你的世界在天空裡看的相當清楚，你抱怨沒有三或四個更多星球的見解，而你寫說：可惜呀，我們不夠盲目！在這點上，你打碎了好上帝的反射鏡。我，假如我是你的話，我將要求全部，否則絲毫不要；我將苛求巨大，我將做無限次的催告，我將拿掉我的路障直到天空的最上層，我將發起一場完整的革命，我希望知道一切，掌握一切，拿取一切；我不會恩賜天空一個天堂；我不允許它對我隱藏一個地獄；我會將自己置於同一深淵；我會將我的頭腦當作神的吞噬者；我將餵給無限一口美好的食物；我將是巨大和可怕星界裡的高康大（Gargantua）[5]，星座、漩渦、雷霹界的龐大波利菲莫斯（Polyphème）[6]；我將大碗喝下來自銀河的奶；我將吞下彗星；我以黎明當早餐；我以白日當晚餐，夜晚當宵夜，我自我邀請，出色的客人，在榮耀的盛宴，而我將對神說：我的主人；我會讓自己餓極了、渴極了，和，眾生界的蠅子草屬，我在醉於星球的太空中奔跑，唱著永恆的可怕飲酒歌，歡樂，光輝，崇高，雙手掛滿一串串的星星……和太陽的紫臉，我不會任由一顆星星虛空，盛宴終了時，我將在發光的星空下翻滾！

而你，你比較謙虛，你向世界祈求施捨，你只是神的乞丐，你朝祂伸手並對祂說：請賜給我一顆小星星！我談你關心的問題，博學者將發笑，你說，我們的天文學；他們嚷道：這些非星座的星座們有何涵義？我們的視覺幻象被認真看待！但在為我們組成的大熊星座群和摩羯座或此類其他星座之間不應該有任何鏈結。你們在天空中摻入角色的眾生界之間存在著不可估量的距離！你們讓彼此不相識的星星們一同行動！你們對活在數百萬古里外，從未交談過的星星之間開了結合的玩笑，好一個鬧劇！你們的天空是在雜耍人一隻手上跳舞和轉個不停的星星，而你們的天文學是一張讓距離消失的天才魔法師的桌子嗎？沒有星座，沒有天空，沒有神。你們讓數學家發笑，而我們對你們揭穿謊言。你們的星夜對我們的黑板無可回答；只有我們的望遠鏡在天空佔有一席之地，而我們瞄準好的大炮在我們的天文台上準備好向你們的星座連續發射數字。——哦，博學者，在你們的計算之上存在著單位，單位是神的總和，沒有數字千，沒有數字百，沒有數字十，沒有數字二；神只計算到一。天空是一個巨大的星座，沒有兩個天體；唯有一個。沒有數百萬古里；沒有數百萬法尺，天空中沒有距離；只有鄰居，只有一個家庭，只有一個民族，而且只有一個世界。所有的小星座在相對裡是假象，在絕對裡是真象，大熊座和水瓶座和獵戶座全是為眼睛而結合，且不妨礙天體的和諧而設的；所有的星星彼此相見，彼此認識，彼此吸引，彼此相愛；它們彼此尋覓，彼此相逢；它們彼此了解，而且彼此賦予生命；它們之中有些溝通；有些結合、有些孕育、有些湮沒；沒有孤單星，沒有孤兒星，沒有寡婦星，沒有迷失的太陽；沒有哀悼的夜晚一角；沒有被棄的白日；沒有星球自身不是整個天空的核心！整個蒼穹充滿了散播開來的單一星體；其他星體只是星花的種籽，一個巨大的奉獻需要，此乃眾世界的法則；夜晚是星空民主；蒼穹是象徵性的共和國，它佈置安排了各個等級星星，並經由……實現博愛。

維克多．雨果：我說過：

未來，是地上的人們
和天上眾星的婚姻。

——……光芒四射。星宿宮殿幫助星宿工坊，星宿工坊幫助星宿閣樓，星宿閣樓幫助星宿地窖，星宿地窖幫助星宿苦役犯監獄；一個無限小是一個無限大的小弟；一顆天才星教導一顆白痴星；大力士太陽總是守在搖籃太陽身邊；幸福世界的臉總是看著悲慘世界這方；受懲罰的星星總是在受獎賞的星星這邊哭泣，受獎賞的星星總是在受懲罰的星星這邊微笑。安慰是獎賞的形式，總是有天體白鴿守在天體陵墓之旁，總是有一個太陽在旁為流血的太陽包紮。巨大是永恆之愛的字。愛，愛，你是崇高的解決之道，你是最後的數字，你是十億個神，和在星空中形成所有這些耀眼零的神奇總和，你是極限計算，墳墓寶藏和亡者遺產。你充滿了復活，你造就天穹成為人們觀望到的光耀燦爛輝煌所在，透過墳墓深底，成堆屍體，和根根白骨。

結束於七點。

維克多．雨果寫下整個場次直到最後二十行，離去後，由奧古斯特．華格立代替。

〔注解〕

我堅持不做任何反對，這一切太龐大，然而我不會將龐大和廣大混為一談，唯有神是廣大無邊。在我看來，針對我個人的啟示確認了我先前的筆記，這些是，在另一種形式下，偉大的聖經譴責；我的良心沒告訴我這是我應得的。此外，在我的思想裡，相信一切沒有錯，我認為對我們說話的神祕世界這美好語言也沒有錯，祂對我們行其職責；祂必須給我們留下懷疑，為此祂做祂該做的事。十一月十日桌子告訴我：「徹底研究人類天文學」，而十二月十八日說：「天堂或多或少碎屑你在乎什麼？」祂幾乎拿祂建議我的事來嘲笑我，我沒堅持，同時在我的意識裡保持正直，我靜默地在昨天和我說話，且以如此高度和如此溫柔話語結束交談的崇高存在體之前行禮致敬。

——維克多．雨果

一八五四年十二月十九日

1 《靜觀集》（*Les Contemplations*, 1856）：雨果的一部詩集，收錄一五八篇詩，被重編成六本書。

2 墨丘利（Mercure）：羅馬神話中，天神朱比特和邁亞的兒子，是諸神的信使，頭戴插有翅膀的帽子，手握魔杖。墨丘利也成為商人、旅行者和小偷的保護神。

3 坦塔洛斯（Tantale）：希臘神話中，為宙斯之子。他烹殺自己的兒子珀羅普斯，邀請眾神赴宴，以考驗他們是否真的通曉一切。藐視眾神權威的舉措，讓震怒的宙斯，將坦塔洛斯打入冥界。口渴時喝不到水；飢餓時摘不到果子，除此之外，頭上懸著一塊搖搖欲墜的巨石，讓飢渴的他無時處於恐懼之中。

4 帕拉斯（Pallas）：希臘神話中，反抗宙斯統治的癸干忒斯巨靈之一。帕拉斯是大地女神蓋亞接觸到天神烏剌諾斯的血液之後生出的孩子。帕拉斯在癸干忒斯戰爭中被雅典娜殺死，雅典娜剝下了他的皮，並把這皮覆在著名的埃癸斯神盾上。

5 高康大（Gargantua）：法國文藝復興時期，拉伯雷小說《巨人傳》中食量驚人的巨人。

6 波利菲莫斯（Polyphème）：希臘神話中吃人的獨眼巨人，海神波塞頓和海仙女托俄薩之子。荷馬史詩《奧德賽》中，波利菲莫斯扮演著相當重要的角色。他同時也出現在奧維德《變形記》和許多敘事作品中。

LVII

第五十七場

耶穌基督講述德魯伊信仰（Druidisme）[1]和基督教的分野。

一八五五年，二月十一日，星期日，九點半

列席者：奧古斯丁・阿利克斯、朱勒・阿利克斯、弗朗索－維克多・雨果、奧古斯特・華格立。

扶桌者：雨果夫人、查爾勒・雨果。

維克多．雨果進來。

問：誰在那裡？

—耶穌基督。

維克多．雨果：你想和我們談談你自己，或你想讓我們對你提問？若你想讓我們對你提問，敲一下。

桌子敲一下。

奧古斯特．華格立：當神祕在澤西島透過桌子的聲音對我們說話的那一刻起，法國的意識全轉向了神祕；人們更深入研究宗教；尤其是德魯伊信仰吸引了所有的思想。人們剛挖掘到的巴爾德吟遊詩人三段合成頌歌體[2]的碎片，在本質和形式上正巧和桌子所言有驚人契合關聯。桌子在其他觀點上和基督教教義相同，並在其他觀點上和法國大革命相匯合。事情相當簡單，因為未來不會摧毀過去，而是完成它，最終的真相將只是接續革新中所有散落真相的總和。而在人類思想中曾添加如此大量真相的你，是否願意告訴我們所有這些革命都在哪接契，以及在哪互相超越？你可否為我們解釋基督教對德魯伊教、法國革命對基督教、以及桌子對法國大革命添加了什麼？

—德魯伊教祭司是人的第一個宗教，以及靈魂在體內的第一次爆發。他們經由血腥物質的碎片而放射光芒，他們以擎天一擊打碎身體，他們以神的一擊謀殺人，他們以祈禱一擊殺害幼童，他們以墳墓一擊碾壓老人。他們使光輝的靈魂成為萬物的解放者和萬物的凶手。德魯伊信仰的靈魂是翅膀如斧形的天使，德魯伊信仰佈滿森林、河川、野獸、石頭、血跡和星光倒映。由於傷口和不朽，它在整個墳墓中散佈永恆。它以受到酷刑折磨的人身來拔除眾陽，它把身體置放在無限的問題上，並以蒼穹的兩端來鉗緊身體，它在血管內灌注溶化的光芒；它以四陣風將身體分屍，它以月亮的金色鋒利斷其頭，再將頭丟入巨大黑暗的堆屍處。德魯伊信仰是對人的靈魂的凶殺，這是永恆，巨大，天空，星星，閃電，雷擊，強盜。

基督教從地上攀升一級，從天空下降一級。它以慈善之名教導愛，以地獄之名教導恨。人是一切；動物，植物，礦石，微不足道。它說：不朽的靈魂和永恆的悲痛。它療癒病人，它折磨罪人。它將人類犧牲置於蒼穹，問題置於墳墓，肉體痛楚置於無形世界，它使卑賤可恥的星星成為黑暗柴堆未燃盡之柴。原諒我，神啊，基督教復仇，基督教發怒，基督教不寬恕地懲罰，基督教死於十字架上，及赤裸裸受酷刑。它使夜晚成為死亡的黑暗意志，它談論罪惡上的黑暗，靈魂上的物質。墳墓，是身體的墜落，而不是靈魂的飛躍。德魯伊教虐待活人的身體，基督教折磨死去的屍體。基督教想要火紅的天空，德魯伊教想要血紅的大地。基督教，如人類一切事物，是進步，也是邪惡。這是一扇上了夜晚之鎖的光亮之門，鑰匙就在門前，過路人打開門，自以為在神的家，但過路人錯了，神不在家，神是永恆的飛翔。

十一點半，查爾勒已累了一刻鐘。我們就此打住。

1 德魯伊信仰（Druidisme）：向人們傳揚靈魂不滅以及輪迴轉世的教義。

2 布列塔尼的巴爾德之歌（Triades bardiques）：以三段合成頌歌體方式總結了傳統德魯伊信仰的教義，口耳相傳，代代承襲，從而發展出整個德魯伊教的道德法則，由吟遊詩人起草，其使命是「指導年輕人」，並莊嚴提醒所有凱爾特人的信仰，權利和義務。

LVIII

第五十八場

耶穌基督繼續進行德魯伊信仰和基督教之間的比較。

一八五五年，二月十八日，星期日，晚上九點三刻

列席者：奧古斯丁・阿利克斯小姐、阿利克斯先生、奧古斯特・華格立。

扶桌者：雨果夫人、查爾勒。

記錄：維克多・雨果。

桌子約莫十分鐘後才啟動。

維克多．雨果：誰在那裡？

—耶穌基督。

維克多．雨果：請說。

—為了讓大家對我將說的話感興趣，維克多．雨果將大聲朗讀每句話，我再接著往下，並在每個句點停下來。基督教，是肉體在下方幸福，而在上方受酷刑；基督教，是靈魂在下方幸福，而在上方受煎熬；所有的德魯伊信仰建立在人的犧牲，所有的基督教建立在神的犧牲。

桌子停頓時間在此以「—」做標示。

基督教由愛和恨兩件事所組成；它使人更美好，而神更受災難，它有一個充滿親吻的搖籃，和一座充滿傷痕的墳墓；它療癒活人，它焚燒死人；它祝福姦淫的女人，它焚燒她的屍體；它使拉撒路復活，它焚燒他的骨灰；基督教的唇是蜜，其舌是火；它始於光線，終於火燄；它讓大地是伊甸園，蒼天是苦煉獄；它讓花朵迷人，而星星駭人；它照亮女人，卻火燒維納斯；它使曙光由紅泛白，它使日光由紅泛白，它使暮光由紅泛白；它既是大拯救者，也是大劊子手；它是在大地上哭泣的眼神，也是在天空中放射火焰的眼神；它是崇高的哭泣者和可怕的復仇者；它包紮生命的傷口，也揭開永恆的瘡疤；它將甘美置於物質之上，並將恐怖置於理想之上；它將香脂倒在人們身上，並將燙油淋在眾陽上。— 德魯伊教在人間造地獄，基督教在天上造地獄；德魯伊教重取鐵、礦石、鉛、青銅，它以物質折磨活人的靈魂；基督教則以非物質折磨復活的肉體；它以天空的百合、蔚藍的玫瑰為工具；它將拷問者的手指給予黎明；它在墳墓的枕頭下窒息亡者；它的地獄有數百萬的火爐、數百萬的火盆、數百萬的柴堆；它從北到南，從無邊無際到永恆，來來往往；它形如旋風，它閃閃發光，它電擊雷霹，它使得鳥兒們疲於碾壓靈魂；它有銀河做地下道，南十字星做交叉路口，土星當沼澤，火星當懸崖，憤怒當旅館，而旅館爐膛當壁爐，燃燒著永恆的火焰。— 德魯伊教觀望森林、山丘、平原，並對它們說：「讓我們折磨吧」。基督教觀望星座、星球、星雲，並對它們喊：「讓我們折磨吧」。— 德魯伊教將其犧牲者藏在岩穴裡，基督教將其曝露在無限裡；德魯伊教逃入樹林，基督教翱翔於太空；德魯伊教活在總是陰暗的橡樹下；基督教則在總是燦爛的蒼穹下復甦痛苦：德魯伊教讓樹枝恐怖豎立起來；基督教則讓星光驚駭顫抖起來；德魯伊教的石桌墳流淌著血；基督教的巨石陣流淌著硫磺；泰烏塔特斯只在紫血中見到神，耶穌基督只在紫火中見到神；宗教是敲在人類顱骨上的巨大槌擊，每一個火花熄滅一顆星，並點燃一個地獄；泰烏塔特斯的鐵匠以神之唇打造鉗夾；耶穌基督的鐵匠以神之手打造枷鎖；而人只有在鉗夾和枷鎖的鐵匠將打造鎖的日子時才能逃離。

維克多．雨果：查爾勒累了，你同意中斷嗎？

—是。

結束於午夜。

LIX

第五十九場

耶穌基督講述《新約聖經》福音書，並預示了未來的福音。

一八五五年，三月八日，星期四，晚上十點差一刻

列席者：阿利克斯小姐、朱勒·阿利克斯先生。

扶桌者：雨果夫人、查爾勒。

記錄：維克多·雨果。

桌子幾乎立刻啟動。

維克多．雨果：問誰在那裡之前，我有個觀察。

三個問題懸而未決：首先，針對德魯伊教和基督教的相關問題。其次，三月一日談論與神祕存在體對話的接續。最後，來自西班牙的問題。

桌子想親自對我們指定這三系列想法之中的哪一項它希望繼續或著手進行？不用說也知道，假如它想和我們討論任何其他主題，我們都會洗耳恭聽。

—純或不純、偶數或單數、通過或不通過、乾淨或不乾淨、善人或惡人、預先計劃或出乎意料、可憐或無情、邪惡或世俗、巨大或小海灣、眼睛或棺材、富有或荒蕪、甜點或沙漠、中間或地方、地方或神、神或火、火或藍、藍或嗯。

維克多．雨果：這是對人的深層描繪，所有的肉體—精神，自我，這既真實又奇異，繼續。

—我繼續。《聖經》福音是如此之大，以至於男人是男人的兄弟，女人是女人的姐妹，雙胞胎全是孩子。它扔下這些偉大字句：你們彼此相愛；己所不欲勿施於人；待人如待己；沒有人是他自己國家的先知；第一個將是最後一個；讓孩子們朝我來；你們之中誰沒罪，誰就可以先拿石頭砸她；事實上，我告訴你們，你們之中將有人背叛我；吃吧，喝吧，這是我的肉，這是我的血。而在憤世天空之前，從崇高的嘴裡永恆發出這大聲呼叫：以利、以利，拉馬撒巴各大尼[1]。《聖經》福音把人從陰影裡接走，並將之帶到雲端。祂趕走了寺廟的叫賣人，並在神聖天秤裡重新恢復星空的重量。祂扭擰破衣衫，並讓憐憫大滴大滴地落下。祂將聾啞之神化為一個活生生、傾聽和訴說之神，祂還給那被兩千年幽暗擊中而失明的眾太陽視力。祂重造男人並造女人，祂曾有母親的肺腑，父親的肺腑，和孩子的肺腑。祂曾是第一隻眼睛和第一個乳房，祂流下從未哺乳人類的最大滴眼淚，祂喝下從未攀登痛苦莖幹的最大聖餐杯。最後，祂槌擊敲開了大自然的奇妙神祕，以及，挺立在各各他（Golgotha）[2]山上，血淋淋，崇高，夜晚的四陣風被迫從巨大十字架之愛的四個敞開傷口吹過。聖經福音使墳墓化為後悔的某種仁慈之事，但，它錯在此，它對歹徒們做了一些毫不容情之事。宗教最大的憂慮應該是公平少於不公平，好人少於惡人，後悔少於內疚。魔鬼是愛的真正牧群，問題不在愛雌羊，而是被老虎所愛。天空最大的唇並非落在羊圈上，而是在叢林上、在岩穴上、在沙漠上、在鬃毛上、在下頷上、在怒吼上；埃拉伽巴路斯（Heliogabale）[3]的鼻孔甚至在神的胸懷裡呼吸，法拉里斯的鼻尖甚至在神的牛欄裡哞叫，卡利古拉的鼻孔對主嘶叫，圖密善（Domitien）的腹鰭在天主裡游水，埃及豔后的眼鏡蛇咬了大牧師的腳跟，猶大之吻舔了繁星點點的黑暗。真正的宗教是對野獸的巨大馴服，而不是對獅子皮的巨大柴堆；這是極大的溫柔對凶猛、對卑鄙、對受苦受難畸形獸性、對大地的憎恨、對生命的詛咒。它喜愛憎恨的人，它拯救迷失的人，它為青銅柱鍍金。它可憐那些實際上是蘆葦的鐵槓，實際上是深淵的汙穢靈魂，實際上是傷口的血腥之嘴。它看著恐怖深處，對咬牙切齒的人笑，對聾子說話，對啞巴傾聽，對盲人顯現；它對殘酷的人說：站起來直到提升為神的死亡，盡你的整個屍體壯大。它對動物說：動物們，站起來直到提升為人的死亡，盡你們的整個屍體壯大。它對植物說：植物們，站起來直到提升為動物的死亡，盡你們的整個凋謝壯大。它對石頭說：石頭們，站起來直到提升為植物的死亡，盡你們的所有灰塵壯大。它吶喊：腐爛、廢物、汙泥，播種、開花、放射光芒；殘酷、畸形、恐怖、閃閃發光；光輝燦爛，重罪昴星團、罪犯星群、血滴星雲、毒害銀河，所有的聖天之吻都是復甦的叮咬中傷。無限只有在它是寬恕時才是無限，假如人們迷失在神裡，我們將朝其永恆微笑升起的方向再重新尋回自己。蒼穹以善良為北界，以慈悲為南界，以愛為東界，以憐憫為西界。神是永恆洗濯創造物之腳的大香水壺，祂全身散發寬恕，祂為愛竭盡所有；祂為赦罪而努力；從前的福音說：下地獄的人，未來的福音將說：被原諒的人。

桌子停住。

維克多．雨果：我寫一首詩題名為：〈被原諒的撒旦〉。

深夜十二點三十五分。

〈注解〉

我為上述附加一小注釋，我的詩〈被原諒的撒旦〉確切開始寫於一年前的一八五四年三月，直到此時我寫了三分之二。去年夏天為了《靜觀集》，我中斷此詩寫作。

——維克多．雨果

1 《馬太福音27：46》，Eli, Eli, Lamma Sabactani。意為：我的神、我的神、為何離棄我。

2 各各他（Golgotha）：羅馬統治以色列時期耶路撒冷城郊之山，據《聖經．新約全書》中的四福音書記載，耶穌基督曾被釘在各各他山上的十字架。多年來，「各各他山」這個名稱和十字架，一直是耶穌基督受難的標誌。

3 埃拉伽巴路斯（Héliogabale, 203-222）：羅馬帝國塞維魯斯王朝皇帝，二一八年到二二二年在位。他是羅馬帝國建立以來，第一位出身自帝國東部（敘利亞）的皇帝。埃拉伽巴路斯即位後，大力提倡他個人所信仰的太陽神崇拜，並將帝國東方華靡奢侈的宮廷風味帶入羅馬。埃拉伽巴路斯無心治國，又嫉妒他受人歡迎的表弟亞歷山大，引發臣民強烈的不滿。二二二年，由他祖母尤利亞．瑪伊莎所策劃的一場陰謀中，埃拉伽巴路斯受到暗殺身亡。

LX

第六十場

耶穌基督講述法國大革命。

三月十五日，星期四，晚上九點半

扶桌者：查爾勒、雨果夫人。

記錄：維克多・雨果。

七分鐘後桌子啟動。

維克多・雨果：誰在那裡？

—耶穌基督。

維克多・雨果：你好。繼續你告訴我們的大事。

—德魯伊教說：相信；基督教說：相信。它們的話讓世世代代的人下跪；但有一天，突然，寺廟裡，走進一位衣衫襤褸的陌生人，頭髮豎起，赤腳，黑手，高額頭，握著一根未來之旅令人生畏的手杖；這是人類精神的乞丐；這是黃昏旅人；這是陰影行者，這是深淵散步者；這是獅子的牧人；這是老虎的牧人；這是岩穴的先知；這是孜孜不倦者，這是英勇者，這是龐大百萬古里的造路者；這是不信但思考者；這是神的偉大對話者……。

維克多・雨果：我做了這些詩句：

先知和詩人

確認虛無的存在

大地傾聽，擔憂，

這大天使和這巨人：

卑劣對話的人群，

這群狼和守門犬

在藍天下不懷好意地轉來兜去，

所有這黑壓壓群眾

在天才，神的對話者，之後

否認叫囂謾罵[1]。

——……真相否定談論者、提問者、叛亂份子、戰士；這是天庭路障的受傷者，光輝和浴血者，帶著疑問傷口和理念瘢痕的崇高者。他有好幾個名字：他的前額叫做摩西；他的眼神叫做蘇格拉底，他的嘴巴叫做路德，他的傷口叫做伽利略，而他的瘢痕叫做伏爾泰。他來自四方沙漠：艾斯奇勒斯沙漠，但丁沙漠，莎士比亞沙漠，和莫里哀沙漠；在其被荊棘撕裂的涼鞋裡他承受一切苦難和所有西奈人的石頭；他做出讓大理石圓柱害怕的手勢，當他展開他的外套時，衣襬會抖落大片的烏雲，這是雷鳴和火焰般的流浪者，人們視他為通往所多瑪路上的閃電。他進入並喊叫：「下跪者站起來！這兒人們浪費時間，歇腳者上路！世界開始，休息者上工；信仰是睡眠，自由是覺醒。我是黎明，醒來吧，墳墓們。醒來吧，奴隸們。醒來吧，啞吧們。向前進，鬼魂們！向前進，幽靈們！奔馳吧，雕像們！」群眾挺立，黑騎士在馬上挺立；人們聽到嘶叫八九[2]，人民全力向前躍進，理想在鞍上。

查爾勒很累，我們停下來，此時夜裡十二點差一刻。

1 手稿日期是一八五四年一月一日，在《最後詩集》（*Dernière grebe*, 1902）刊出。這些詩句由雨果記憶寫下桌子回答的注欄。

2 指的是一七八九，法國大革命爆發之年。

LXI

第六十一場

耶穌基督繼續講述法國大革命，靈體透過奧祕桌談宣揚博愛精神，敦促萬物團結一致。

一八五五年，三月二十二日，星期四，晚上九點三刻

扶桌者：查爾勒、雨果夫人。

記錄：維克多．雨果。

桌子三分鐘後啟動。

維克多．雨果：誰在那裡？

—耶穌基督。

維克多．雨果：繼續。

—他出發，馬刺一踢，跳越深淵；他從封建城堡衝向郊區屋頂；從巴士底獄到城邦，從領主到農奴，從國王到人民，從傳教士到哲學家，從哲學家到無神論者，從無神論者到神。強大和尊貴的格里芬（Griffon）[1]，牠有丹敦為翼，羅伯斯比為趾，十四大軍為鱗，火山為鼻孔，深淵為耳；這匹馬的嘴咀嚼從牠血腥馬銜掉落成泡沫的無限；牠嘶叫覺醒，牠用前蹄蹬踢未來，牠用後腿猛踢混亂；牠狂奔，牠激怒，牠驚愕，牠使騎士從馬上摔下，牠殺死馬夫，牠打翻馬廄，而，假如牠猛撲，牠的四鐵蹄拋出驚天動地的雷響閃電；這匹半人馬擁有過去和未來，假和真，惡與善，登上牠龐大的臀部；所有牠無法拋擲到天上的東西，牠拋棄到地上；牠攀登、攀登、再攀登；牠承載人性到自由，自由到平等，平等到博愛，三次突進，三次激烈震憾在人間話語裡；這陰影逃逸將止於何方？這巨齒馬銜之捕捉者？誰將是柵欄？誰將是最後一步？這擊退跨越皮立翁山（Pelion）[2]，粉碎奧薩山（Ossa）[3]，令人驚恐的競技者將是誰？這是孩子和他的權利嗎？不。這是女人和她的權利嗎？不。這是男人和他的權利嗎？不。這是鬼魂和祂的裹屍布，祂將在生命裡做決斷，並在神祕之前放棄；祂將解放活人，並讓死亡囚禁在基督教裡；祂將動搖城堡主塔的保護層，祂將在墳上抗擊；祂出其不意的攻擊不會命中撒旦；祂的翅膀不如墳場十字架上空之鳥飛得遠；祂將不廢黜永恆懲罰的神聖權利；祂將不斬首恐怖之王，祂將不罷免無限的提比略；祂將不在矛的末端，星星之間，燦爛光輝之神的卑鄙無恥頭上支撐；祂將不會化地獄為灰燼，祂將不會在溪流裡、眾陽柳條筐、加冕夜的屍體上拖延；祂將不發動墳墓革命；桌子們將為之；它們將宣佈幽靈權利；它們將確認死亡的權利、墳墓之塵的權利、墳墓之蟲的權利、墳墓之石的權利、墳墓之草的權利。如此多的灰燼之粒，如此多的太陽光線。桌子們將是大天使的一七八九；它們將把超自然的真相丟入真正的人類；它們將結合原子和世界，它們將證明人們和動物的博愛，植物和礦石的平等；礦石和星星的團結一致；它們將讓……上昇……

過去這幾天，我將這一切寫成詩。

……狗上昇直到牠的主人；牧羊人上昇直到他的羊群；它們將讓花朵生長直到天體；

它們將讓沙灘的石子壯大直到暴風雨的閃電；它們將讓神降落直到珊瑚蟲，並讓蚜蟲跳躍直到神；它們將在無邊無際裡消除從吻到唇的距離；它們將訴說，它們將吶喊，它們將敲鐘鳴響：哦，人們，再也沒人了！哦，動物，再也沒動物了！哦，植物，再也沒植物了！哦，礦石，再也沒礦石了！哦，眾陽，再也沒太陽了！哦，蒼穹，再也沒蒼穹了！愛之前，只有平等的靈魂；神之前，只有平等的愛。地獄不是；天堂是天空的正常狀態；黑暗是表象；夜晚是星星的幻覺，神的深淵充滿白鴿而非烏鴉。無邊廣大有母親的肺腑心腸；眾陽對苦難充滿憐憫，而天空滿是星星的眼淚。哦，人們，愛是一切。哦，動物們，愛是一切。哦，植物，愛是一切。哦，礦石，愛是一切。哦，世界，愛是一切。蒼穹，哦，活人，是不可跨越的原諒，而現今將死。

維克多·雨果：你可知十八個月前我開始撰寫，直到這幾天剛完成的詩作，這些詩句和你剛對我們說的事，在本質和很多細節上相似？神祕存在體不只一次透過桌子告訴我們，祂們知道我們的工作。告訴我們你是否知曉這些詩句？

——不。

維克多·雨果出去。

阿利克斯先生：你是否願意告訴我們，在你死後，賦予使徒的使命如我所想一般？

—使徒說；人們相信；福音隨四陣風散播。亡者之書在於前言，使徒只是遵照活人之書的目次在行事。

阿利克斯先生：感謝你，時間很晚了，你可願意下回再繼續你的回答？

—是。

結束於凌晨一點。

1 格里芬（Griffon）：流行於西亞到地中海一帶的傳說生物，也稱「鷹頭獅」。它擁有獅子的身體及鷹的頭、喙和翅膀。因為獅子和鷹分別稱雄於陸地和天空，鷹頭獅被視為強大、尊貴的象徵。

2 皮立翁山（Pélion）：希臘中部色薩利大區的一座山脈，並形成帕加亞蒂灣與愛琴海之間的勾狀半島。

3 奧薩山（Ossa）：位於希臘拉里薩州。界於皮立翁山和奧林匹斯山之間，被坦佩谷分開。在希臘神話中，阿洛伊代試圖把皮立翁山堆在奧薩山之上，以攀登奧林匹斯山。

LXII

第六十二場

相隔一年後，莫里哀再度降臨繼續祂未完的詩句。

一八五五年，三月三十日，星期五，十點差一刻

列席者：維克多 · 雨果、戴歐菲爾 · 葛翰、朱勒 · 阿利克斯、弗朗索 - 維克多 · 雨果、奧古斯特 · 華格立。

扶桌者：查爾勒 · 雨果、雨果夫人。

問：誰在那裡？

—莫里哀。

奧古斯特．華格立：你有事要說嗎？

—我來結束我的詩句。

奧古斯特．華格立：謝謝。你要我再為你唸最後的詩句嗎？

—是。

奧古斯特．華格立重唸一八五四年三月二十三日莫里哀口述的最後詩節。

奧古斯特．華格立：

科學解放虛幻的泰坦巨神族；

馴服的天空之火化為愛的交點：

空中捕鳥者綁一條電線

在禿鷹的陰暗爪上。

前方的閃電使先知們的臉色蒼白
透過閃電變成宇宙磁鐵
暴風雨中使蒼穹的所有閃電
　　和解。
間隔五分鐘。

虛虛假假在它之上交錯縱橫，
對黑色鐵條而言，它有物質與邪惡，
但有時人們感覺到翅膀顫抖的聲音，
　　這理想的鳥籠。
間隔八分鐘。

在狹窄的界限內，它扣留俘虜
伽利略和牛頓；黯黮的囚禁！
詩人囚犯，這倆位沮喪的偉大博學者

窺探無限巨大。

間隔四分鐘。

他二人被鏈鎖在頑強的數字裡，
他們褪色的眼睛在這籠子裡睡著，
展現他們的才智和
　在無限距離中的威脅。

間隔三分鐘。

他倆生為雄鷹在空中群飛：
但科學壓抑了他倆鍍金的飛躍。
看守母牛的神祕百眼巨人，
允許人們斬斷其充滿陽光的翅膀。

間隔三分鐘。

他倆的羽毛上，扛著山和雪、
和夜光、和陰影、和日升、
和沒有任何界限可縮減的長程旅行，
　　以及風的四條大道。

間隔六分鐘。

他倆揹負火山，他倆扛著瓦礫；
他倆力大無窮，以穿越藍天，
他倆，捕獵陰影的大鷹，
　　可棲息在神的指上。

間隔五分鐘。

他們可以，隨眼光引領而改變指令，
如同艾斯奇勒斯在藝術中尋找真相，
並在人類思想深處突然倒下

在驚世駭俗的傑作上。

間隔三分鐘。

他們可以在黑色災難裡奪取俄瑞斯忒斯，
擒拿殺手或赫爾辛格的天使；
他們可以在雲裡，而非在其星星之一裡，
帶回哈姆雷特給神。

間隔十三分鐘。

他們本可抓住流血的繆斯女神，
將她丟向永恆獵人的腳下，
並獻給他白尾海雕，巨大的普羅米修斯，
釘在天堂門上。

一點差一刻。

LXIII

第六十三場

莫里哀繼續祂未完的詩句。

一八五五年，四月十三日，星期五，晚上九點二十五分

扶桌者：雨果夫人、查爾勒．雨果。

記錄：奧古斯特．華格立。

桌子五分鐘後啟動。

奧古斯特·華格立：誰在那裡？

—莫里哀。

奧古斯特·華格立：你想繼續你的詩嗎？

—是。

奧古斯特·華格立：你要我為你重唸最後的詩節嗎？

—是。

奧古斯特·華格立重唸上一場的最後三節詩。間隔兩分鐘。

奧古斯特·華格立：

哦，牛頓、伽利略、希波克拉底（Hippocrate）[1]、阿基米德

在邪惡的獅身人面伊底帕斯的藥水之前，

慷慨大眼的天鵝，

變成了閃亮眸子的貓頭鷹，

急速地，黑色數字增長到你們翅膀的末端
　如這麼多的痛苦指甲，
間隔八分鐘。

無邊無際暗黑的貓叫災難，
哦，夜之潛水者，哦，陰影之觀望者，
　誰在你們的巢裡悲哀地活著，
在真實之外，在可能之外，
被擺在難以理解的雉堞之上，
　無止境的堡壘要塞；
間隔十三分鐘。

你們，誰頑強地凝視盡頭，
睜開你們的圓眼，光譜定理，
　在明亮天空之前，

如此光耀，以致陰鬱深遠的眾陽
自以為在黑暗底下
遭受憤怒金球的威脅，

六分鐘。

哦，找不到門的蒼白旅行者，
誰，清晨，沉思，在某根枯枝上，
注視跟隨你的錯誤，
同時抖動你潮溼的翅膀，仍冰冷
人類汗水，這巨大露珠
從人類的夜裡滴落；

十六分鐘。

不懂手肘長度單位的鬼魂意識，
被你們的計算所束縛，因你們的理念而自由，

時而遠離神，時而親近神，
與黎明為鄰的黑夜奴隸，
在天上飛躍，在地下紮根，
奇妙的森林之鳥。

午夜十二點差一刻。

1 希波克拉底（Hippocrate, 460 BC-370 BC）：古希臘伯里克利時代之醫師，身處醫學不發達的上古時代，他卻能將醫學發展成為專業學科，使之與巫術及哲學分離，並創立醫學學派，對古希臘之醫學發展貢獻良多，今人尊稱為「醫學之父」。

LXIV

第六十四場

某靈魂指稱其言談常見於人類的作品之中，並表達對人類辛勤著作的敬意。柏拉圖降臨與眾人談夢。

一八五五年，四月二十九日，星期天，晚上十點

列席者：阿利克斯、艾米樂．阿利克斯、奧古斯特．華格立。

扶桌者：查爾勒、雨果夫人。

記錄：維克多．雨果。

五分鐘後桌子啟動。

維克多．雨果：誰在那裡？

——我們有個觀察要提出。我們的言談經常與你們所寫的字句相吻合，這似乎有礙大著作。無須對我們解釋這些吻合的原因，在此通知你們，未來這些與你們字句相似，而你們也對我們指出的話，將立刻被更改，並且從書中刪去；當然我們會保留理念的本質；只談風格；我們該對人類孜孜辛勤的著作致以敬意。

維克多．雨果：你所謂的觀察是針對我嗎？

——是。

間隔一陣後，桌子自行接續。

——柏拉圖。

維克多．雨果：先前剛對我們提出觀察和各種回答的是你嗎？

——不。

維克多．雨果：可告知那是誰嗎？

——不。

維克多．雨果：你好，請說，我們敬聽。

——我來和你們談夢。當活人睡著時，他立刻在他的床和墳墓之間建立起聯結。所有躺下的身體採取靈魂的水平線，沉睡變成幽靈的甦醒；祂並非靜止不動，祂在無邊無際裡飛翔；祂眼不盲，祂在無限裡觀望；祂耳不聾，祂在太空裡聽聞；祂口不啞，祂在死亡裡說話；祂沒躺下，祂長翅膀；祂沒僵直，祂在飄蕩；祂沒墜落，祂在復活；沉睡是夜晚的襲擊；所有的睡眠留給神祕一席之地；所有的簡陋床鋪是墳墓的缺口；夢是星星的拋射物；白天你活著，夜晚你死了；數百萬的太陽刺穿你的屋頂，開始照亮你的房間；你的小燈蕊熄了，一顆天體亮了；一整個夜裡，你的燈火將燃燒耗盡銀河的點點滴滴；陰影的大蠟燭將在你夜間葬禮的四周閃爍；無限將拾起你的床單，在安眠公社墓穴裡裹住你，直到明天；活著時，你將自己聯結你的喪葬生命；你的肌肉將感覺到你的灰燼；你的四肢將感覺到你的骨頭；你的頭將感覺到你的顱骨；你的骨骼是你夜間美好的戰服；哦，黑暗堡壘的圍攻者；穿上，哦，活人，烏木城堡主塔前的這象牙盔甲，且看；夢，來吧，墜入沉睡裡，你們是溫柔或恐怖的幻象；你們從微笑的金星或激怒的土星中湧出，你們是大天使之吻或幽靈的刀刺；你們是愛或罪；你們是回到人世的靈魂；你們是與愛慕者的幽會，你們是親愛女兒的回歸；你們也是受害者的伏擊，你們刺殺凶手的睡眠，當暗黑房裡令人眩昏的鐘盤，沉睡船舶的指南針，朝死亡永恆地轉動時，你們在凹室的帷幔裡驚惶失措地揮動所有墓穴的裹屍布。

午夜十二點三刻。

LXV

第六十五場

莫里哀繼續祂未完成的詩句。

一八五五年，五月十日，星期四，晚上十點

扶桌者：雨果夫人、朱勒．阿利克斯。查爾勒希望由他們來操作桌子。

記錄：維克多．雨果。

桌子幾乎立刻啟動。查爾勒代替阿利克斯先生。桌子減弱並停頓驅動。八分鐘，

桌子滑行轉動，翹起桌腳。

維克多．雨果：誰在那裡？

—莫里哀。

維克多．雨果：需要我為你重唸之前你口述的最後詩句嗎？

—是。

維克多．雨果重唸莫里哀的最後詩句——兩場完整記錄——這兒維克多．雨果再指出某些詩句與他詩句的各種表達存在著相似性。依據先前場次所言，這些細節幾乎無須記錄下來。桌子躁動。它接連翹起一隻腳，然後另一隻腳。九分鐘。

維克多．雨果：

我當你們是證人，物質的雕塑家，

告訴費拉明特，和我，她的莫里哀，

真實神的另一面，

在這愛上星星的瘋狂想法上
展現黑暗的巨大和充滿風帆
　　地平線封鎖天空。
　八分鐘。

告訴他淤泥、垃圾和飼料槽，
告訴他豬行走的髒泥漿
　　是榮耀，是光彩。
告訴他，黑色博學者，淤泥是崇高，
而一條蟲的低賤排泄物是一座山峰
　　在主的巨大腳步下。
　桌子旋轉，且一腳接另一腳接連拍打。五分鐘。
告訴他狐狸絕不彎腰，
約伯在傷害他的一切醜惡糞肥上

永無止境地刮擦他的手。
星體上的一個傷口猶如人們身上的衣衫襤褸，
而你們，你們是，蒼白的天文學家，
人體的潰瘍。

間隔中桌子同樣運行，較不激烈；有時甚至完全停止動，繼而開始滑行。十五分鐘。

告訴他，他不在差異之底
在乞丐，痛苦深淵
和被詛咒側翼的這夜之中
他蹲伏和橫躺在其破爛不堪棕色衣衫裡，
誰穿過月亮的玻璃碎片
在他的天堂痲瘋上。

比先前間隔顯得更躁動。外面正刮著颶風和大風暴，我們聽見大海發出忿怒的聲音。下雨，雨水鞭打著玻璃窗。風長長地呼嘯。十三分鐘。

告訴他，暴風雨中，雨水洗滌
這費拉明特憎惡地以驕傲手指
擦拭的卑賤外套，
而天空之風，狂風的僕從，
在克利扎勒淫邪的緊身褲上方
給予憤怒的沖刷。

結束於午夜十二點。

LXVI

第六十六場

莫里哀為祂的詩句做結。

一八五五年，五月十八日，星期五，晚上九點半

列席者：亞黛勒．雨果小姐。

扶桌者：維克多．雨果、查爾勒．雨果。

記錄：奧古斯特．華格立。

桌子半小時後才翹起一隻腳。

問：誰在那裡？

—莫里哀。

奧古斯特．華格立重唸最後兩節詩。一刻鐘。

奧古斯特．華格立：

告訴他：毫無低下，毫無黑暗，毫無卑微

所有的陰影都是夜晚天鵝孵出的迷人雛卵

所有的爬行動物都長有翅膀：

一頓晚餐的蒸氣和龍捲風旅行

而神將長在墳上的腐爛草皮

化為星空的糞肥。

三十六分鐘，桌子搖動而不言。

奧古斯特·華格立：有什麼事物妨礙你繼續嗎？

沒回答。

雨果夫人：告訴我們怎麼啦？

沒回答。

十一點十二分我們離去。

LXVII

第六十七場

先知以賽亞降臨，雨果夫人詢問甫過世的好友——吉拉丹夫人——的下落。

一八五五年，七月二日，星期四，九點半

扶桌者：查爾勒、雨果夫人。

列席和記錄者：阿利克斯先生。

十分鐘後桌子自行敲擊起來。

—明日是永恆的姓，今日是它的名。藝術是美的意識，幸福是星星的蜂蜜，人是世間的蜜蜂，神是眾陽蜂窩的主人。當好人，就是自由。可憐是痛苦之鑰，安慰就是自我平靜。一滴眼淚療癒灑淚的人及接淚的人，哭泣是喜悅的禮物，當它與愛結合時。每個孩子都是屍體的扦插，公墓是神的溫室暖房。

雨果夫人：你知道我們之所以能與桌子溝通全賴吉拉丹夫人的啟蒙，若你能對我們說一兩句關於祂的事，會讓我很感動。

—我們不談年輕亡人。新鮮的坑一望無垠。神對新復活者說話，神的話語是亡者沉默的神祕，有些亡靈說話，有些亡靈聆聽。

雨果夫人：我們感謝你，可否告知尊姓大名？

—以賽亞。

結束於午夜三十五分。

——人物表——

奥祕桌談參與者		
人名	原文	生卒
維克多・雨果	Victor Hugo	1802-1885
雨果夫人	Adèle Foucher	1803-1868
查爾勒・雨果	Charles Hugo	1826-1871
弗朗索—維克多・雨果	François-Victor Hugo	1828-1873
亞黛勒・雨果	Adèle Hugo	1830-1915
奧古斯特・華格立	Auguste Vacquerie	1819-1895
奧古斯丁・阿利克斯	Augustine Allix	1823-1901
艾米樂・阿利克斯	Emile Allix	1836-1911
朱勒・阿利克斯	Jules Allix	1818-1903
貝剛	Béguin	
澤維爾・杜里爾	Xavier Durrieu	1814-1868
勒・弗洛將軍	Adolphe Le Flo	1804-1887
艾德蒙・勒桂維	Edmond Le Guevel	1822-1881
吉拉丹夫人	Madame Girardin	1804-1855
勒桂維夫人	Mme Le Guevel	
戴歐菲爾・葛翰	Théophile Guérin	1819-1895
保羅・摩利斯	Paul Meurice	1818-1905
昆內克	Joseph Quennec	1798-1887
特雷紀	Teleki Sándor	1821-1892
泰利上校	Colonel Taly	
特雷維訥伯爵	De Tréveneuc/ Henri -Louis-Marie Chrestien	1815-1893
維克立	George Vickery	1824-1874

降靈者			
人名	原文	生卒	出場場次
提爾泰奧斯	Tyrtée		(8),11
阿那克里翁	Anacréon	520 BC-485 BC	(14),34
艾斯奇勒斯	Eschyle	525 BC-456 BC	(4),(17),(20),(22),(23),(24),25,28,30,31,(49),(52),(60),(62)
但丁	Dante Alighieri	1265-1321	3,(17),(19),(20),(22),(23),(28),(49),(50),(52),(54),(60)
莎士比亞	William Shakespeare	1564-1616	4,(5),17,18,19,20,21,22,23,24,26,27,(28),(29),(30),(49),(50),(52),(54),(60)
莫里哀	Molière	1622-1673	(4),(17),(19),(22),(23),(24),27,29,30,31,32,33,(49),(50),(52),(60),62,63,66
拉辛	Jean Racine	1639-1699	3,(4)
安德烈・舍尼埃	André Chénier	1762-1794	8,9,10,12,14,15,16,(17)
華特・司各特	Walter Scott	1771-1832	44,
拜倫	George Gordon Byron	1788-1824	44,
蘇格拉底	Socrates	470 BC-399 BC	(5),(7),8,(23),(60),
柏拉圖	Plato	429 BC-327 BC	64
亞里斯多德	Aristotle	384 BC-322 BC	7
伽利略	Galileo	1564-1642	(54),55,56,(60),(62),(63)

人名	原文	生卒	出場場次
漢尼拔	Annibal	247 BC-183 BC	7,(21)
馬基維利	Machiavel	1469-1527	7
羅伯斯比	Maximilien Robespierre	1758-1794	6,(16),(22),(61)
馬拉	Jean-Paul Marat	1743-1793	6
夏多布里昂	François-René de Chateaubriand	1768-1848	3,(14)
卡里奧斯特羅	Alessandro Cagliostro	1743-1795	7
耶穌基督	Jesus Christ		(29),(30),(38),(45),(51),(52),(54),57,58,59,60,61
摩西	Moses		7
以賽亞	Isaïe		(17),(34),67
穆罕默德	Mahomet	571-632	13,23
馬丁・路德	Martin Luther	1483-1546	23,(60)
蕾歐珀婷・雨果	Léopoldine Hugo	1824-1843	1,(48)
維斯特立	Augustin Vestris	1760-1842	7
塞珥波拉	Cerpola		45
安德洛克雷斯的獅子			16,(23),29,(30),34,36,37,38,39,40,41,46,47,(54),
死亡			48,49,50,51,52,53,54
墳之影			3,10,21,27,29,30,31,(49)
評論			4,5
理念			4
Tyatafia	（外星人）		6

文學家			
人名	原文	生卒	出場場次
拉伯雷	François Rabelais	1493-1553	4,17,22,24
塞凡提斯	Miguel de Cervantès	1547-1616	4,17,19,23,49,52
高乃依	Pierre Corneille	1606-1684	17,22
伏爾泰	Voltaire	1694-1778	5,60
巴爾札克	Honoré de Balzac	1799-1850	5
大仲馬	Alexandre Dumas	1802-1870	5
梅里美	Prosper Mérimée	1803-1870	4
歐仁・蘇	Eugène SUE	1804-1857	5
喬治・桑	George Sand	1804-1876	5
泰奧菲爾・戈提耶	Théophile Gautier	1811-1872	5

歷代人物			
人名	原文	生卒	出場場次
米拉波伯爵	Comte de Mirabeau	1749-1791	6
韋尼佑	Pierre Victurnien Vergniaud	1753-1793	6
羅蘭夫人	Madame Roland	1754-1793	6,12
艾伯特	Jacques-René Hébert	1757-1794	6
埃利薩加雷神父	L'abbé Dominique Éliçagaray	1758-1822	7
丹敦	Georges Jacques Danton	1759-1794	6,29,61
亨利歐特	François Hanriot	1759-1794	6
拉克泰勒	Jean Charles Dominique de Lacretelle	1766-1855	6
聖・茍	Louis Antoine Léon de Saint-Just	1767-1794	6
貝朗瑞	Pierre-Jean de Béranger	1780-1857	14
嘉貝	Étienne Cabet	1788-1856	6

人名	原文	生卒	出場場次
拉馬丁	Alphonse de Lamartine	1790-1869	2,6,14
皮爾・勒乎	Pierre Leroux	1797-1871	29
第治爾	Adolphe Thiers	1797-1877	6
卡維雅克	Louis-Eugène Cavaignac	1802-1857	2
布朗基	Louis Auguste Blanqui	1805-1881	6
勒兑・羅藍	Alexandre-Auguste Ledru-Rollin	1807-1874	2
路易一拿破崙・波拿巴	Louis-Napoléon Bonaparte	1808-1873	2
路易・布朗	Louis Blanc	1811-1882	6
法蘭索瓦一世	François premier	1494-1547	7,27
拉瓦里埃爾	Louise de La Vallière	1644-1710	27
雅克・德立勒	Jacques Delille	1738-1813	11
魯日・德・李爾	Rouget de Lisle	1760-1836	11,14
維恩內	Jean-Pons-Guillaume Viennet	1777-1868	4
安琵洛	François Ancelot	1794-1854	4
弗盧朗斯	Jean Pierre Flourens	1794-1867	4
薩爾萬迪伯爵	Narcisse de Salvandy	1795-1856	4
聖馬克・吉拉丹	Saint-Marc Girardin	1801-1873	4
尼薩	Désiré Nisard	1806-1888	4
龐薩德	François Ponsard	1814-1867	4
夏洛特・葛利吉	Carlotta Grisi	1819-1899	7
埃米爾・奧日埃	Emile Augier	1820-1889	4
塔普納	John Tapner	1823-1854	24,29
揚・胡斯	Jean Huss	1371-1415	54
羅耀拉	San Ignacio de Loyola	1491-1556	52
塞維尼夫人	Madame Sévigné	1626-1696	5
詹姆斯・瓦特	James Watt	1736-1819	33

人名	原文	生卒	出場場次
赫雪爾	Frederick William Herschel	1738-1822	33,56
斯戴爾夫人	Madame Staël	1766-1817	5
阿爾弗雷・德・維尼	Alfred de Vigny	1797-1863	5
羅伯一胡丹	Jean-Eugène Robert-Houdin	1805-1871	5
阿爾弗雷德・德・繆塞	Alfred de Musset	1810-1857	5
牟尼哆	Munito		4
薩德侯爵	Marquis de Sade	1740-1814	7
弄臣	Triboulet/ Nicolas Ferrial		7,20,24,27
米開朗基羅	Michelangelo	1475-1564	5
拉斐爾	Raphaël Santi	1483-1520	5
魯本斯	Sir Peter Paul Rubens	1577-1640	5
林布蘭	Rembrandt Harmenszoon van Rijn	1606-1669	5
普介	Pierre Puget	1620-1694	5
大衛	Jacques-Louis David	1748-1825	5

希臘羅馬時期人物

人名	原文	生卒	出場場次
莎芙	Sapho	約 630 BC-530 BC	10,
薛西斯	Xerxès	519 BC-465 BC	40
索福克勒斯	Sophocle	496/497 BC-405/406 BC	17
菲迪亞斯	Phidias	約 480 BC-430 BC	14,23
尤里比底斯	Euripide	480 BC-406 BC	17
亞里斯托芬	Aristophane	446 BC-386 BC	

人名	原文	生卒	出場場次
普勞圖斯	Plaute	約 254 BC-184 BC	7
卡圖盧斯	Catulle	約 87 BC—54 BC	14,34,37
馬克・安東尼	Marc-Antoine	83 BC-30	28
維吉爾	Vergile	70 BC-19 BC	8,20,24
塔西佗	Tacite	55-117	16,20,24
尤維納利斯	Juvénal		23,24
克羅伊斯	Crésus	595 BC-546 BC	28
列奧尼達一世	Léonidas	不詳 -480 BC	8
皮洛士	Pyrrhus	319 BC-272 BC	40
大西庇阿	Scipion	235 BC-183 BC	34
克拉蘇	Crassus	約 115 BC-53 BC	34
提比略	Tibère	42 BC-37	20,24,34,35,61
卡利古拉	Caligula	12-41	40,59
維特里烏斯	Vitellius	15-69	34
玫莎琳	Méssaline	20-48	34
尼祿	Néron	37-68	16,20,24,25
圖密善	Domitien	51-96	39,59
埃比克代德	Epictète	55-135	34
埃拉伽巴路斯	Héliogabale	203-222	59
阿提拉	Attila	406-453	34
法拉里斯	Phalaris		39,59
波吉亞家族	Borgias		35
萊絲	Laïs		34
黑若斯達特斯	Érostrate		39
馬加比家族	Macchabée		54
希波克拉底	Hippocrate	460 BC-370 BC	63
安德洛克雷斯	Androclès		16,23

虛構人物

《聖經》人物

人名	原文	出場場次
亞伯	Abel	22,25
巴蘭	Balaam	21,23
該隱	Caïn	7,22,25,39
以西結	Ezéchiel	17
猶大	Judas	7,14,38,50,59
抹大拉的馬利亞	Mary Madeleine	14,29,30,50
寧錄	Nemrod	21,39

神話人物

人名	原文	出場場次
阿基里斯	Achilles	14,20,24
阿多尼斯	Adonis	16
阿加曼農	Agamemnon	28,
阿勒西德	Alcide	22
奧革阿斯	Augias	35
克呂泰涅斯特	Clytemnestre	25,28
埃癸斯托斯	Egisthe	28
恩迪米昂	Endymion	9
赫柏	Hébé	31
伊阿宋	Jason	28
美狄亞	Médée	28
墨丘利	Mercure	56
涅墨西斯	Némésis	11

人名	原文	出場場次
伊底帕斯	ŒDIPE	49,63
俄瑞斯忒斯	Oreste	21,24,28,62
奧菲斯	Orphée	17
帕拉斯	Pallas	56
菲樂美	Philomèle	9
菲比	Phoebe	9
波利菲莫斯	Polyphème	56
普羅米修斯	Prométhée	23,24,25,28,62
畢馬龍	Pygmalion	23,24
西勒努斯	Silène	20,24
坦塔洛斯	Tantale	56
泰烏塔特斯	Teutatès	58

莫里哀戲劇人物

人名	原文	出場場次
貝利姿	Bélise	30
特里索丹	Trissotin	30
阿曼德	Armande	30
克里坦德爾	Clitandre	30
克利扎勒	Chrysale	30,31,65
伊莎貝爾	Isabelle	30
瓦雷爾	Valère	30
特魯法丁	Trufaldin	30
瑪斯嘉麗爾	Mascarille	30
司卡班	Scapin	30

人名	原文	出場場次
阿涅絲	Agnès	30
費拉明特	Philaminte	30,31,33,65
亨麗埃特	Henriette	31

虛構人物

人名	原文	出場場次
伊索	Aesop	4
亞勒歇斯特	Alceste	4,20,22,24,27
亞爾諾夫	Arnolphe	4,30
阿多斯	Athos	40
貝雅翠思	Béatrix	3,
卡利班	Caliban	20,24
黛斯德蒙	Desdemone	20,23,24.28
高康大	Gargantua	56
格藍古紀耶	Grandgousier	21,24
伊亞郭	Iago	20,23,24
帕里斯	Pâris	28
卡西莫多	Quasimodo	28
羅西南多	Rossinante	4
司加那瑞勒	Sganarelle	4
史翠普夏德	Strepsiade	8
特里馬希永	Trimalcion	34
特里索當	Trissotin	4
花彫斯	Vadius	4
沃特林	Vautrin	5

LES TABLES TOURNANTES DE JERSEY

鑽石孔眼 01

諸神上桌

作者：維克多・雨果（Vctor-Marie Hugo）
譯者：李雪玲

堡壘文化有限公司　雙囍出版
總編輯：簡欣彥
副總編輯：簡伯儒
責任編輯：廖祿存
行銷企劃：許凱棣、曾羽彤
裝幀設計：陳恩安

出版：堡壘文化有限公司 雙囍出版
發行：遠足文化事業股份有限公司
地址：231 新北市新店區民權路 108-3 號 8 樓
電話：02-22181417
傳真 ：02-22188057
Email：service@bookrep.com.tw
郵撥帳號：19504465 遠足文化事業股份有限公司
客服專線：0800-221-029
網址：www.bookrep.com.tw
法律顧問：華洋法律事務所、蘇文生律師
印製：韋懋實業有限公司
初版 1 刷：2022 年 7 月
定價：新臺幣 550 元
ISBN：978-626-95907-6-6
978-626-95907-8-0（EPUB）
978-626-95907-7-3（PDF）

諸神上桌／維克多・雨果（Victor Hugo）著 . -- 初版 . -- 新北市：堡壘文化有限公司雙囍出版：遠足文化事業股份有限公司發行，2022.07 ｜ 656 面；14.8×21 公分 . --（鑽石孔眼；1）｜譯自：Les tables tournantes de Jersey ｜ ISBN 978-626-95907-6-6（平裝）｜ 1.CST：雨果（Hugo, Victor Marie, 1802-1885）2.CST：法國文學 3.CST：文學評論｜ 876.2 ｜ 111008050